fidelidade

marco missiroli

fidelidade

Tradução
Francesca Cricelli

© 2018 by Marco Missiroli.
Publicado originalmente na Itália por Giulio Einaudi Editore, Torino, 2019. Em acordo com Marco Missiroli e seus agentes MalaTesta Lit. Ag. e The Ella Sher Literary Agency.
Copyright da tradução © 2021 by Editora Globo s. a.

Direitos exclusivos de edição em língua portuguesa para o Brasil adquiridos por EDITORA GLOBO S. A. Todos os direitos reservados. Nenhuma parte desta edição pode ser utilizada ou reproduzida — em qualquer meio ou forma, seja mecânico ou eletrônico, fotocópia, gravação etc. — nem apropriada ou estocada em sistema de banco de dados sem a expressa autorização da editora. Texto fixado conforme as regras do novo Acordo Ortográfico da Língua Portuguesa (Decreto Legislativo n. 54, de 1995).

Título original: *Fedeltà*
Editor responsável: Lucas de Sena
Assistente editorial: Jaciara Lima
Preparação: Raphani Margiotta
Revisão: Marcela Isensee
Capa: Tereza Bettinardi
Diagramação: Ilustrarte Design e Produção Editorial
Imagem da capa: Igor Ustynskyy/Moment/Getty Images

CIP-BRASIL. CATALOGAÇÃO NA PUBLICAÇÃO
SINDICATO NACIONAL DOS EDITORES DE LIVROS, RJ

M663f

    Missiroli, Marco, 1981-
    Fidelidade / Marco Missiroli ; tradução Francesca Cricelli. - 1. ed. - Rio de Janeiro : Biblioteca Azul, 2021.
    248 p. ; 21 cm.

    Tradução de: Fedeltà
    ISBN 978-65-5830-135-6

    1. Romance italiano. I. Cricelli, Francesca. II. Título.

21-72650   CDD: 853
                                                               CDU: 82-31(450)

Meri Gleice Rodrigues de Souza - Bibliotecária - CRB-7/6439

Direitos de edição em língua portuguesa para o Brasil adquiridos por Editora Globo S.A.
Rua Marquês de Pombal, 25 – 20230-240 – Rio de Janeiro – RJ
www.globolivros.com.br

A Maddalena, de novo
A Silvia Missiroli

Eis como sabemos que estamos vivos: errando.
PHILIP ROTH

— Sua mulher me seguiu.
— Minha mulher.
—Até aqui. — Sofia encarou-o. — Professor?
Ele olhava a entrada da sala de aula.
— Acho que está no pátio.

Carlo Pentecoste foi até a janela e reconheceu Margherita pelo casaco cor de amaranto que vestia desde o segundo dia de primavera. Estava sentada numa mureta e lia um livro, de novo Némirovsky, mantinha as pernas cruzadas e com a mão livre segurava a mochila. Era fim de março e uma névoa inesperada atravessava Milão.

Carlo virou-se para os alunos. Sofia se sentava na segunda fileira de carteiras e tinha sacado o caderno e as amêndoas. Era mais jovem que os seus vinte e dois anos, pelo rosto miúdo, pelos movimentos gentis e tão inesperados que atenuavam os quadris. Olhou-o, tinha a mesma expressão apreensiva de quando o reitor os convocou por terem sido surpreendidos por uma caloura no banheiro térreo: ele em cima dela, as mãos acariciavam o pescoço, ou algo assim, já que a versão da caloura foi outra, e mais outra, incontáveis, todas fortalecendo a versão de que o professor Pentecoste e uma aluna sua tiveram um encontro íntimo de natureza ambígua.

Não começou a aula, vestiu o paletó e saiu da sala, desceu as escadas, desacelerou no átrio e virou-se em direção ao banheiro. Voltou lá com um colega para se explicar, voltou com o reitor. E para cada um havia reconstruído a cena do que havia nomeado como mal-entendido: a entrada no banheiro masculino, a mijada, a saída num espaço comum, o lavar as mãos, o rosto, o ato de secá--los, o barulho que ouviu no banheiro das mulheres, a percepção da porta entreaberta e o encontro de sua aluna Sofia Casadei quase desmaiada — mas com "quase", o que queria dizer? Inclinou-se sobre ela e chamou-a pelo nome muitas vezes, ajudando-a a se sentar e se levantar novamente — indicou ao reitor de que maneira o fizera —, mantendo-a por um instante apoiada numa quina. Durou pouco mais de alguns minutos, depois a garota se recobrou e ele acompanhou-a a lavar o rosto: em momento algum havia percebido a caloura.

Deteve-se antes de se dirigir à esposa e verificou o celular: Margherita não tinha avisado que passaria. Prosseguiu em direção ao pátio, ela continuava lendo sentada na mureta.

— Seu casaco é inconfundível. — Ela indicou-lhe a janela da sala de aula dele. — Estou deixando o tendão descansar. Ia subir agora. — Fechou o livro e se levantou. — Você esqueceu isso. — E lhe entregou um frasco.

— Você está aqui por causa de um antialérgico.

— Vê-lo tão mal semana passada foi o bastante para mim.

— Não quero que você force a perna.

— Vim de metrô. — Endireitou-lhe o colarinho do blazer.

— Se fosse você, hoje daria aula do lado de fora, a névoa tem seu charme.

— Eles se distraem — disse, apoiando uma das mãos no final das costas dela como quando se conheceram, num jantar na casa da irmã. O sulco lombar lhe fez pressentir o corpo definido. — Quer subir? Preciso começar.

Margherita amava as mãos dele, que não eram mãos de professor. Pediu ajuda para colocar a mochila nas costas, depois acompanhou-o até a entrada.

— Você realmente veio até aqui por isso.

— Vim porque vim. — Indicou-lhe o relógio e convidou-o a se apressar, ele sorriu e se encaminhou.

Assim que o viu subir pelas escadas, Margherita apoiou-se na porta de vidro e abaixou a cabeça. Por que não teve coragem de acompanhá-lo até a sala de aula? Por que não tinha estômago, como dizia sua mãe, para atravessar aquela entrada e dirigir-se àquele banheiro? E por que tremia agora? Afastou-se devagar, tinha vontade de se deter, mas obrigou-se a chegar até a rua, atravessou o portão e abotoou o casaco. Ficou parada e fechou os olhos procurando dentro dela um apoio para conter o mal-estar: pensou nos cinquenta minutos que sucederiam aquele momento e que isso a fazia sentir-se diferente. Diferente, seduzida. Anotava-os na agenda como *Fisioterapia*, que também queria dizer aventura. Sentia e mantinha isso como um antídoto à insegurança enquanto deixava para trás a universidade e se dirigia ao ponto de táxi. A perna doía desde que acordara. Uma atordoação que começava no púbis e descia até o joelho, que surgira após uma corrida na academia três meses antes. Desde então, pensava nos detalhes que a entristeciam: o salto substituído por tênis, a renúncia à visita de imóveis sem elevador, a impossibilidade de correr atrás de uma criança.

Pegou o telefone e viu uma mensagem da proprietária do imóvel da avenida Concordia, *Assinei, querida Margherita. Agora é sua vez.* E uma do colega: a imobiliária tinha recebido as chaves para começar a venda. Havia uma ligação da sua mãe. Ignorou-a e ficou com o celular na mão, conseguiu não abrir o Facebook. Toda vez que abria o perfil de Sofia Casadei, era invadida por ideias estranhas, o bar onde trabalhava, o outro onde tomava café da manhã, o bairro onde vivia, o fato de ser nas redondezas. Chegou à fila do táxi, deu o endereço da FisioLab, rua Cappuccini 6, relaxou, acomodou-se no assento e fechou os olhos. O taxista propôs alongar o percurso, havia reformas no anel viário interno, ela disse que tudo bem e não pensou mais em nada. Espiava de vez em quando pela janela, Milão e o ir e vir nas calçadas e os porteiros em frente aos prédios. Depois lembrou-se da mãe, retornou a ligação e se viu atendendo ao primeiro toque:

— Mãe.
— Estava ligando para o encanador.
— O que houve?
— Aquela — respirou fundo — merda de aquecedor.
— Bom dia.
— Sempre gostei de falar, mas seu pai dizia que a boca de uma mulher precisa ser limpa. — Ficou em silêncio. — E de qualquer maneira liguei para perguntar sobre a casa da avenida Concordia.
— Acabaram de me mandar mensagem.
— O que você acha?
— Não tem elevador, mas é interessante. Vou mandar o Carlo ver antes de anunciar na imobiliária.
— E a perna?
— Se você suspeita de algo, o que faz?
— Está doendo, eu sabia.
— O que você faz?
— Que tipo de suspeita?
— Uma suspeita.
— Uma suspeita é uma prova.
— Não estamos no programa *Un giorno in pretura*,[1] mãe.

---

[1] *Un giorno in pretura* (*Um dia no fórum*): é o nome de um programa de auditório italiano do canal de televisão Rai 3 que estreou nos anos de 1980 no qual se analisam, em estilo documentário, crimes menores. [N.T.]

— É a vida, meu amor. — Hesitou. — Você quer me contar ao que se refere?

— Cheguei, preciso desligar.

— Minha filha — pigarreou —, todas as suas suspeitas poderão ser esclarecidas amanhã no encontro.

— Oh, meu Deus.

A mãe bufou.

— Há meses você quer ir e consegui arranjar um horário para você com muita dificuldade: dez e meia, rua Vigevano 18, campainha F.

— Me lembre como você conseguiu me convencer.

— Porque era frequentado pelo Dino Buzzati. Anote na mão.

— E você marque a data de aniversário da minha sogra.

— Não vou.

—Ah, vai sim.

— Ah, não. E venha ver sua mãe mais cedo ou mais tarde, mas só se quiser.

Sua mãe havia enterrado o marido e permanecido acordada por três dias, sentada na poltrona onde ele lia o jornal aos domingos de manhã. No final, ela disse "para quem vou cozinhar agora", e por algum tempo não quis falar daquele homem que a havia acostumado à rotina, às feiras de objetos usados, a Tex Willer, à compostura. Foi um homem de silêncios. Para não sentir o adeus, ela e sua mãe tiveram de inventar zumbidos. Brigar, telefonar-se, fazer fanfarrices.

Pagou o táxi e desceu em frente à FisioLab. Sentia calor, mas sabia que era impaciência. Abriu a mochila e conferiu o maiô, o sabonete líquido, a toalha, o pente. Entrou na recepção e se dirigiu ao vestiário, vestiu o maiô por baixo da bermuda — comprara um novo ao entender o tipo de terapia que deveria fazer —, amarrou o cabelo, pegou o telefone com os fones de ouvido e se encaminhou se questionando se a depiladora havia feito um trabalho apressado.

Pegou uma garrafa d'água que o centro dava de brinde aos clientes e entrou na sala de reabilitação. Andrea era pontual, e assim foi aquele dia. Apertou a mão dela e lhe perguntou como ia a dor, ela respondia sempre "intermitente" e se abandonava ao som do biombo fechado num só movimento, acostumando-se a dividir aquele espaço com um garoto sério de vinte e seis anos que tentava aliviar sua inflamação quase crônica. Convidou-a para se deitar, e ela roçou o elástico da bermuda e olhou para ele, acenou com a cabeça e se despiu. O garoto pegou o equipamento eletromédico e apoiou-o na parte interior da coxa dela, subiu em direção à virilha, insistiu fazendo uma pressão adequada sobre o púbis. Quando isso acontecia, Margherita se concentrava num pedaço do biombo, impondo a si mesma uma respiração lenta. Aquele aquecimento — como ele dizia — durava os dez minutos que eram necessários para ela superar o constrangimento. Depois, confiava. O que a convencia era a firmeza de Andrea, a sabedoria dos dedos, os olhos baixos. Ela também olhava para outro lado, exceto quando — como agora — ele guardava o equipamento eletromédico e se preparava para mover seu maiô um pouco mais: era o momento em que Margherita queria encontrar nele um princípio de excitação, para além da deontologia. Tentava perceber seus dedos incertos enquanto faziam pressão sobre o púbis e procuravam o tendão. Ele impunha o polegar, o dedo médio, às vezes o indicador, apertando como se a escavasse. Durante a primeira sessão, explicou-lhe o que iria ocorrer durante a fisioterapia: o uso das máquinas na desinflamação e o efeito mais sutil das mãos, os exercícios que ela deveria fazer na academia. Bastariam vinte e cinco sessões, além das consultas de controle e as ecografias, somando um valor total de dois mil oitocentos e vinte euros. Não podia se permitir isso, ou quase não podia, tinha tentado pela rede pública, mas sentiu-se perdida em esperas extenuantes, corrompeu-se, enfim, optando pela escolha que seu pai teria chamado de *fácil*. Fácil era pagar três mil euros para um profissional de fisioterapia, fácil era se presentear com uma passagem de Interrail quando adolescente, mesmo não sendo uma das melhores alunas da sala, fácil era se acomodar como corretora de imóveis com cabeça de arquiteta. Fácil, provavelmente, era confundir um procedimento terapêutico com luxúria.

E agora se deixava tocar pelo seu fisioterapeuta com a intensidade certa num lugar fronteiriço, à espera de lhe comunicar onde seria o lugar exato da dor. Margherita voltou lá: seu marido, a porta do banheiro, edifício cinco da universidade, térreo, banheiro das mulheres. Era esse o *ponto exato* da dor havia dois meses. Evadiu esse pensamento, como costumava fazer também nas últimas semanas, revertendo todas as frentes. Era uma filha atenta e disponível? Poderia ser infinitamente menos. Era uma agente imobiliária que não abusava do tempo entre uma visita e outra? Podia abusar. Era uma paciente que nunca teria se deixado seduzir por três dedos experientes? Podia. Toda vez que a lembrança daquele banheiro se aproximava, ela *podia* subverter a própria índole, distraindo-se da suspeita.

Andrea perguntou-lhe se a dor parava exatamente onde ele a massageava. Bastaria ter dito "mais para a direita" para realizar sua fantasia. Andrea se insinuaria mais à direita e o efeito seria este: gozar, santo Deus.

Mas ao contrário, disse:

— Mais à esquerda.

Ele se moveu.

— A dor aumenta à noite?

— Depende do dia.

— Tem feito os exercícios?

— Depende do dia — respondeu, acomodando-se na maca.

— Em tese, sou uma mulher diligente.

— Todas dizem isso.

— Todas?

— E depois dão para trás.

— Em que sentido?
— Não enfrentam de verdade o problema. — Fez só uma pequena pressão. — Está mais espesso nessa área, sente?
Ela ficou em silêncio. Eram *todas* as mulheres que apinhavam aquele lugar, a roupinha comprada para aquela ocasião, brincos de pérola e a residência no centro, um marido com comportamentos discutíveis, a anuência.
— Dá para perceber que você gosta do seu trabalho, Andrea.
Ele reduziu a intensidade da pressão.
— Quero dizer, você é bom no que faz. Já te disseram isso?
— Já aconteceu. — Ele se afastou dela e deu a volta até o outro lado da maca, fez uma fricção com os dedos na parte baixa da perna e subiu devagar.
Margherita sentiu-o se aproximando sem pressa até a virilha, arpoando o tendão centímetro por centímetro. Permitiu-se imaginar como ele seria na cama. Bruto, talvez; inexperiente, provável. Por um momento, pensou nos dois imóveis vazios aonde poderia levá-lo: o da avenida Sabotino 3, o apartamento que não conseguiam alugar por conta das despesas excessivas de condomínio, e o da rua Bazzini 18, com três cômodos e banheira com hidromassagem.
— Mais à direita — sussurrou de repente, espantando-se consigo mesma.
Ele desacelerou.
— Mais à direita?
— Um pouco mais.
Ele sabia que mais à direita era errado. Estava com o tendão entre as pontas dos dedos no ponto exato onde doía e já estava beliscando da melhor forma possível. Mais à direita era algo arriscado, exceto fazendo um movimento mínimo: abaixar o mindinho para degustar o calor, o úmido, a consistência diferente, enfim, levantá-lo novamente, mas sem interromper o trabalho. Nunca tinha feito

isso, mas seus colegas lhe haviam ensinado como agir preservando a aparência profissional. Todas as vezes que chegava um caso de tendinite dos adutores e a paciente era *interessante*, abriam espaço a cotoveladas para atenderem. Margherita tinha sido sua pela aparente invisibilidade. Uma mulher bonitinha, meio sem sal. Mas acabou revelando um corpo surpreendente: não pela harmonia muscular, ou pelas pernas sinuosas e fortes, ou pelos quadris bem esculpidos, era uma revelação pela maneira como predispunha o tendão e as articulações e todo o corpo naqueles cinquenta minutos de tensão curativa. Amava o silêncio dessa mulher que o deixava trabalhar concentrado; Margherita dava a impressão que tinha preocupações e, de repente, parecia tê-las. Então, nunca olhava para ela, como se estivesse assustado pela ideia de surpreendê-la nessas viagens do pensamento. No entanto, sentia seu cheiro: ela emanava uma fragrância que ele nunca havia sentido — quase um cheiro de leite —, que ficava nele até tomar banho.

Conferiu a hora, tinha ainda cinco minutos. Ajudou-a a dobrar a perna e lhe perguntou onde se intensificava a dor baseando-se na forma em que a dobrava, entendeu que deveria desfazer uma pequena contratura na altura dos isquiossurais. Apoiou o tornozelo no ombro e insistiu na parte posterior da coxa, beliscando a faixa muscular, quando sentiu que o bloqueio aprofundou-se. Ouviu-a gemer como nas primeiras sessões, era uma pequena lamúria e não um grito. Tenha paciência, disse, e pressionou mais uma vez para ouvir de novo aquele gemido que parecia outra coisa. Era como os seus colegas diziam, então? Foi leve e rápido até sentir uma dor em seu braço. Acomodou a perna dela na maca.

— Agora faça um pouco de elíptica, depois Alice vai acompanhá-la nos exercícios.

— Alice?

— Hoje saio mais cedo. Mas você precisa voltar amanhã. Está inflamado de um jeito que não gostei.

— Amanhã já?

— Se você puder, sim.

Ela pensou rápido.

— Consigo vir às nove. — Levantou as costas e deixou cair as pernas. — O que você vai fazer de bom hoje à tarde?

Ele começou a fechar o biombo.

— Não é da minha conta, desculpa. — Ela vestiu a bermuda.

— É que uma tarde livre em Milão é uma grande novidade.

— Não será tão livre assim.

— Sério? — Margherita fez uma careta envergonhada. — Desculpa, não consigo controlar — arrematou e desfilou ao lado dele, acomodando-se no *transport* da sala de musculação.

Andrea continuou olhando para ela, depois se encaminhou para o vestiário. Trocou-se rapidamente. Quando deixou a FisioLab, não pensava mais nela nem em nenhum outro paciente. No passado, carregava consigo os corpos: como poder consertá-los, em quanto tempo, como otimizar as sessões. Depois, aprendeu a esquecê-los, caminhando nas ruas elegantes de Milão nos arredores da rua Cappuccini, a multidão imprevista na avenida Buenos Aires, o trânsito raivoso da marginal, Milão, a cidade complicada. *Complicado* era um adjetivo que as suas professoras e todos os outros lhe atribuíam desde a infância. Complicado: fala pouco. Complicado: não escuta. Complicado: bateu num coleguinha. Complicado: abandonou seu cachorro de um dia para o outro. Complicado: nunca teve uma namorada, depois teve muitas namoradas erradas. Complicado: Andrea Manfredi. E quando a mãe disse que seu filho era complicado como Milão — difícil já num primeiro olhar —, ele entendeu o que aquilo significava.

Agora precisa disso, "sentir-se parte de algo", andando ao lado de Villa Invernizzi e dos flamingos improváveis do chafariz, sob a ostentação dos edifícios *belle époque* escurecidos pelo trânsito, voltando pelas ruelas que levavam até Porta Venezia, com os viados, os africanos e os burgueses um ao lado do outro, seguindo os trilhos da avenida Piave cobertos de grama fresca. Caminhou ao lado dos trilhos por um quilômetro — tinha esse jeito de passear com as mãos nos bolsos e os ombros encurvados, quase elegante —, chegou até a praça Tricolore e pegou o ônibus linha nove até Porta Romana, o bairro periférico de Milão antes que ficasse na moda. Ele havia sido criado lá, e seus pais tinham, há vinte e três anos, uma banca de jornal em frente à igreja de Santo Andrea. Na banca, ganhou o dinheiro para custear os estudos de fisioterapia, trabalhando desde o nascer do sol por seis verões seguidos e dois invernos. Sabia assinalar cuidadosamente os rendimentos dos jornais e implementar sua filosofia de exposição: colocava um intruso entre as revistas, uma história em quadrinhos da Marvel ou ilustrações sobre animais ou álbuns de figurinha Panini. O pai deixava-o fazer como queria, depois invertia a ordem. Seu pai vivia organizando, aquele dia também estava reclinado sobre uma caixa e arrumava uma pilha de revistas de ficção científica *Urania* usadas para vender por dois euros.

— Eu não vou — disse quando viu Andrea chegar.

— É cabeça dura. — A mãe saiu da banca de jornal e fez um gesto. Andrea pegou o pai pelo braço e o ajudou a se levantar, estava com os olhos embargados, segurou-o, enquanto a mãe lhe passava uma pasta com os exames médicos.

— Me deem notícias.

Atravessaram a rua, passando ao lado da igreja, estavam próximos como se tivessem frio, então o velho repetiu "Eu não vou".

— Levamos dois meses para marcar.

— Você parece sua mãe.

— É só um exame de rotina.

— Não insista.

— Faça como quiser.

Fazia como queria desde que os garotos do café Rock o encontraram deitado diante da banca de jornal segurando o braço esquerdo e reclamando da dor no peito, saiu do hospital com três pontes de safena e a declaração de que o Vaticano — não o Papa, mas os cardeais — e o Inter — não o Moratti, mas os jogadores — eram responsáveis pela dor no peito. Depois disse: a banca. E os médicos lhe deram razão: dormir apenas quatro horas por dia durante toda uma vida havia comprometido o miocárdio. E então decidiu dormir uma hora a mais, tinha parado de dar chiliques em frente ao programa de TV *Domenica Sportiva*, de fazer as coisas correndo, de fumar os cigarros Marlboro de sua mulher. Tinha parado de prover antes de que as necessidades viessem à tona. Andrea daria conta. Maria daria conta. Ele só tinha aquele imperativo: ouvir a si mesmo.

— Vai à consulta e ponto.
— Pegue outro cachorro para cuidar e não se preocupe comigo.

Andrea seguia-o meio passo atrás e continuou seguindo-o até o banquinho ao lado do balanço. Sentaram-se, o sol era fraco por causa da neblina. O pai fechou até o último botão da camisa polo, afogando-se no jeans dela, as pernas balançavam como pêndulos.

— Pega um pastor alemão e seja feliz.

No banquinho em frente, havia uma garota sentada com uma mochila de couro no colo, tirava algo de comer da mochila. Andrea observava-a, parecia melancólica.

— Ou um pastor maremano. — O pai endireitou as costas, agarrou um ombro.
— Pega você.
— Assim você para de cuidar de mim. — Continuava segurando o ombro.
— O que você tem?
— O banquinho me deixa com dor.

Andrea olhou para suas mãos. Eram amplas e lisas, o dedo anelar mais longo do que o indicador. Colocou uma mão sobre a outra e esfregou-as, esfregava-as sempre quando estava indeciso, com o canto do olho observou que o pai se agarrava ao ombro. Tentou ignorá-lo, olhou para a garota melancólica e percebeu que ela também o olhava; ao fundo, umas babás sul-americanas conversavam perto dos balanços. Levou as palmas das mãos até o rosto. Ainda tinham o cheiro de Margherita. Baixou-as.

— Onde é que está dolorido?

— Dona Venturi não compra mais o jornal *Corriere della Sera* porque seu marido o lê no computador.

— O ombro?

— Venda logo essa banca se eu não estiver mais aqui.

— Só o ombro?

— O pescoço um pouco também.

— Apoie-se bem e mantenha os braços do lado dos quadris.

— Venda imediatamente a banca, entendeu?

— Faça o que eu lhe disse.

O pai não se mexeu e Andrea se dirigiu para trás do banco, ajudou-o a se apoiar no encosto e, assim que começou a massageá-lo, sentiu o quanto estava magro e teve medo de machucá-lo. Tinham o mesmo nariz, mas era a expressão fugidia que denunciava que eram pai e filho. Sofia parou de olhá-los e terminou de mastigar uma amêndoa, pegou a mochila e colocou-a nas costas. Tinha saído na metade da aula do professor Pentecoste, tomado a linha noventa e um e descido assim que vislumbrou o parque Ravizza pela janela do bonde. Desde que deixara Rimini, desejava estar em espaços abertos. Seis meses antes, chegara à estação Central cheia de desejos e com a sensação de que sua vida iria mudar, porém, continuava no mesmo lugar: uma garota de vinte e dois anos ligada à província e que só fazia coisas das quais se arrependia.

Dirigiu-se para a grama, chegou até a rua e deu uma última olhada para o velho e para o garoto que o massageava, a neblina os confundia. Seguiu devagar — Porta Romana era um bairro que a deixava tranquila, com casas e lojas de telhados baixos —, quando passou pela igreja ficou paralisada e admitiu que gostaria de se desculpar com Pentecoste. Ter se aproximado da cátedra diante de outros colegas o teria exposto a outras suspeitas. Queria confessar que sua esposa não a havia seguido e que por acaso se viu fazendo o mesmo trajeto que ela. Mas o que poderia responder se ele lhe perguntasse por que o havia enganado? Nem mesmo ela sabia o porquê. Quando percebeu a mulher do Pentecoste no metrô, misturou-se entre os passageiros e continuou espiando-a, mantendo-se longe dela até a universidade. Viu que se sentara no pátio e foi para a sala de aula, aproximando-se do professor para lhe contar aquela pequena mentira. E, enquanto a dizia, notou um senso de justiça: depois do mal-entendido no banheiro, ele a manteve distante, negando-lhe qualquer possibilidade de diálogo, nem mesmo sobre o segundo conto que ela tinha lhe entregado havia quase dois meses, deixando-a com a crítica do primeiro, que julgara inconsistente.

— Inconsistente?

— Sim, inconsistente.

Eis o motivo pelo qual tinha lhe entregado o segundo, de sete páginas, escritas à mão, em que contava o que havia ocorrido com sua mãe no Fiat Punto. O título era "Como andam as coisas". Quando o professor o recebeu, numa quarta-feira de manhã, respondeu-lhe que não aceitava trabalhos escritos por livre e espontânea iniciativa. Ela ficou com as páginas entre os dedos, deixou-as sobre a cátedra, vigiando-as durante toda a aula, até que ele as recolheu com os livros e o computador, guardando-as na bolsa, evitando olhar para ela, como quando foram convocados pelo reitor e Pentecoste não havia lhe demonstrado cumplicidade alguma, mesmo sabendo que ficaria sujeito àquilo que ela dissesse. Ela manteve a fala do roteiro: mal-estar no banheiro, ele a socorreu e ajudou-a a ficar de pé. O reitor dissera que não haveria consequências, não teriam nem ido a fundo se não fosse por insistência do próprio Pentecoste. Para chegar à versão comum, ela se encontrara com o professor num bar, dois dias antes, no bairro chinês. Tinham elaborado uma crônica minuciosa com sequências e gestos e intervalos naturais. Tudo arquitetado, repetido, passaram o resto do tempo falando sobre amenidades. Depois que saíram — ele pagou a conta — e se despediram, ela percorreu a pé a rua do Cemitério Monumental, pegou o telefone e desligou a gravação, pondo os fones para ouvi-la novamente duas ou três vezes. Decidir gravar significava: filho de peixe, peixinho é. Proteger-se, prevenir-se, defender-se da realidade que carrega em seu âmago eternas persecuções. Era a obsessão da sua família. Os números lhe darão sustento, não os livros: bacharelado em economia do turismo em três anos. Continue com a dança, você poderia ser contratada por uma companhia reconhecida. Deixe de lado os garotos mais velhos que você. Milão vai lhe fazer perder tempo. Guardar os cinquenta e um minutos e trinta e sete segundos da gravação provava que ela também era *isso*. Havia, porém, um detalhe que a fazia voltar a si mesma: o timbre da voz do Pentecoste. A cadência macia, os sons de "o" quase entreabertos, a risada tímida e depois divertida, tudo isso a excitava. Talvez então ela fosse *isto*, o prazer que sentia se chafurdando no monólogo na altura do minuto vinte e um:

"Pode nos trazer também meia garrafa de água mineral, por favor? Você quer mais alguma coisa, Sofia? Certo, então só a meia garrafa, obrigado. Eu estava contando que meus pais trouxeram para casa um pintinho como recompensa depois de eu fazer uma cirurgia nas amígdalas quando tinha quatro anos, era um pintinho que chamávamos de Alfredo e ficava na casa dos meus avós, no andar de baixo, dentro de uma caixa. Era educado e piava pouco e, quando estava sozinho, eu o soltava pela cozinha, vendo-o tentar dar um pulo, um salto, e o que mais me intrigava era colocá-lo de novo na caixa e, em seguida, deixá-lo livre outra vez. Mais de trinta anos depois, entendi o que me interessava nisso tudo: a passagem da caixa para a cozinha, o momento exato em que as patinhas adquiriam uma propulsão tímida e ao mesmo tempo irrefreável, mas isso não significava que eu detestasse vê-lo trancado no papelão. Sentia-me atraído pela sua transformação. Interessava-me a mudança que alguém atravessa quando tem a chance, entende o que quero dizer?"

Ouvia o monólogo e colocava em pausa quando Pentecoste dizia *propulsão*, voltava e ouvia novamente. A letra *p* que batia e a *s* tímida. Propulsão, o pintinho, Milão, o mestrado que estava cursando, o trabalho no café para o qual se dirigia naquele momento, enfiando-se no beco entre a basílica de San Nazaro e o jardim Cederna. No café, ela amalgamava à sua índole prática as aulas técnicas de narração, às vezes anotava ideias no caderninho de pedidos. Era um local acolhedor, com piso laminado e alguns pratos veganos no cardápio — o cuscuz era o mais pedido —, pagavam nove euros por hora. Tinha encontrado o anúncio no mural da universidade, deram-lhe o trabalho após dois dias de treinamento, dizendo que precisava aperfeiçoar sua forma de desenhar um coração ou uma pequena decoração na espuma do cappuccino. Trabalhava seis dias por semana, fazia poucas horas extras, se não fosse o aluguel, teria devolvido uma parte dos sete mil euros que seu pai lhe dera para financiar o mestrado. Aquele dia, também embolsaria quarenta e cinco euros, reorganizaria as barrinhas de gergelim no caixa conversando com Khalil sobre a sua Jordânia, decoraria as molduras coloridas da lousa em que se escreviam os pratos do dia, tentaria ser gentil com os clientes: assim conseguiria parar de imaginar o seu futuro num lugar como aquele.

Quando chegou, viu cinco pessoas sentadas às mesas, comeu rapidamente uma torrada com salmão e abacate, depois se trocou na despensa, amarrou o avental de um jeito que não apertasse os quadris, tirou o relógio e encheu o bolso com um pouco de sal grosso — sua tia lhe dizia que bastava alguns grãos para afastar as energias negativas. Foi até Khalil e dobrou melhor a manga de sua camisa.

— Ainda sinto falta de Rimini — disse, fazendo um carinho nas costas dele.

— Você está aqui há pouco tempo.

— Seis meses não é pouco.

— Para Milão?

— Eu trabalho no caixa hoje, posso?

Puseram-se um ao lado do outro, ela emitindo notas fiscais e ele fazendo café. Quando não havia ninguém, ficavam em silêncio ou Khalil lhe pedia que fizesse uma lista de tarefas com ele, como fez naquele dia. Então ela pegou um post-it e começou a escrever *Limpar a vitrine*, ele respondeu *Jogar o lixo fora*, ela *Fazer o mise en place do café da manhã*, ele *Rever a escala de trabalho*, ela *Cortar as frutas*, ele *Rezar cinco vezes*.

— Mas você não era um jordaniano cristão?

— Cresça num país com noventa e quatro por cento de muçulmanos e veja se você não se torna uma pessoa competitiva.

Ela sorriu.

— Agora, garota de Rimini, escreva algo pessoal e termine a lista.

— Já escrevi.

— Cortar as frutas? Parabéns pela sua alma profunda.

Ouviram a porta se abrir, ela virou a cabeça para trás e viu que era a esposa de Pentecoste. Ela havia entrado e segurava a maçaneta para fechar a porta. Sofia foi até a máquina de fazer café e pediu que Khalil a substituísse no caixa, deu as costas para a salão, molhou a esponja e começou a limpar o balcão. A mulher se aproximou e conferiu o cardápio na parede, pediu um suco verde.

Khalil perguntou se queria pequeno, médio ou grande.

— Pequeno está ótimo, obrigada.
— Servimos à mesa.
Sofia colocou de lado a esponja e dispôs a tábua de cortar no meio do balcão. Pegou maçã, funcho, manjericão, limão e gengibre das gavetas refrigeradas e começou a cortá-los e, enquanto o fazia, parou e se virou, a esposa havia se sentado num dos bancos perto da vitrine. Pôs os ingredientes no processador de frutas e bateu sete vezes. Encheu o copo, colocou a tampa e o canudo, entregou-o a Khalil e foi até a despensa. Apoiou-se à parede segurando as mãos, levando-as aos olhos. Ficou imóvel até entender que deveria voltar. Quando reapareceu, Khalil estava sintonizando outra rádio.
— Você está bem, Sofi?
Mas ela fitava a mulher que bebericava o suco batido e folheava uma das revistas, agora já sem o casaco cor de amaranto. Tinha o rosto absorto e, o canudinho, na ponta dos lábios.
Khalil fez um sinal.
— Está tudo bem?
Ela disse que sim e jogou fora os restos das frutas. Era a segunda vez no dia que via a esposa do professor, a terceira vez no total, considerando o primeiro dia do mestrado. Pensou que era uma mulher atraente, ainda se lembrava bem, o corte masculino da camisa e o escarpim combinando com o passo decidido. Sentiu o mesmo fascínio pelo tufo de cabelo castanho que cobria um dos seus olhos, e as pernas cruzadas pareciam descansar uma ao redor da outra, ela lembrava a atriz Virna Lisi. Sofia gostava muito dos filmes antigos com Virna Lisi, via-os com sua mãe. Parou de perscrutá-la e pegou o pedido, somando-o aos demais que Khalil já tinha feito depois do café da manhã. Concentrou-se no estoque de leite semidesnatado — precisava fazer o pedido de uma caixa em menos de uma semana —, depois ouviu a banqueta mover-se sobre o parquê. Levantou o rosto e viu que a esposa se aproximava. Chegou lá.

— Posso falar com você?
Sofia apoiou a caneta.
— Comigo?
A esposa disse que sim.
Khalil olhava para as duas.
— Vai lá.
Sofia segurou o avental, depois seguiu para o lado do caixa e se encaminhou em direção à porta. A esposa agradeceu Khalil e a seguiu, encontraram-se na clareira de seixos, cem metros adiante, onde começavam os muros da universidade.
— Você é a Sofia e é aluna do professor Pentecoste.
Ela assentiu.
— Eu queria conhecê-la. — A esposa apoiou a bolsa e a mochila no chão, tirando os cabelos do rosto. Entendeu que ela se parecia com a Lisi por causa do olhar, ria mesmo quando estava séria. — Queria ouvir a sua versão.
Dois garotos passaram por elas ao entrar no café.
— Minha versão do quê?
— Por favor.
— Oh — murmurou, e acariciou a barra do avental. — O professor já disse que...
— Você — interrompeu a esposa. — Diga você.
— Não me senti bem e ele me ajudou.
— De verdade?
— De verdade.
— E antes, antes, o que aconteceu?
A neblina havia se dissipado, dando a impressão de que podia descer novamente.
— Antes quando?
— Antes do dia do banheiro.
— Normal.
— Normal o quê?

— As aulas. Às vezes, nos levava para corrigir os contos fora de sala. — Um cachorro border collie e seu dono passaram ao lado delas. — É o método dele.
— O método Pentecoste.
Sofia olhou para o border collie, que farejava uns cachorros ao lado do canteiro.
— O professor nos leva para um local significativo e...
— Para dar uma aulinha lá.
— Sim.
— Onde a levou?
— À lanchonete.
— Aquela Di Bianciardi, no bairro de Brera.
Sofia assentiu.
— E depois?
— Uma vez no bairro chinês. — Tirou as mãos do avental e deixou-as penduradas. — Parece um interrogatório.
— Por favor. — A esposa do Pentecoste tentou sorrir. — Por que ele a levou lá?
Rimini. Seu pai e o avental azul da loja de ferragens. A base do farol amarelo na extremidade leste, voltar.
— Éramos um pequeno grupo de alunos e o professor queria que... — Pigarreou. — Queria que escrevêssemos um conto ambientado por aquelas bandas.
— Então você estava com outras pessoas?
— Sim. — Mentir a fazia inclinar a cabeça, olhou para o chão.
— Você tem razão, parece um interrogatório.
— Não tem problema.
— Prazer, eu sou Margherita. — Esticou-se para oferecer a mão.
Sofia correspondeu, eram mãos macias.
— Eu precisava falar com você, acho que você me entende. Entende?

Concordou, e era verdade. Sentia-se estranhamente em sintonia com ela, por não ter conseguido se conter, pelos quadris incoerentes e pelos traços longilíneos.

— Então até logo. — Sofia fez um gesto para voltar para dentro.

— Ei. — A esposa havia pendurado a bolsa outra vez no ombro. Sofia olhou para ela.

— Ei, desculpe por ser invasiva.

Margherita se encaminhou. Nos primeiros três passos perguntou-se se deveria ter pedido *desculpa*, depois sentiu-se tomada pela confusão. Tinha sido um erro sua última fala. E depois, o que queria dizer com aquilo? O importante era não ter parecido uma pobre coitada, essas mulheres instáveis, à mercê, repetiu isso para si mesma em frente ao restaurante indiano, mas por que fizera isso? Talvez porque ela tinha sido Sofia há uns doze anos e talvez porque agora ela fosse *todas,* como dissera o fisioterapeuta. Deteve-se e teve a certeza de que, na mesma situação, teria se comportado como Sofia Casadei deve ter se comportado, corrompendo os limites de um macho incorruptível. Olhou para a mão direita, de que forma apertou a mão dela? Tinha-o feito de forma decidida? A mão estava úmida, enfiou no bolso e caminhou com a convicção de que havia levado a cabo alguma coisa. Talvez agora parasse de projetar a cena do banheiro, ele em cima da garota acolhendo sua língua insistente, ou ela ajoelhada e Carlo de pé com a braguilha aberta. Tinha evitado jogar tudo na cara do marido, exceto o fato de ele próprio ter feito todo esse estardalhaço, no afã de que o reitor soubesse a sua verdade, de que sua mulher soubesse a verdade, de que o mundo soubesse a porra da sua verdade. Carlo despejara sua retórica sobre eles, isso a enfurecia. Apertou o passo e o tendão fisgou, estava exausta ao chegar à praça Duomo.

Enviou uma mensagem ao escritório avisando que não voltaria, vagou pela galeria, depois desceu para o metrô e se dirigiu ao único lugar onde tinha vontade de estar. Comprou uma passagem na máquina de autoatendimento e esperou num banquinho em direção norte. Pegou Némirovsky da bolsa e apertou o livro em seu colo. *Suíte francesa* era um romance que transbordava vida: havia, porém, também um presságio nas páginas, um último canto à vida, antes que Auschwitz interrompesse os sonhos de quem o escrevia. Entrou no metrô repetindo em sua mente o telegrama que o marido de Némirovsky escreveu ao seu editor, só a esposa foi detida pela polícia: "IRÈNE PARTIU HOJE DE REPENTE PT DESTINO PITHIVIERS (LOIRET). ESPERO POSSAM INTERVIR COM URGÊNCIA PT TENTO EM VÃO TELEFONAR".

Segurou o livro até descer na estação Pasteur, subiu de novo à superfície e atravessou o bairro onde crescera. Aquele, que já fora um bairro de gente local, agora reunia vinte e sete etnias diferentes, um vaivém que a deixava de bom humor. Ela desacelerou entrando na rua Delle Leghe com seus restaurantes chineses e mercearias marroquinas. Aqui, tinha sido ela mesma antes das paixões e quando ainda se contentava. O prédio da sua juventude ficava na esquina. No térreo, a leiteria agora era um café administrado por uma família da Tunísia, serviam café Illy e tinham uma conexão rápida à internet. Pegou as chaves, mas decidiu tocar, tocou duas vezes, o interfone chiou e ela disse:

— Sou eu.

— Eu?

— Sua filha.

Empurrou o portão e subiu o primeiro lance de escadas, sua mãe a esperava no andar de cima.

— Aconteceu alguma coisa.

— O cara do aquecedor veio?

— Não mude de assunto.

— Não posso ter vontade de ver minha mãe? Me conte do aquecedor.

A mãe entortou a boca.

— Era uma des-com-pres-são — soletrou bem a palavra. — O vaso de expansão estava vazio.

Beijou-lhe o rosto, tinha uma mãe que cheirava a produto de beleza. Era minúscula e olhava de baixo para cima.

— Está com fome?

Margherita foi para a sala de estar. A poltrona do pai tinha sido afastada da estante de livros, a televisão estava ligada com o som baixo no canal Rai Uno.

— Meu tesouro, me conte.

— Queria ficar um pouco aqui com você.

— Como Churchill, que tirou um dia de férias durante a Segunda Guerra Mundial. — Sentou-se ao lado dela. Ficava em silêncio sempre que entendia que o coração da filha estava em frangalhos. Às vezes, quando Margherita era jovem, nos momentos turbulentos, beijava-lhe a cabeça, mas depois que a filha se casou, buscava se aproximar com mais cautela, ficando lado a lado, arrumando o colarinho da camisa, limpando seu casaco com o dorso da mão enquanto ela o vestia.

Arrancou Némirovsky da sua mão.

— Sabe, meu bem, vou lhe dizer uma coisa: eu não leio mais como antes. — E apontou para a estante de livros. — Descobri que lia pelo casamento.

— Você sentia tanto tédio assim com o papai?

— Pelo contrário, ler era como uma caixa de ressonância. — Moveu sua franja. — Se você não quiser me dizer o que é que você tem, eu lhe digo.

— Não é nada, já disse.

— Se sonhei com Pannella[2] alguma coisa tem.

---

[2] Marco Pannella (1930-2016) foi um político, ativista e jornalista italiano. Foi líder do Partido Radical, lutou em defesa da legalização do divórcio, do aborto e da defesa dos direitos humanos. [N.T.]

— Mãe! — E não conseguiu conter um sorriso. — Mas por que você tem essa obsessão com a política?

— Vivi com um homem que votou no Berlusconi. Você sabe o que ele respondeu quando lhe perguntei o porquê?

— Hum.

— Voto no Silvio por causa do seu programa de televisão *Drive In*.

— Peitos e bundas.

— A leveza, tesouro. — Acomodou-se no sofá. — Você não imagina como peitos e bundas podem ser um bom entretenimento.

— Vamos deixar isso para lá.

A mãe ergueu o olhar.

— É por causa do seu marido, então.

— Não quero falar sobre isso — respondeu, fitando a janela da sacada.

A sacada ficava no mesmo nível da sala. Quando era pequena, seu pai mantinha as portas abertas e a deixava andar com sua bicicleta de rodinhas, para frente e para trás, enquanto a mãe costurava sentada num banquinho. Remendava da mesma forma que lia, cirúrgica e rapidamente, trazendo para casa um salário igual ao do seu marido ferroviário.

— Se você não quiser falar, tudo bem — a mãe beijou seu ombro —, mas saiba que o seu marido vem aqui de vez em quando.

— O meu marido?

— Não lhe diga que contei. — Foi até a cozinha e voltou com duas empadas. — De espinafre. Se você quiser que eu esquente, me diga.

Margherita deu uma mordida.

— E o que é que o meu marido vem fazer aqui, de vez em quando?

— Pede para que lhe prepare algo para comer, olha entre as estantes, pega algum livro. Costuma vir às quintas-feiras, se é esse o dia que você suspeita.

— Não desconfio de nenhum dia em especial.
— Está tudo bem, meu tesouro.
— Por que ele vem aqui?
— Eu não cozinho mal. E acho que vem pelo seu pai.
— Não seja previsível você também.
— Não seja ingrata. — Apoiou as mãos no braço da poltrona.
— Talvez você esqueça o que o seu pai fez por ele.
— Não me esqueço — interrompeu-a Margherita —, mas me parece exagerado.
— Você subestima o Carlo.
Margherita riu de nervoso.
— Não acho que seja isso.
Comeram em silêncio, sempre comeram em silêncio, mastigando com parcimônia, de vez em quando levando a mão à boca por pudor. A comida de sua mãe, os bons e simples ingredientes e o jeito de juntá-los num prato leve. Terminaram sem pressa, comentando a respeito do papel de parede descolorido numa certa altura. Depois, a mãe tirou o prato das mãos da filha e o apoiou sobre a mesa, a fez se levantar e a abraçou.
— É uma aluna de vinte e dois anos, mãe, e nem é uma suspeita.
— E o que é?
— Uma dor de cabeça.
A mãe se curvou para olhá-la.
— Então, como diria Maigret: você não tem nada em suas mãos.
— Mas não quero ter nada em minhas mãos.
— Uma decisão sábia, tesouro. E se quiser saber a verdade — bateu o indicador em seu esterno —, seu marido não sabe dar conta dessas aí.
— Você acha.
— Como seu pai.

Seu pai, quando viajou por três dias para um curso de atualização em Turim. Era a primeira vez que dormia fora de casa, a mãe confessou que havia costurado todas as noites até ele voltar — com dois presentes para elas, um chapeuzinho de inverno e um quebra-cabeças de Iridella.[3] Tinha voltado de bom humor com aqueles presentes e um cachecol novo no pescoço, Margherita se fechara no quarto e ouvira os pais falando sem parar na sala. E o que veio à tona, após muitos anos, era algo que a mãe havia justificado como uma *incompreensão*.

Incompreensão talvez fosse também a sua, agora. Apoiou o queixo na cabeça de sua mãe e envolveu suas costas. Disse-lhe que precisava ir, mas não a deixou, juntas percorreram o corredor com as xilogravuras de Milão e o cabideiro de madeira vermelho e o tique-taque do relógio de parede, o piso de granilite encerado. Invejava sua mãe por aqueles móveis cujos desgaste e conserto ela havia previsto. Deteve-se no limiar e beijou-a, cheirou seus cabelos com laquê.

— E você acha que eu sei dar conta daqueles do *Drive In*?

— Não me parece que havia vedetes homens no programa *Drive In*. — A mãe estava séria. — E de qualquer forma, claro que saberíamos lidar. — Sorriu. — Amanhã no encontro com Buzzati você poderá esclarecer a suspeita ou a dor de cabeça do diabo.

— Você acha?

— Acho. E me dê notícias também do apartamento em Concordia. — Arrumou o casaco da filha. — Você sabe que seu pai deixou algum dinheiro para você.

— Vocês deveriam ter comprado essa casa.

— Nós sempre vivemos de aluguel. — Mandou-lhe um beijo do saguão do andar.

---

[3] Desenho animado dos anos de 1980, cujo título original é *Rainbow Brite*. [N.T.]

Margherita retribuiu enquanto descia as escadas. Ao sair do prédio, sentiu a falta do pai. Apressou-se em deixar a rua Delle Leghe e o quarteirão, entrou na avenida Monza e caminhou até a praça Loreto. Seu pai e as sobrancelhas espessas e o cigarro pendurado, os pequenos alicates nas mãos com os quais consertava tudo, ou enquanto a observava fazer a tarefa de latim, fingindo que estava arrumando a cozinha. Diziam que ele ajeitava as estações de trem fumando, às vezes comentava algo sobre o Milan ou sobre o Gaetano Scirea, embora este jogasse na Juventus, os méritos da Margherita no colégio, o genro que era um *bel fioeu* — um belo garoto. Dissera a Carlo: dê uma mão às mulheres, se puder. Foi no dia em que os médicos do hospital Humanitas lhe informaram que tinha uma mancha no pulmão. Que tipo de mancha?, perguntou esse homem imponente que engolia suas palavras e não quis se sentar enquanto lhe davam o diagnóstico. Agora vamos tentar entender isso direito, responderam, e ele voltou para casa e começou a organizar os documentos do arquivo que ficava na sala.

Todas as vezes em que se sentia órfã, Margherita procurava o marido. Olhou a hora e telefonou para a imobiliária, passaria para pegar as chaves da avenida Concordia. Depois ligou para Carlo:

— Conseguimos o apartamento, quero que você venha ver comigo. Venha agora.

A insistência se tornara um artifício seu quando notou que sabia avaliar a necessidade. Era uma mulher comedida, fechava as contas com naturalidade, contagiava as pessoas em sua essência sem passar uma sensação de renúncia. Seu marido havia aprendido a satisfazer aquelas urgências. Alugar uma casa de setenta metros quadrados com um banheiro de dois, com trezentos euros por mês de desconto para fazer aquele sacrifício. Reservar férias com um ano de antecedência e ficar monitorando as companhias aéreas para conseguir voos diretos por um bom preço. Cozinhar com os restos da geladeira.

Percorreu a avenida Buenos Aires e a parte de Milão que detestava, a fileira de lojas, virou na rua Spontini, sua imobiliária ficava na metade da rua, abrira-a havia três anos e levara consigo Gabriel e Isabella. Depois da recessão do ano anterior nos Estados Unidos, as coisas agora iam bastante bem. Entrou e viu que Isabella tinha saído para fazer visitas, Gabriel estava numa ligação e lhe entregou as chaves, ela sorriu e saiu de imediato, prosseguiu em direção à avenida Monte Nero, precisaria de uns vinte minutos a passos rápidos, se a perna aguentasse caminhar.

O apartamento da avenida Concordia ficava no último andar de um prédio sem elevador, havia conseguido administrá-lo após uma longa tratativa com a proprietária. Frequentaram por oito meses a mesma aula de pilates e no vestiário havia surgido a conversa de uma possível venda, caso a proprietária tiver decidido se mudar para Maiorca com o namorado. Quando Margherita viu a casa — convidada para fazer uma avaliação informal e tomar um chá — ficou impressionada com a luminosidade. Os dois quartos amplos, a sala, a cozinha espaçosa e as duas sacadas pareciam meros detalhes. A proprietária confidenciara que queria cobrar quinhentos e cinquenta mil euros pelos cento e dezessete metros, em função do bairro e seu prestígio. Serviu-lhe chá — na verdade uma infusão de frutas vermelhas — acompanhado de biscoitos amanteigados da Noruega, acrescentou que todas as mulheres perto dos cinquenta deviam se permitir uma mudança de vida — no seu caso, mudar-se para a casa de um amor que havia mitigado seu divórcio. Margherita concordou, bebericando a infusão e insistindo na questão do elevador: quatro andares e mais uma centena de degraus para subir eram uma certa desvantagem. Depois, contou-lhe do banheiro de dois metros quadrados no qual tomava banho todos os dias, divertiu-se imitando a dificuldade que sentia em coordenar os jatos de água e o xampu. Sorriu, quase gargalhou, consciente de haver revelado uma contradição, era a dona de uma imobiliária em ascensão sem ter um imóvel à altura da sua posição. Porém, a confidência removeu a timidez, desencadeando pequenas intimidades: a proprietária lhe confessara que o namorado espanhol estava em maus lençóis, e não se refere a estarem sujos. Com a venda de Concordia, poderia viver em Maiorca com um padrão de vida satisfatório. Depois que Margherita machucou o tendão, não voltaram a se encontrar, haviam trocado mensagens de cortesia até que a proprietária lhe comunicou que gostaria que fosse ela a cuidar da venda do imóvel, escolheu-a por uma questão *de intuição*.

Agora estava pronta para mostrar Concordia para Carlo, ainda que ele tivesse dito que aqueles quinhentos e cinquenta mil euros eram impossíveis de encarar. Ela respondera que havia margem para negociação, bastava ter uma estratégia. Falaram sobre isso quase num tom divertido, depois o mal-entendido havia obscurecido as perspectivas, ainda que ela não tivesse deixado de sonhar. Ficava imaginando a luminosidade da sala, finalmente uma estante de livros ampla, a possibilidade de convidar mais do que um casal de amigos por vez, o vinho saboreado na sacadinha, uma banheira. Assim que chegou ao portão do número oito, sentiu-se tomada por uma ebulição. Aventurou-se no hall de entrada e se apresentou ao porteiro, sentou-se nos degraus da escadaria A. Tocou suas pernas e se sentiu invadida pela lembrança de Andrea, pegou o livro de Némirovsky e colocou-o sobre os joelhos. Apoiou a testa nele, Querida Irène, você não teria toda essa paciência, sorriu porque sussurrar a fazia se sentir melhor.

— Esse romance acaba com você.

Ela ergueu a testa do livro e viu seu marido vindo em sua direção, levantou-se.

— Estava te esperando.

— Vim o mais rápido possível. — Beijou-a. — Então, estamos aqui. — Carlo arrumou o colarinho do casaco que estava dobrado para dentro.

— A proprietária antecipou a entrega das chaves.

— E se eu gostar?
— Não quero pensar nisso. — Fez um gesto para segui-la.
— Aí podemos continuar vivendo de aluguel.
— Então volte para o trabalho.
— Estou brincando. — Pegou sua mão. Adentraram no pátio interno. — Qual é a entrada?

Era o prédio na frente deles, embutido no pátio. Ela mexeu as chaves, afastou-se dele e abriu o portão de ferro. Viram-se diante das escadas. Cheirava a reboco, subiram um atrás do outro, parando em cada andar.

— É difícil sem elevador. — Ela se agarrava ao corrimão, chegou ao quarto andar e sentiu dor na perna.

— Eu vou na frente e abro as persianas.
— Te ajudo.
— Espere aqui.

Ela foi e logo depois voltou.

— Venha agora.

Carlo se encaminhou, o andar prudente no metro e noventa de altura, o jeito de inspecionar quase farejando, margeava a mobília sem tocá-la e depois a tocava, a moldura do espelho num quarto, a cabeceira da cama trincada, insistia no polimento do abajur, continuava a vagar, a forma de caminhar que sugeria uma atenção obsessiva e uma distração repentina. Entraram na sala, havia uma mesa com oito cadeiras de vime, um sofá e, acima, um teto decorado com três elefantes estilizados. Ele olhou para ela.

— Isso vai ser uma encrenca.
— Espera terminar.
— Vai ser uma encrenca.
— Você acha?
— Uma superencrenca.

Ele se apoiou numa das janelas e ela contemplou o marido sob aquela luz. Sentia-se fascinada pela naturalidade com a qual ele se apossava do instinto de sua mulher. Como Michel, o marido de Némirovsky, que tomou-a e levou-a para o campo perto de Paris, quase à força, depois de ela ter sussurrado uma manhã: Sonhei com flores do campo azuis e lilases e não havia guerra. Margherita fez um gesto de ir até ele, parou, ele ainda estava à janela. Ela venceu a hesitação e, assim que se aproximou, abraçou-o por trás. Era um corpo que havia desejado desde o jantar em que se conheceram, majestoso e tímido, tinha lhe permitido ultrapassar a palavra pudor. Acabaram na cama uma semana mais tarde — ela o convidou para subir, depois de um sorvete vespertino — e havia sido estranho ver a si mesma romper essa barreira: ouvir sua voz gemer, governar com habilidade seus músculos, revelar-se diante de novas anatomias. A glande inchada, a boca fazendo força para contê-la, abrir as pernas e pulsar na espera do gozo. Tinha entendido que seria *ele* pelo jeito como se entregou. Confessara isso a si mesma logo de início. O sexo, desde aquela tarde, havia sobrevivido com o passar dos anos, aproveitando lugares inusitados, momentos inapropriados, provocando uma química colaborativa. Queria que acontecesse também naquele momento, na luminosidade de um apartamento caro demais na avenida Concordia. A brutalidade ainda poderia reparar os mal-entendidos: ser fodida apoiando os cotovelos na mesa, esperando que o espasmo provocado por um fisioterapeuta virasse *um marido*. Desejava que ele a tomasse, como desejava: mas ele talvez tivesse pegado Sofia Casadei. Era uma infração que a mortificava, mesmo agora, enquanto mantinha suas mãos sobre as costelas de Carlo. Não as deixou baixar porque talvez a garotinha já o tivesse feito. Afastou-se dele e disse que aquela não seria a casa deles.

Ele se virou.

— Onde vamos encontrar uma luz assim?

— Onde vamos encontrar quinhentos e cinquenta mil euros.

— Você disse que é possível negociar.

— Negociar significa diminuir cinquenta mil.
— Estamos em dois mil e nove e estamos todos em crise.
— Não é o suficiente.
— Não tem elevador.
— Não é o suficiente.
— Temos uma estratégia, não é?
Ela arrumou seus cabelos atrás das orelhas.
— A estratégia é a maldade.
— A maldade é interessante.
— Não sou uma das suas alunas.
Sua mulher sabia como expô-lo. *A maldade é interessante* poderia ser o princípio de uma de suas aulas provocadoras. Todas as vezes em que ela o expunha, ele procurava uma rota de fuga, o tique imperceptível das pálpebras, a introdução de uma questão que pudesse desorientar, uma resposta atravessada, uma mudança de cenário físico: então, atravessou a sala e se enfiou na cozinha, na geladeira havia uma garrafa d'água ainda fechada, teve vontade de beber, fechou novamente a porta e se dirigiu aos quartos, ficou no limiar da porta do primeiro cômodo enquanto tentava recobrar o sentido do que estava fazendo.
Debruçou-se no corredor.
— A proprietária precisa de dinheiro, não é?
Margherita fez um gesto para que ele abaixasse o tom de voz.
— Seu namorado está com a corda no pescoço.
— Então temos a solução.
— O dinheiro dos seus pais não é a solução.
— Não desconverse: sua estratégia de maldade é a solução.
Ela havia lhe explicado que a única possibilidade era apelar para o desgaste da proprietária: enganar sobre as visitas, exagerando nas dificuldades de venda. Poderia fazê-la reavaliar o valor inicial e, àquela altura, eles entrariam na negociação. Seriam necessários de três a seis meses. O risco era que o apartamento

fosse confiado a outras pessoas, nesse caso, adotariam outra tática. Confidenciara-lhe isso antes de dormir — antes de dormir, o casamento deles dava à luz premeditações excitantes.

— Não consigo, Carlo.

Não consigo abrir minha própria imobiliária. Não consigo ser a cuidadora do meu pai. Não consigo me casar. Não consigo, duas palavras para dizer que no fundo conseguia, sim. Naqueles anos, ele tinha entendido que esse não conseguir da mulher no fundo significava seu medo de ser uma pessoa sem escrúpulos. Até o mal-entendido. Desde então, ela de fato tinha parado de *conseguir*. Como poucas horas antes, quando não quis subir até a sala de aula — que alívio — após ele ter convidado, permanecendo no pátio, cabisbaixa. Ou nas semanas anteriores, quando não lhe perguntou mais se continuava dando aulas fora da universidade, para quem, para quantos. Ou deixando de lado exuberâncias menores, como o rímel ou o dançar pelada domingo pela manhã. Eram espaços tímidos de motim, mesmo de noite, quando ela buscava a beirada da cama em vez de se colocar no meio com alegre despotismo. E conforme o colchão cedia em suas beiradas, antes de dormir, sua mulher lhe falava desse imóvel cuja luminosidade era magnífica. Uma escritura seria a esperança deles? Tinha tentado não responder a essa pergunta, como tinha tentado não enfrentar as constatações que se acumulavam um dia atrás do outro em sua mente: você é refém de um romance que nunca irá escrever. Você é um professor por seis horas por semana e seu verdadeiro trabalho é preencher folhetos de turismo, com uma subvenção familiar mensal que você tenta ocultar. Você encarna o estereótipo do macho.

Tivera destreza para ocultar esses fatos, mas agora andava ansioso. Percebia isso enquanto continuava a analisar a sala do apartamento da rua Concordia e observava sua mulher com a visão periférica.

— Essa é a casa certa para nós, Marghe.
— Você realmente acha isso?

Ele assentiu e acompanhou-a até o sofá com os elefantes estilizados, ajudou-a a se deitar, acomodando a nuca dela sobre suas pernas. Parecia menor, fez um carinho em seu rosto e ela se abandonou, os olhos no teto e uma perna que tocava o chão. Agora, o corpo de sua mulher era o corpo de sua mulher: antes, quando ela o havia abraçado por trás, algo lhe escapara. Isso acontecia de vez em quando e não sabia explicar se isso também tinha origem no mal-entendido. Segurou-a ali, mais um pouco, e de alguma forma soube que naquela manhã Margherita nunca havia seguido Sofia Casadei.

Ela pegou a mão dele.

— Me promete que não vai falar com seus pais.
— Me promete que você vai falar com sua mãe.
— Você poderia fazer isso. — Respirou. — Não é na casa dela que você vai se confessar às quintas-feiras às escondidas?

Carlo olhou para ela e sentiu o mesmo desprazer de quando foi até ela na sala de casa, numa terça-feira à noite de janeiro. Margherita estava assistindo a *De volta para o futuro*.

— Há um problema na universidade — disse ele.
— Que tipo de problema?
— Com um aluno. — Usar o gênero masculino foi natural.
— Por que você está me contando isso?

Ele ficou em silêncio por um momento.

— Porque não tenho nada para esconder.
— Esconder o quê?

Ele lhe contou sua versão dos fatos.

Ela cruzou os braços.

— Parece aquele romance.
— Qual romance.
— O sul-africano, prêmio Nobel.

— Está me acusando.
— Ou o outro romance. — Olhou para ele. — Como era o começo? Luz da minha vida, fogo da minha carne.
Ele estava sentado no sofá.
— Eu botava fé na sua inteligência.
— E eu na sua.

Viu sua mulher se virar para a televisão, o cientista de *De volta para o futuro* explicava como a máquina do tempo funcionava com plutônio, os protagonistas estavam num estacionamento em plena madrugada e Marty estava prestes a começar a primeira viagem, com destino ao ano de mil novecentos e cinquenta e cinco. De repente, Margherita disse "Mas eu confio em você" e foi dormir, deixando-o sozinho no meio do sofá.

Agora também estava num sofá, zangado consigo mesmo: ela o tinha ferido ao falar das quintas-feiras na casa da sua sogra e ele sentia novamente que não havia sido capaz de se mimetizar. Manter-se em segredo, encobrir uma pequena parte de intimidade: aprendera a fazer isso na adolescência para fugir dos pais, como poderia ter esquecido aquele aprendizado?

Disse que precisava voltar ao trabalho — tinha meio catálogo sobre a Tailândia para fechar —, mas antes queria ter certeza de que ela desejava aquele apartamento.

— Oh — Margherita fez continência —, e como desejo.
— Você quer?
— Não tem elevador e é caro demais.
— Você quer?
— Queria se...
— Quer essa casa?
— Queria.
— Quer essa casa?

Ela sorriu.

— Quero, meu Deus, claro que quero.

Os dois se aconchegaram, se abraçaram. Carlo se afastou devagar e a encarou. Ficava tão linda quando estava feliz. Margherita arrumou o colarinho da camisa dele e lhe disse para voltar ao trabalho. Ficaram mais alguns minutos, depois ele se levantou do sofá e lhe deu um beijo de despedida, quando saiu do apartamento teve certeza de que queria fugir. Da casa que o enterraria em dívidas, da tentativa de uma reparação material, da chancela de uma maturidade oficial.

Desceu os noventa e seis degraus segurando o corrimão, quase correndo, atravessou o pátio e, ao chegar à avenida Concordia, se deteve. Ficou apoiado na fachada do prédio, pensava em Daniele Bucchi, seu amigo da infância com quem cursou a escola fundamental, o colegial e que agora trabalhava na lavanderia da família na região da Brianza depois de ter tido três filhos e pendurado as chuteiras. Morava numa casa geminada em Cabiate, cidade de sete mil habitantes, e na última ligação, lhe havia dito que estava feliz. Seus filhos estavam bem, assim como sua mulher, e a lavanderia lhe garantia uma vida sem preocupações. Os dois tinham perdido contato depois que Daniele teve o primeiro filho — perdido: um telefonema por semana e depois uma vez por mês —, e todas as vezes que tentavam falar novamente suas vozes precisavam se desatar.

Manteve Daniele consigo, colado à mente, com as costeletas grossas como na adolescência, enquanto se punha a caminhar e decidia se passaria ou não pelo trabalho — não tinha vontade de nada, tinha vontade de arejar a cabeça, escrever para Sofia. Pegou o telefone, viu uma ligação perdida da sua irmã, ignorou-a e desceu até a letra S entre seus contatos.

Escrever para Sofia, telefonar-lhe. Jogariam conversa fora, e ele lhe perguntaria por que aquela manhã ela recolhera suas coisas da mesa e saíra às pressas, poderia lhe dizer o que pensava do seu segundo conto que tinha ignorado por tanto tempo e tão vergonhosamente: as páginas sobre a última viagem com a mãe, no Fiat

Punto, naquele dia de maio na estrada para Santarcangelo, a música de Ornella Vanoni, o segundo que antecedeu a derrapada do carro. Diria a verdade: era um conto comovente. Depois de lê-lo, tinha hesitado sobre o título, "Como andam as coisas", havia separado as páginas sobre a mesa e tomado o caderno no qual nunca havia conseguido escrever algo completo, fechou-o, irritado. Agora, poderia telefonar-lhe e dizer quanto gostara da sua escrita, não perguntaria o motivo de ela ter lhe dito que havia sido seguida por Margherita.

Mas não lhe telefonou, dirigiu-se para o Duomo com o celular na mão e, antes de chegar a San Babila, retornou a ligação de sua irmã. Disse-lhe que afinal, talvez, a mãe de Margherita não fosse ao aniversário. A mamãe faz questão, você sabe, insistiu a irmã; de qualquer forma, eu escolheria de presente uma foca malabarista da Swarovski. Concordo sobre a foca, Simo, vou tentar convencê-la, e o resto como vai? Respondeu que seguia adiante, Mamadou tinha feito entrevistas de trabalho em vários lugares, depois contou-lhe sobre as fraldas e de como eram feitas com uma tecnologia impressionante, sempre mais finas, quase calcinhas do futuro, retêm até cem litros de xixi sem deixar escapar sequer uma gota, você acredita? Sua irmã o acalmava sempre, ouviu-a contar sobre como Nico se pendurava nos móveis para depois cair sobre a fralda que amortecia a queda, paf, é tudo um paf pela casa, se você tivesse uma criança tão gordinha e engenhosa logo entenderia, e você como anda? E Marghe? Com sua irmã podia falar por telefone e caminhar e ficar em silêncio, contou-lhe sobre a visita na avenida Concordia, ela disse que o pai deles ficaria muito feliz em ajudá-los. Não traga à tona o dinheiro do papai. Não estou trazendo à tona o dinheiro do papai, trouxe à tona papai como se dissesse mamãe ou nós, com trinta e cinco anos você ainda não se conformou de ter nascido numa família burguesa? Você, Simona, se conformou até demais. Eu pude me permitir ter o Nico sem um marido que nos mantivesse, qual é o problema, venham jantar hoje à noite e conversamos sobre sua possível nova moradia. Agradeço, mas tenho contos para corrigir, passou pelo lado da igreja de San Babila e lhe perguntou se pensava na época em que era criança. Por que me pergunta isso, não estamos tão acabados. Pensa ou não? Ela disse: De vez em quando. Eu gostava do caminho a pé da escola quando eu e Valeria Pari parávamos para comprar balas Haribo na lanchonete, as balinhas de alcaçuz e os jacarés de goma, nunca tinha fome na hora do almoço e a mamãe ficava puta da vida, eu imagino que você sinta falta. Respondeu-lhe que também gostava daquela época. E no fundo era verdade, ele só pedia para conseguir manter unidas as diferentes partes. Sua irmã e Margherita, Nico e seu pai, os seus pais e Valeria Pari, Daniele Bucchi, Sofia, todas as peças de um mosaico sem fim. Terminaram a ligação e ele estava diante da rosácea posterior do Duomo, algumas noites parecia uma história em quadrinhos de Bonelli. Circundou a catedral, atravessou a praça sem olhar para trás e desacelerou. Podia de fato passar na universidade estadual, parar no café onde trabalha Sofia, escolher a última mesa perto da vitrina, esperar que ela terminasse o turno ou que fizesse uma longa pausa.

    Apoiou-se num degrau do Duomo, o edifício Arengario estava coberto de andaimes, dois garotos tinham dado partida numa roldana motorizada. Como tinha sido capaz de tocá-la naquele banheiro? Ele o fez. Acordara, na manhã do mal-entendido, com a cabeça nebulosa, lavara-se rapidamente, vestira-se num triz, bebera o café em pé com Margherita, saíra de casa, passara na redação e definira o trabalho a ser feito com o gráfico antes de se dirigir à universidade. Obtivera a cátedra porque uma pessoa do conselho administrativo conhecia seu pai, precisavam de um jovem como o filho dele, com paixão pela literatura. Técnicas de narração, seis horas por semana. Assim que seu pai lhe falara daquela possibilidade, ele aceitara, evitando a ladainha sobre ter uma recomendação.

Quando chegou à sala de aula na manhã do mal-entendido — meia hora mais cedo, como sempre —, lembrava-se de ter se sentado na cátedra e esperado os alunos sem fazer nada de especial. Queria pedir a Margherita que passasse no almoço, não tinha tomado nenhuma iniciativa, como se ainda estivesse tomado por uma comichão indefinida que não o abandonava desde cedo. Depois, começaram a chegar os estudantes, trocara algumas palavras com Gianluca, um garoto de Lecce apaixonado por literatura russa e pelo Mickey que fazia aniversário naquele dia: iria comemorar no Plastic, queria se juntar a eles? Estou velho para o Plastic, mas mudando de assunto, você terminou o conto? Sofia foi das últimas a entrar, calça jeans clara e botas de cano curto. Escolhera a carteira na terceira fileira e ligara o computador, sem querer derrubara o estojo e deixara cair as canetas, estremecendo de vergonha pelo barulho. Já tinha se encontrado duas vezes com ela fora da universidade para corrigir seus textos, uma vez com o grupo e outra sozinha para discutir seu primeiro conto. Neste último, enquanto lhe mostrava porque sua escrita era inconsistente, percebera seus cabelos recém-lavados, uma fragrância inédita que ele respirava com dificuldade. Tinha colocado uma mão no meio das suas costas, quase para consolá-la, deixando-a subir aos poucos até a nuca.

— Desculpa — disse, retraindo a mão em seguida.

— E por quê? — perguntou ela.

Tinha se masturbado com aquele *e por quê* no banheiro do trabalho e nos dias seguintes, esperando entender o impacto daquelas palavras em seu casamento. *E por quê* tinha adquirido um eco razoável em sua cabeça, e Pentecoste foi ficando cada vez mais sensível a ele à medida que Margherita assumia a forma que ele chamava de *subterrânea*: ocorria quando ela se perdia de vista, tornava-se uma mulher distraída, precisava ser tirada do seu esconderijo, assim como ele tinha de ser arrancado do esconderijo dos seus delírios literários — ele sabia disso —, sair do esconderijo era o processo arriscado deles. Desde o *e por quê*, algo mudara e ele nada fizera para corrigi-lo: observava sua mão direita, onde havia registrado o calor nas costas e na nuca de Sofia Casadei, na base dos dedos. Tinha percebido uma temperatura corpórea mais alta, tentou absorver o fervor nos segundos em que manteve o contato, transformando-o numa lembrança para reutilizar nos momentos de tensão no trabalho — e por quê — observando Sofia que o escutava durante a aula — e por quê —, quando tinha que desenterrar um tesão sem vontade — e por quê —, coçando os sentidos desajeitadamente. E por quê e por quê e por quê.

E sentia menos medo ao ver que seu casamento não se abalava de verdade por culpa daqueles pensamentos. A mão nas costas da Sofia não era uma interferência, era uma dimensão paralela, era um aforismo que aleijava o imaginário adúltero: "Não significa nada". Ou melhor: "Não significa muita coisa".

Não quer dizer nada, professor Pentecoste? Perguntava-se isso, admitindo ter dificuldade em estar por perto dessa garota de vinte e dois anos com modos gentis, voz pacata, boa em se manter no seu lugar. Era o mimetismo de uma garotinha que lhe havia feito perder o controle. O primeiro sinal aconteceu semanas antes do episódio do banheiro, quando se deu conta de que, durante as aulas, punha os olhos nas carteiras dos seus alunos, delongando-se sobre cada um, e a pulava. Isso foi um alerta, ele ter fragilizado a liturgia do ensino: ainda não quer dizer nada, professor Pentecoste? Ainda não queria dizer nada comprar marcas de xampus diferentes para concluir na terceira tentativa que os cabelos dela, no dia da correção do seu conto sobre a dança, não cheiravam a Pantene nem a Garnier Ultra Doce, mas a Head & Shoulders? Quanto descobriu isso, ficou embaixo da ducha imóvel, respingando espuma. Nem isso significa nada, professor Pentecoste?

Depois, na manhã do mal-entendido, passou um exercício com a duração de quarenta minutos. Esperou uns momentos em sua mesa, observou a sala tomada pela ansiedade de uma prova inesperada, percebendo como gostaria de ser um deles, escrever o começo de qualquer coisa que puxasse depois uma frase e um parágrafo e uma página e outra página e um capítulo e outro capítulo e o final de um livro. Mas ao contrário, nunca tinha nada em mãos: e todas as vezes se perguntava como podia ter acontecido isso, ser alguém que mexia com literatura sem jamais ter escrito algo seriamente, uma história, um esboço que o pudesse legitimar, talvez um conto breve, nada. Tentou rascunhar alguma coisa, desistiu, perdendo a autoestima ao ouvir a própria voz em sala de aula, convencendo-se de que aquele som — o de ensinar — fosse o seu romance. Mas sabia que era a contradição que o mantinha atado aos alunos: eles que, graças a um exercício qualquer, podiam se ver numa história a ser terminada, eles que lhe roubavam a inspiração. E quanto mais ele se apresentava por trás da sua mesa de professor, maior era a ameaça de que algum de seus garotos pudesse conseguir: publicar, ter sucesso, talvez citá-lo num discurso de um prêmio importante: "Tudo isso não poderia ser verdade sem Carlo Pentecoste, obrigado, professor!" Todas as vezes que sua pulsão pessoal brigava com o ensino, ele sofria de uma enxaqueca de intensidade média, quase um zumbido, como na manhã do mal-entendido, quando foi tomar um ar no corredor após ter passado o exercício aos alunos. Acomodou-se numa poltrona perto da máquina do café, apertou as têmporas com as mãos para diminuir a dor. Dez minutos depois, viu Sofia sair da sala de aula. Levantou-se, observando-a no começo das escadas, a expressão absorta em direção ao átrio. Foi até ela, com a intenção de acomodar novamente a mão no centro das suas costas. Aproximou-se e o fez, apertando com doçura e conectando-se outra vez com o calor jamais esquecido.

— Algum problema?

Ela não se moveu.

— Não sou uma escritora.

— Você entendeu isso num só exercício?
— Eu sempre soube.
— Sofia. — Tirou a mão das suas costas.
— É só questão de aceitar.

A partir daquele momento, ele se lembrava do acontecimento de uma perspectiva insólita, como que erguida do chão: uma aluna que desce as escadas com calma, um professor que a observa de cima das escadas, acariciando-se a mão com que a tocou um instante antes. Ele decide segui-la, vendo-a dirigir-se ao banheiro, a enxaqueca piora, o batimento rápido na base do pescoço, uma ânsia de vômito de apreensão. Aquele homem não era ele, mas também era. Ao entrar no banheiro, encontrou a aluna que o olhava de perto da pia.

— Sofia, eu te entendo — disse.

Ela deixou escorrer a água e lavou o rosto, levou as juntas dos dedos aos olhos, ficou pingando até que ele lhe oferecesse o papel da papeleira. Depois que ela terminou de enxugar o rosto, ele apoiou as mãos em seus ombros. Apertou um pouco, sentindo a camisa enrugar-se entre os dedos. Deixou a mão descer pelas costas perguntando se aquilo a incomodava. Ela fez um movimento imperceptível para dizer que tudo bem, ele entendeu-o pelo reflexo no espelho. Então desceu mais as mãos, segurando a cintura fina, comprimindo-a com os polegares e os indicadores. Encostou nela, devagar, depois com mais força, surpreendendo no rosto dela um prazer que até então só tinha imaginado. Desse ponto em diante, já não conseguia recordar, com clareza, o que havia acontecido. À entrada do banheiro feminino, ele havia sido levado por ela ou teria sido o contrário? O abraço desastrado — realmente tão desastrado? A respiração contida com dificuldade, ela que diz Não podemos e se aperta contra ele, e as bocas, de novo as bocas, depois o corpo dela que desmorona.

Viu-se com Sofia entre seus pés, abaixou-se e segurou-a, a cabeça de lado, Sofia, sacudiu-a, apoiou-a à parede, acariciando uma bochecha, Sofia, ei. Ela ficou consciente num instante, num pequeno estalo, ele a segurou ajudando-a a se levantar outra vez. Ficaram abraçados contra a parede, suados, recuperando o fôlego e tomando tempo. Acompanhou-a para fora e só então se deu conta que mal havia encostado a porta, olhou ao redor antes de ir até a pia para molhar a testa dela. Foi invadido pela cólera por não ter dado conta. Despi-la, retirar-lhe a calcinha, abrir as calças e sentar na privada, baixá-la sobre ele sentindo-se penetrar, talvez tapando-lhe a boca para conter a excitação. Isso o feriu. Era uma raiva cega, confundida com um sentimento semelhante à preocupação. Sofia estava bem, esboçou um sorriso no espelho, Não sei o que aconteceu, disse. Não aconteceu nada, sussurrou ele, e viu que ela concordava, desamarrou os cabelos e amarrou-os de novo, endireitou as costas como que para se recompor, para depois sussurrar Vamos voltar para a sala de aula.

    Esforçou-se para se lembrar dos detalhes, agora, ali, sentado na praça do Duomo, observando os dois garotos com a roldana que subia pelo prédio Arengario. Sentia-se em alerta. Não era somente o medo de ser descoberto por Margherita: era a humilhação de ter confirmado que ele não tinha dado conta. Não conseguia nem trepar com uma aluna, dar conta do depois, fingir que nada tinha acontecido diante do reitor, do pai, da mulher, da irmã, de qualquer um, justificando-se por algo que nem tinha dado conta de terminar. E que não teria conseguido terminar de qualquer jeito. Se ela não tivesse desmaiado, ele teria inventado alguma coisa para se sabotar, algo que lhe permitisse dizer: não sou infiel. Como é que ele sabia? Sabendo. Da mesma forma como os garotos com a roldana sobre o Arengario sabiam que precisavam rodar o cabo de aço para evitar que fizesse um nó durante a subida. Enganchavam o balde com cimento líquido e o sustentavam, com doçura, para então enviá-lo, conscientes de que sem aquele cuidado teria se enroscado. Observou-os bem, podiam ter vinte ou cinquenta anos, a pele queimada de sol e uma bandana que terminava com um laço gracioso na nuca. Acionavam as roldanas e esperavam com os olhos voltados para o céu, cansados e divertidos, como garotinhos brincando com escavadeiras e caminhões. Pensaria neles antes de dormir, a bandana, a pele queimada, antes de dormir ele pensava em detalhes que lhe traziam conforto. Daniele Bucchi e sua lavanderia, o jeito gentil de dividir os tecidos, separando por tipo de lavagem, sua irmã, como segurava o filho no braço enquanto cozinhava, o colega da editora, satisfeito de ter ganhado a louça do supermercado Esselunga com cupons. Sofia Casadei, como acariciava as mãos nos momentos em que estava nervosa, como permanecia no lugar mesmo sem querer. Todas as vezes que a buscava antes do sono, procurava também Margherita: observava-a, encolhida na cama, a silhueta marrom e a respiração calma, e a reconhecia. Queria gozar em Sofia e gozava em sua mulher e do mesmo jeito sofria pelos horizontes que nunca conseguiria ver. E esse conflito se apaziguava porque "No coração de cada homem e de cada mulher há um Éden no qual não existem nem mortos nem guerras, onde as feras e as corças brincam juntas e em paz. Trata-se só de reencontrar esse Paraíso": sua sogra lhe entregara o romance de Némirovsky com um marcador de páginas de tecido bem naquela página, as feras e as corças juntas, trata-se somente de reencontrar esse paraíso.

 Levantou-se dos degraus do Duomo e virou a cabeça, a Nossa Senhora era tão pequena. Acometeu-lhe este discernimento: que o mundo externo — os fatos e a atualidade e as mudanças de uma época —, tudo havia sido superado pelo próprio tempo interior — a obsessão, a intimidade, as engenhocas viscerais —, como se, fora do próprio ecossistema, tudo fosse fumaça. Dirigiu-se à universidade estadual, precisava falar com ela uma última vez.

 Andou rápido com as mãos nos bolsos, quase cabisbaixo. Quando chegou, assomou à vitrina e viu o garoto que atendia no caixa, as costas de Sofia se confundiam com os clientes na fila.

Manuseou o telefone, teria de ligar para a mãe a respeito do almoço de aniversário, atualizar o colega na redação sobre as diagramações. Pôs o telefone novamente de lado, mostrou-se na vitrina, ficou parado até que ela o notasse.

Esperou-a naquele ponto, havia um paralelepípedo mal encaixado, tentou encaixá-lo com o sapato e continuou a fazê-lo mesmo depois de ela ter chegado.

— Não posso deixar Khalil sozinho.

— Só um minuto. — Olhou com atenção suas sardas. — Queria falar com você.

— Sobre o quê?

— Falar com você.

Ela continuava como se não o ouvisse, as mãos enlaçando uma caneta.

Ele se aproximou.

— Li seu conto.

— Por que você veio aqui? Por que todos vocês vêm aqui?

— Todos?

— Não me importa mais aquele conto, professor. Mas agradeço o senhor por ter lido.

— Podemos voltar a não usar o senhor?

— Preciso entrar.

— Sofia. — Deu outro passo em sua direção. — Acredito em cada linha que você escreveu.

— Acredita?

— O acidente, sua mãe, o que você sentiu. Quero dizer — recuperou o fôlego —, você foi verdadeira.

— Escrevi o que eu me lembrava.

— Mas na literatura a verdade é o que se lembra.

Uma mulher por volta dos sessenta anos, que procurava algo em sua bolsa, deixou a carteira cair no chão. Sofia olhou-a recolher a carteira e entrar no café.

— Sua mulher nunca me seguiu, professor.

Ficaram em silêncio, o burburinho da universidade os envolveu.

— Então por que você me disse isso?

— Não sei.

Ele pigarreou.

— E se hoje de manhã no pátio eu tivesse falado sobre isso com a minha mulher?

— A velha história teria vindo à tona de novo.

— A velha história.

— Preciso ir, professor.

Tocou um braço dela.

— A velha história?

— A velha história, sim.

— Não aconteceu nada naquele banheiro.

— Será?

— A verdade é essa.

— A verdade é o que se lembra, não é?

— E você lembra do quê, vamos lá.

Ela olhou para ele.

— Sabe que no dia do acidente minha mãe e eu íamos à igreja onde ela se casou? É uma igreja de pedra em Santarcangelo di Romagna, chama-se a Pieve. É simples, há um crucifixo de madeira e a luz provoca um reflexo lindo, tipo prateado. Minha mãe me contou que pensava na Pieve sempre que se sentia triste. Hoje então você está triste, eu lhe disse enquanto ela dirigia. Ela ficou em silêncio. Há algum tempo não falava mais com meu pai, ele dormia no andar de baixo num pequeno apartamento que tinha sido da minha avó, ela e eu ficávamos com toda a casa do andar de cima para nós. Dizíamos que era o apartamento das mulheres. Uma noite, entrei no quarto da minha mãe, pois tinha visto a luz acesa, e vi que ela relia algo que meu pai escrevera havia bastante tempo: uma anotação num lenço do bar Filon, um lugar onde se encontravam antes de irem trabalhar, quando tinham vinte anos. Deixou-me ler, estava escrito em dialeto A *te dég me che t ci béla!* Quer dizer "Eu que te digo que você é bonita"! E sabe o que mais me chamou a atenção? A exclamação. Meu pai e a exclamação são as coisas mais distantes que eu conheço. Foi assim que entendi que tinham sido felizes. Naquela tarde, enquanto íamos ver onde tinham se casado, eu assistia à última tentativa da minha mãe de se lembrar disso. A verdade é o que nos lembramos, e minha mãe estava esquecendo tudo. Dirigia cansada, abandonada no assento, quando começou a cantarolar uma música da Vanoni — entendi depois que era *Rossetto e cioccolato*. É essa última coisa que quero me lembrar da minha mãe. A Vanoni cantada na voz rouca dela. Não me lembro do resto. Não me lembro do momento em que pensei que talvez acabasse como ela, o volante, meu braço que se estende e tenta endireitar sua distração ao dirigir. Não lembro se ela perdeu porque quis o controle do Punto, se realmente inclinou os pulsos para pôr fim à tristeza. Não é a minha história. Como não é minha história as mãos de um professor que pegou na minha bunda.

Ele pisou forte no paralelepípedo levantado, alguns estudantes saíam da universidade e caminhavam na direção deles. Tinha vontade de se sentar, escolheu a mureta que delimitava a calçada. Abaixou os olhos para a ponta do sapatos ingleses.

— Agora eu preciso entrar, professor.

Ele permaneceu cabisbaixo, soube que ela já tinha ido pelos passos e pela porta do café que se fechou.

ANDREA FICOU NA BANCA do jornal com o pai o resto da tarde, sua mãe voltou para casa antes, de metrô. À noitinha, pediu as chaves do carro, estacionado ao lado da banca, quando ligou, o pai bateu na janela.

— Vá devagar.

— Diga para a mamãe que você vai marcar outra consulta.

— Já disse para parar com isso.
— Diga isso a ela. — Estendeu a mão para despedir-se dele.
— Trago o carro de volta hoje à noite.

Quando partiu, ainda carregava nas pontas dos dedos as contraturas que havia conseguido soltar das costas do pai. Esfregou-os, depois manteve um ritmo constante, precisava de vinte e cinco minutos para percorrer os oito quilômetros que o separavam do cachorro. Fez a viagem sem pensar, imaginando que estivesse dirigindo rumo à barreira sul de Milão ou até Piacenza e Parma ou até a Toscana e além, nunca tinha viajado mais para o sul do que Florença.

Chegou sem desacelerar, a neblina era espessa só em alguns pontos e quase não se avistava a casa de campo. Estacionou ao lado da estrada, abriu o portão e entrou, bateu três vezes à porta. A garota abriu enquanto falava ao telefone, fez sinal para que ficasse em silêncio e se acomodasse. Ele se encaminhou até a cozinha, a televisão estava ligada e passava uma propaganda, havia cheiro de fumaça e esmalte para unhas, percorreu o corredor até a porta-balcão que dava para os fundos. Já estava entreaberta, escancarou-a e ouviu os latidos. O cachorro forçou a corrente, rasgou-a com o pescoço, levantando-se sobre as patas traseiras.

— Ei, César, bonzinho, fica bonzinho.

Mas ele continuava.

— Ele está nervoso o dia inteiro. — A garota veio até ele fumando entre dentro e fora da casa, as unhas vermelhas e recém-pintadas.

— É essa neblina.

— Deixe ele reconhecer você.

— Não precisa. — Abaixou-se com os braços tensionados, o cão se acalmou e veio até ele. Andrea lhe fez carinho.

— Acho que ele teve uma infecção. — A garota voltou para dentro de casa.

Andrea olhou a pata do dogue, a mordida ainda brilhava. Ficou preocupado com o inchaço no lado esquerdo. Roçou-o, tocou-o, apoiou a palma da mão e apertou devagar.

— Fica bonzinho, César, fica. — O cão lhe deu ouvidos e ele conseguiu explorar os músculos e os ossos.

Tinha aprendido que os animais escondem os lamentos melhor que os humanos, quando emudeciam, ele se preocupava. Inspecionou melhor a pata enquanto lhe contava do dia, da tarde livre e de seu pai que tinha furado a consulta para ir passear no parque, como ele. Quer ir ao parque, César? Quer ir, hein? Amanhã nós vamos. Agora fique bonzinho e deixe-me ver. Acariciou até o rabinho, uma vírgula truncada, desceu até o ventre e César pulou para frente, Andrea chamou-o novamente e voltou a tocá-lo devagar. Levantou a pata doente, quando a pôs outra vez no chão, notou que não sustentava bem o peso. Talvez tivesse acabado e já o liberaria. Examinou de novo, antes de fazê-lo, levantou a cabeça e percebeu que a neblina os engolia.

— Não tenha medo, venha aqui.

O cão girou em torno de si mesmo, a garota e os outros vieram até o pátio.

— Como ele está? — perguntaram logo lá fora.

Andrea não os olhava.

— Não está pronto e não pode mais lutar.

— O que quer dizer que não está pronto?

— Tendão, é uma inflamação.

— E o que quer dizer que não pode mais lutar?

— A pata está ferrada.

— Ouviram o que o doutor disse?

— Chega, Giulio. — A garota virou-se em direção ao irmão. Era um homem de trinta anos, imberbe, com os cabelos arrumados, vestia uma camisa xadrez que marcava seus ombros baixos.

Andrea não parou de acariciar o cachorro.

— Vocês tinham dito que trariam outro hoje à noite.

— Está no carro. É um pastor, mas tem alguma coisa de errado. Algo que não se encaixa era, para eles, o sinal de medo. Ele também tinha aprendido a reconhecê-lo: as patas mal-colocadas, o olhar de súplica, o uivo à primeira ferida, o lançar-se contra os donos quando o encaminhavam em direção ao ringue. Eram animais comprometidos por um passado dócil.

— Vamos ver. — O irmão da garota voltou para dentro da casa e saiu com um pau de madeira, aproximou-o às costas do dogue. O cão mordeu-o e arrancou-o, a coleira o enforcava, mas ele não largava a presa. — Ei, ei, tranquilo, tranquilo.

— Claro que está pronto — disseram os outros.

Andrea se levantou, encarou a garota. Tinha descoberto as rinhas no ano anterior, quando ela pedira autorização ao irmão para levá-lo e ele se viu no primeiro encontro de Chiaravalle numa noite de maio. Um dogue contra outro, um dos donos interrompeu a luta porque uma mordida na pata tinha comprometido seu animal, então separaram os cães e o homem até perdeu dinheiro e também fez outros perderem. No ringue, ficaram três faixas de sangue. Andrea sentiu um langor. As carnes dilaceradas, a opressão, quando voltou para casa deitou-se na cama e não conseguiu pegar no sono.

— O cão não pode lutar. Devem ser feitas infiltrações, vai se recuperar mais rápido — disse Andrea, dirigindo-se a ela.

— Depois da rinha — responderam eles.

Quando ele e a garota se encontraram — no Magnólia, durante uma noite de música eletrônica dos Prozac +, ela já tinha o César. Fora trazido para casa pelo seu irmão. Quando pequeno, era dócil, mas de repente deixou de ser, e ela não podia mais mantê-lo em casa nem levá-lo ao parque. César atacou-a somente uma vez, por ela ter feito um gesto brusco perto do focinho, ele rosnou e a corrente o segurou. Atacava seu irmão com frequência. Tinham-no deixado na velha casa de campo, revezavam-se para ir alimentá-lo, Andrea ia cuidar dele sempre que podia. Entendera que ele ficava bravo com paus de madeira em cima da sua cabeça e com gestos rápidos. Parava se você lhe contasse alguma coisa. A garota dizia que amava César mesmo assim, e dizia que mesmo assim amava Andrea. *Mesmo assim* era a complicação deles.

Andrea se aproximou de César, pegou uma ponta do bastão que o cão ainda mantinha entre os dentes.

— Vamos lá, solte-o. — E retirou-o. — Ele precisa ser deixado em paz.

— Deixa ele tentar uma última vez — disse ela. — A última vez, Andre.

— Que história é essa de última vez? — perguntou o irmão.

— É a última vez — repetiu ela. — Se ele não dá mais conta, você perde a sua grana.

— Tudo bem — disse o irmão e fez um gesto para que soltassem a corrente. — Ele vai para a rinha.

Andrea deixou cair o bastão, pôs-se de lado e esperou que o irmão colocasse o laço no cão, tentou várias vezes, mas não conseguiu. A garota se abaixou e tentou acalmar César.

— Andrea — disse ela. — Faça você.

Mas ele deu alguns passos para trás.

— Mova seu rabo — disse o irmão. — Por favor.

Andrea voltou para casa, foi até a cozinha e se acomodou no sofá. As almofadas puídas, o cheiro de coisa velha, o assento deformado, aqui ele dissera para a garota que bastavam carícias, que o resto ele não conseguia dar nem a ela nem a nenhuma outra. Deixou sua nuca afundar no canto do encosto.

Ela o encontrou com os olhos voltados para o teto.

— César está enlouquecendo, você pode vir?

Ele sacudiu a cabeça e ela ficou imobilizada. Era uma silhueta filiforme com os cabelos soltos que lhe caíam sobre os ombros.

— Tenho um irmão idiota que gosta de você.

— Bateu nele de novo, está com um inchaço que antes não tinha.
— É uma coisa antiga.
— Bateu nele de novo. — Ele olhou para ela, depois fechou os olhos. Estava cansado.
A garota se sentou e acariciou uma perna dele, deu uma beliscada, sorriu.
— A gente consegue uma grana para passar três dias na praia. Eu e você.
— Por quê?
— Porque eu gosto da praia.
— Por que continuamos? — Andrea se levantou do sofá e percorreu o corredor, saiu pelos fundos. Viu os outros fumando, num canto do pátio. Aproximou-se novamente do cachorro, a corrente ressoou como um chocalho. — César, vem aqui.
O cão latiu e ficou imóvel, latiu de novo e, quando ele se aproximou, virou o focinho de repente.
— Bonzinho, sou eu.
— Ele está puto da vida — disse o irmão.
— Vem, César, sou eu. — Ajoelhou-se e abriu um braço, esperando que o cachorro chegasse, deixou que o cheirasse e acariciou seu pescoço, subiu devagar até a cabeça. — Ei, meu amigo.
Ao dizer isso, virou a mão e o cão a mordeu. A garota gritou da porta-balcão e os outros se aproximaram com o bastão.
— Andre, Andre.
— Não foi nada. — Andrea abaixou os olhos, fora mordido entre o polegar e o indicador, um buraco no meio que jorrava sangue. — Deixem-no em paz, não foi nada.
Carregaram Andrea até o limiar do pátio, ela entrou e voltou com trapos e água oxigenada.
— Fique parado, me deixe ver. — Lavou sua ferida e fez um curativo.

— O trabalho — disse.
— Tranquilo.
— Como faço com o trabalho? — Moveu o polegar, moveu o indicador e sentiu uma dor insuportável. — Como vou fazer?
— Vamos te levar para o pronto-socorro.

Mas ele manteve o trapo pressionado e entrou de pronto, sua camiseta e as calças estavam completamente encharcados de sangue e terra, foi até o banheiro e deixou correr água fria. Colocou a mão embaixo do jato d'água e viu que o canino havia rasgado dois pontos, tocou-se, os tendões estavam bem e também os dedos, o músculo abdutor do polegar, não. Começou a mover os dedos, um por vez e juntos, enquanto o sangue escorria, formando uma poça preta.

— Vamos ao pronto-socorro — disse ela. — Não seja cabeça-dura.

— Ouça-a — disse o irmão no limiar da porta do banheiro.
— Aquele cão bastardo, era a noite certa.

— Você bateu nele. — Andrea tirou a mão da pia, foi de encontro a ele. — Está inchado de um lado.

— Se comporta como protetor dos animais, mas é o primeiro que...

— Você bateu nele.

— É o primeiro a desfrutar. Ou não é?

Andrea cavou um espaço e foi até a geladeira, abriu o congelador e encontrou a bisteca para César. Enrolou-a num trapo e apoiou-a sobre a ferida. Sentou-se à mesa, disse à garota:

— Mande-os embora.

— Eles te levam até San Donato.

— Mande-os embora, por favor. — Levantou o punho sobre a cabeça, o sangue parou por um instante. — Mande-os embora.

Ela obedeceu e pediu que saíssem. O grupo ficou em silêncio, depois, o irmão disse para tentarem colocar no ringue o pastor que estava no bagageiro. Desfilaram na frente dele, ele não os olhou e ouviu dizerem Você encheu o saco até de Deus.

A mão estava ficando roxa e o corte jorrava menos sangue, ela tomou um trapo novo e continuou a fazer vigília sem dizer nada. Depois, ele se levantou.

— Aonde você vai?

Ele não respondeu.

— Aonde você vai?

Ia tirar o demônio dele mesmo.

O pátio era um quadrado cor de chumbo, a neblina ainda era densa e César estava deitado sob a marquise. O cão trotou de um lado para outro, a corrente era uma serpente que refletia a luz do lampião da rua.

Andrea tirou a camiseta encharcada de sangue, as linhas dos músculos marcavam suas costas, os ombros e o ventre, sua pele era branquíssima. Abaixou-se, escondeu a mão ferida com uma perna e esperou. O cão veio. Respirava pesado com o maxilar fechado, latiu.

— Vem, amigo.

A garota recuou, tinha pegado o bastão e estava pronta.

— Vem, César, amigo.

O dogue vacilava sobre a perna ferida, desenhou um perímetro amplo, fixou-se no meio. Aproximou-se e ficou a um palmo dele. Andrea começou a tremer. Depois esticou a mão que estava boa, César cheirou-a e então lhe disse que só o machucou um pouco e que era o Giulio que ele tinha que morder, tinham que combinar de mordê-lo juntos, não é, César? Não é? O que você acha de um dia desses combinarmos você e eu de darmos uma lição no Giulio? Acariciou o pescoço dele e depois as costas até o rabo. Interrompeu quando sentiu que estava tudo bem. César olhou para ele, a respiração limpava sua garganta, sentou-se como quando esperava comida. Andrea lhe disse Nos vemos em breve, depois levantou-se devagar. Recuou e a neblina os separou.

— Você é louco — disse-lhe a garota, e voltaram juntos para casa.
— Preciso levar o carro de volta para meu pai.
— Eu te levo. — Fez uma pausa. — Fico com você.
Ele ainda perdia sangue e a dor era contínua.
— Fico sozinho.
Ela deixou os braços caírem ao lado dos quadris.
— Faça como quiser. — Sentou-se à mesa e fixou os olhos sobre a toalha de mesa de plástico.
— Cristina.
—A antirrábica foi dada — disse sem tirar os olhos da toalha.
— Cristina. — Ele vestiu a camiseta suja, fez um gesto para se aproximar. A garota se afastou.
— Pelo menos deixe o telefone ligado.
Andrea deu-lhe um beijo no rosto e esperou algo que nem mesmo ele sabia o que era, então saiu.

Naquela noite ele sentiu sua falta. Deitado em seu apartamento de um dormitório na rua Porpora, aproximou-se do segundo travesseiro, onde tinha apoiado a ferida, apertou, beliscando a fronha, fingiu tê-la por ali e se acalmou. Cristina o liberava daquilo que ele não conseguia ser e, por um tempo, ele também tinha conseguido acompanhá-la nas coisas que desejava fazer: fugir do divórcio dos seus pais, ir às lojas de roupas usadas, nadar no mar, ir a Londres — estiveram juntos no Estádio de Wembley —, trocar besteiras. Juntos encontraram quietude. Ele entendeu isso sentado no sofá da casa de campo, quando ela tirou a roupa dele e ele deixou que o fizesse, depois estiveram juntos e Cristina lhe perguntou o que ele queria do futuro. Ele disse Um consultório de fisioterapia só meu. Ela encarou-o e perguntou de novo. Ele ficou quieto e não respondeu mais.

— Você é viado ou o quê? — perguntaram-lhe os outros, um dia, do nada.

Na fisioterapia, tinha aprendido a se inibir enquanto tratava os peitorais e quadríceps, as costas amplas e os ombros fortes. Você é viado. Cristina o distraía da verdade. Por isso, não permitiu que ela fosse com ele aquela noite, ela teria evitado que ele pensasse em como a mordida de César comprometeria seu trabalho. Assim que amanheceu, ele tirou o curativo da mão e examinou: os tecidos estavam inchados e os buracos estavam abertos novamente, gotejavam sangue ao primeiro movimento. Medicou-se e apertou bem a gaze em seu punho. Demorou o dobro de tempo para fazer a barba, tomou um iogurte e um analgésico, engolindo-o com suco de laranja bebido direto do bico da garrafa. Sentia calafrios e a cabeça girava, os ossos doíam. Vestiu-se devagar, dobrando e colocando na mochila bermuda e camiseta para o trabalho. Desceu os três andares do prédio e foi tomado pelo frio, entrou no metrô se perguntando se seu pai teria encontrado as chaves do carro na caixa de correspondência, verificou o telefone e se tranquilizou, pois não havia nenhuma ligação dele. Escreveu para Cristina: *Estou melhor e vou trabalhar.*

Continuou pensando no que iria dizer na FisioLab. Poderia de qualquer forma dedicar-se aos tratamentos com as máquinas, remarcar as consultas completas ou trabalhar na sala de musculação. Entrou na Cappuccini 6, as garotas da recepção se assustaram e ele respondeu que tinha sido um acidente doméstico. Atravessou a sala de espera em direção ao vestiário e ouviu que o chamavam, virou-se para as poltronas, viu Margherita.

Ela se levantou.

— Pontual, você, viu?

Ele ficou imóvel, depois levantou o curativo.

— Oh, meu Deus, o que houve?

— Me cortei.

— Você foi a um médico?

Ele disse que sim, estava cheio de olheiras.

— Você não deveria estar aqui.

— Não deveria.

Andrea abaixou a cabeça e para ela parecia que ele estava fazendo uma confidência. Finalmente o via. Era um garotinho, aos olhos dela? Nunca foi. Um homem mais maduro do que a sua idade, dessa vez fragilizado. Ela havia acordado intransigente com relação às próprias dúvidas, ávida por presunção, era um direito seu, após passar a noite planejando estratégias para a aquisição de um imóvel que ela e o marido não podiam se permitir. Depois, foi se deitar cedo, continuou acordada, quando o marido chegou, perguntou-lhe se era feliz. Já haviam apagado as luzes e se acostumado à escuridão quando ela percebeu a silhueta da nuca de Carlo apoiada no encosto e ele respondendo Acho que sim.

E — *acho* — estava certo. Ela o amava por aquele acho, porque para ela era acho também. Ser indecisos juntos, estar numa cama que navegava aonde deveria navegar — um casamento, um imóvel de prestígio para o futuro, profissões dignas — e que embarcava nas águas do tempo — quantos corpos, hein, Carlo? Quantas possibilidades. Quantas alunas e fisioterapeutas deixados de lado, tantos livros sonhados e interrompidos, quantos. Ficaram assim e adormeceram, um segundo antes do sono, ela pensava em seu pai, com ele era impossível saber.

Tão logo Andrea saiu do vestiário, ela o seguiu com o olhar, acenaram-se, depois ele foi até a recepção e conversou um pouco com as garotas, entrou no consultório do médico onde ela também tinha ido em sua primeira consulta. Passados uns quinze minutos, ele ainda não havia terminado e ela já estava atrasada uns quarenta minutos em relação à sua agenda. Avisou as garotas da recepção que iria esperar do lado de fora, repassou as consultas do dia apoiada à fachada do pátio interno. Teria que remarcar com Buzzati, avisaria à sua mãe. Folheou a agenda e calculou o tempo para ligar à proprietária do Concordia. Estaria regularmente em contato, mantendo-a atualizada sobre as visitas promissoras que iriam deixá-la a ver navios por causa do valor excessivo. Margherita lhe causaria um desgaste passo a passo, provocando-lhe desilusões repentinas, sem nunca levá-la a se sentir de fato desanimada, tentando reforçar a intimidade amigável. Começou a marcar as falsas visitas em sua agenda, depois viu Andrea vir em sua direção. Ele foi até ela e se desculpou, dizendo-lhe que seria atendida por outro rapaz.

— E você?

Ele levantou a mão, agora mal enfaixada, o rosto também estava diferente. Abatido onde antes havia lividez.

— O que o médico disse?

Forçou um sorriso, enquanto uma das garotas da recepção abria a porta automática.

— Andrea, o médico está te procurando.

— Diga a ele que entendi.

O médico também saiu e cumprimentou Margherita, encostou em Andrea, mas ele se afastou com um gesto delicado.

— Você precisa se consultar e não estou brincando.

— Entendi.

— Grazi ou Cappelli pode te acompanhar.

— Vou sozinho.

— Ah, sim, claro.

O médico entrou com a garota, Andrea se dirigiu a Margherita.

— Fale com a secretária sobre o tratamento, elas encontram um outro horário.

— Não se preocupe — respondeu, estendendo uma das mãos sobre a testa dele. — Você está ardendo.

Parecia perder o equilíbrio. Ele se deslocou.

— Desculpa. — E foi em direção à saída.

Margherita foi atrás dele, manteve-se distante até entrarem na avenida Venezia, esperou que atravessasse o baluarte e se pôs a seu lado em frente ao portão dos jardins da rua Palestro.

— Se não andar mais devagar, você vai me atender por mais dez anos naquela maca. — Estava sem ar.

Ele se virou.

— Vou para casa. — Apoiou-se numa mureta do metrô, suava frio e tremia.

— Espera. — Margherita procurou em sua bolsa e lhe deu um lenço. — Onde você mora?

— Zona Loreto.

— Minha mãe também. Onde?

— Rua Porpora.

— Vou chamar um táxi.

— O que você quer?

Margherita tirou a franja dos olhos.

— Quero acompanhá-lo e juro que depois vou embora. — Indicou-lhe o ponto de táxi ao lado da rua.

— Vou de metrô.

— Depois eu sigo, vou para a imobiliária na rua Spontini.

— É antes.

— Imagina se é um problema.

Chegaram até o táxi e entraram, durante todo o percurso da avenida Buenos Aires, ele ficou com os olhos na janela, o curativo apoiado no ventre, a cabeça aos solavancos pelas vibrações do carro. Na metade do caminho, disse-lhe que havia uma possível infecção, o médico da FisioLab lhe prescrevera antibióticos.

— Por que ele queria que você fosse até o pronto-socorro?

— Paranoia. — Mantinha a têmpora apoiada no vidro e a pele brilhante, parecia atordoado, ela teve de acordá-lo quando o taxista entrou na rua Porpora e perguntar qual era o número.

— Cento e trinta — respondeu ele.

O táxi encostou, Margherita pagou e desceu, foi até o outro lado, abriu a porta, ajudou-o a se levantar. Tinha puxado à sua mãe: acompanhar as pessoas e fazer o que era melhor para elas, favorecendo também as próprias intenções. Carlo chamava isso de manipulação; para ela, era uma aliança ou algo que não queria esclarecer. Ajudou Andrea a se sentar nos degraus em frente ao portão e lhe perguntou onde estava a receita médica, encontrou uma farmácia do outro lado da rua e comprou uma caixa de amoxicilina. Voltou e o encontrou da mesma forma como o havia deixado, pediu-lhe as chaves de casa. Entraram, o prédio estava empoeirado, pegaram o elevador e subiram até o terceiro andar, ele retirou as chaves da mão dela e abriu a fechadura, ela o viu se enfiar no quarto ao lado do corredor.

— O remédio. — Margherita pediu licença e o seguiu. Encontrou-o jogado na cama. — Precisa tomar o remédio. — Olhou ao redor, depois foi até a cozinha e revistou a cuba, os pratos transbordavam, encontrou um copo, encheu de água da torneira e levou até ele. Abriu a caixa de antibiótico e lhe deu um comprimido, esperou que o engolisse e voltasse a se deitar. — Me diga para quem posso telefonar. — Mas a respiração de Andrea já era de sono. Só naquele momento se deu conta de estar ali.

O tique-taque do relógio pendurado, a respiração viscosa do garoto, o lado rígido do colchão onde ela estava sentada. Olhou o corpo forte e adoecido, os travesseiros ao lado, um estava manchado de sangue. Tinha vontade de tirar seus sapatos, de cobrir-lhe as costas. As paredes eram limpas, só havia uma xilogravura de haikai japonês ao lado de três prateleiras apinhadas. Havia volumes de anatomia e histórias em quadrinhos da Marvel, a primeira trazia na capa o Tocha Humana. As roupas estavam jogadas numa cadeira, a porta do armário revelava dois cabides solitários. Sentia seu coração estrepitoso e sabia que esse estrépito poderia ser chamado de juventude.

Levantou-se e lhe tirou os sapatos, cobriu-o, ele se mexeu e voltou à mesma posição. Ela procurou a bolsa e pegou o celular, colocou-o no bolso e saiu para o corredor, entrou na cozinha. Havia um sofá de dois lugares e uma caixa com uma televisão minúscula em cima, um cachorro de pelúcia sobre a geladeira. Era um pastor alemão de pelo brilhante, tinha uma coleira que era uma fita vermelha com uma etiqueta: *Ao mudo que faz contar histórias, C.* Acariciou as costas do bicho, era macio, endireitou-o como se vigiasse a casa. Foi até a pia e lavou as xícaras, os copos e pratos, arrumou-os sobre o balcão. Quando terminou, secou as mãos com o pano de prato pendurado na tranca da janela, procurou o sogro na agenda do telefone, *Domenico Pentecoste* — ele tinha um bom contato com as juntas médicas —, desistiu, procurou sua mãe, desistiu. Ficou parada: diante da janela sobressaíam dois prédios, em uma das sacadas haviam fixado um catavento colorido. Levou-as até a boca e disse que podia fazê-lo. Voltou para lá nas pontas dos pés, chegou até a parte vazia da cama e se sentou devagar. Deitou-se.

Manteve o olhar fixo no teto, depois virou e fitou-o. Músculos e rosto cerrados no sono. Era isso, então. Um homem diferente ao lado dela. O colchão desequilibrado por um novo peso, o cheiro mais acre, pouco tempo para desfrutar disso. Ela teria dado conta? Aproximou a cabeça a ele. Ficou lá, ouvindo o garoto dormir, e alinhou sua respiração à dele. Depois se levantou, teria dado conta, e saiu do quarto. Trancou-se no banheiro, uma longa enseada com azulejos creme e a cortina de plástico ao redor da banheira, apoiou-se na parede e ligou para a mãe.

Quando o telefone tocou, Anna estava na sacada e tirava o pó do tapete persa.

— Meu tesouro, não me diga que vai furar o horário com o Buzzati? — Apoiou o batedor de tapete na cadeira. — O que quer dizer com um problema? Você sabe quanto tempo eu demorei para conseguir esse horário? É o seu futuro, santo Deus. — Silenciou abruptamente. — Que tipo de problema? Não, não, não, agora você vai me contar, não se telefona para uma mãe assim jogando a palavra problema e depois deixando o assunto morrer. — Silenciou

outra vez. — Tá bom, tá bom, então me dê notícias, eu me viro com Buzzati e companhia, mas me jura que você está bem, jura?
   Agarrou-se a uma cortina e começou a franzi-la. Despediu-se da filha e continuou com o telefone na orelha, depois apoiou-o na mesa.
   — Só podia ser — sussurrou.
   Voltou à sacada e levou o tapete para dentro, jogou-o perto do sofá e correu até o banheiro. Passou rímel nos cílios, passou blush nas maçãs do rosto e arrumou os brincos de pérola. Parecia com Jessica Fletcher e sentia-se feliz com isso, quem tinha lhe dito isso fora Franco uma noite em que assistiam a *Assassinato por escrito*. Escolheu uma camisa masculina e calças confortáveis, colocou na bolsa uma camiseta velha de Margherita. O trajeto até o metrô foi para entender o que deveria fazer. O endereço era no bairro Navigli, demoraria vinte minutos: chegaria quinze minutos atrasada, Franco, sua filha me colocou numa situação difícil. Ela e o marido sempre tinham sido pontuais. Ele, um ferroviário com índole suíça e ela, uma costureira que entregava o serviço com pelo menos um dia de antecedência. Tinham tido uma filha aos trinta e seis anos, o único atraso em seu casamento.
   Saiu de casa a passos rápidos, pegou a estação Pasteur para onde davam as casas com os murais e as lavanderias dos chineses. Pegou o livro ao subir nas escadas rolantes. Começou a ler assim que entrou no vagão, era uma coletânea de contos indicada por um programa de rádio. O escritor se chamava Andre Dubus. Perdera as pernas ao socorrer dois irmãos cujo carro parara de funcionar na beira da estrada: fora atropelado por um outro automóvel. Em seguida, a mulher o deixou, depois, parou de ver os filhos e outros escritores fizeram uma vaquinha para mantê-lo. Ela achou o livro na livraria Del Corso. Andre Dubus: um nome francês num corpo norte-americano em cadeira de rodas, escrevia contos sem reviravoltas. Quem é que disse que precisa ter reviravolta? Havia conversado a respeito com

a filha, mas a filha se entediava com qualquer coisa, no fundo, uma mãe sempre sabe quando põe no mundo pouca paciência.

Quando voltou à superfície, a estação de Porta Genova estava deserta. Percorreu o começo da rua Vigevano, ignorou com dificuldade a lojinha de anéis de prata fundida e se apressou, o prédio dava para um estacionamento que já tinha sido uma doca. Anos antes, uma mulher que trabalhava no ateliê com o qual ela colaborava lhe dera o endereço, ela havia anotado o nome *Landi* e o telefone na agenda, mas não o tinha usado até a morte de Franco. Dois meses depois do funeral, ela marcou um horário, era preciso aguardar pelo menos três semanas para ser recebido. Quando finalmente conseguiu ir, perguntaram-lhe se queria saber como estava seu marido do outro lado. Mas não era isso que ela queria saber. Queria saber sobre seu futuro, poxa vida. E toda vez que tocava a campainha — tinha estado lá uma dúzia de vezes — sentia-se eletrizada.

Insistira com a filha porque, no último encontro, a Landi lhe havia perguntado expressamente dela: precisava lhe comunicar algumas intuições. Para convencer sua garotinha, depois de ter sido taxada por meses como ingênua, contou-lhe sobre Dino Buzzati: ia sempre consultar Landi quando ela ainda era uma jovem vidente. E Buzzati, o que perguntava ao baralho? Eu não sei, minha filha, eu acho que sobre o amor. E imagina quando lhe predisseram que ele se casaria com a Almerina. Sério que foi previsto? Sim, senhora. Porém, aquilo era mentira; para ela, as pequenas mentiras criavam bons destinos, tinha sempre feito isso, mesmo com seu marido.

Entrou no elevador e subiu até o quinto andar, a porta estava entreaberta e, dessa vez, a garota a deteve na soleira.

— Minha filha teve um contratempo, sinto muito, mas ficamos sabendo só na última hora. — Apertou a bolsa. — Eu vim no lugar dela, peço desculpas pelo atraso.

A garota convidou-a para entrar e se acomodar na sala com papel de parede florido, havia desenhos em nanquim de Milão —

os pátios e o bairro Conca del Naviglio — e um quebra-cabeça emoldurado de *A Dama e o Vagabundo*. No canto, havia um aparelho de rádio dos anos 1940, o botão de ligar em madeira e o acabamento em ouro, imaginava-se sempre Luigi Tenco cantando. Esperou de pé, quando a chamaram, tinha acabado de telefonar novamente para Margherita. Seguiu a garota pelo corredor até a pequena cozinha: a mulher fumava no canto da mesa, o copo de refrigerante *Chinotto* estava ao lado do cinzeiro e do prato com moedas. O lenço estava enrolado até o queixo.

— Minha filha ficou presa no trabalho. Obrigada por me receber.

A geladeira zumbia e os ímãs na porta ocupavam até as bordas.

— Então, vamos dar uma volta ampla?

— Vamos dar uma volta para saber da minha filha, por favor. — Tirou da bolsa a camiseta e a entregou.

A senhora apoiou-a sobre a mesa e pôs um dos cotovelos por cima, então embaralhou o baralho italiano.

— Sabe que a senhora nunca me disse seu nome? — Continuou embaralhando as cartas com o cigarro entre os dedos, depois deixou-o no cinzeiro.

— Chama-se Margherita.

— O da senhora, não o da garotinha.

— Eu me chamo Anna.

— Lê-se corretamente de um lado e do outro — disse com os olhos entreabertos. — É um nome prático.

— Sim. — Fez uma careta de vergonha.

— Como estão as mãos?

— Assim. — Acariciou-as, pousou-as sobre o ventre.

A senhora a encarou, depois apoiou o maço. Anna cortou com a mão esquerda e aproximou-se do baralho, a senhora começou a montar a primeira pirâmide, doze mais a última no vértice. Dessa vez apareceu o valete de ouro.

— Significa dinheiro?
Fez um sinal para que ficasse em silêncio.

Anna mordeu a língua e ouviu o zumbido da geladeira, lembrou-se de que um ano antes a senhora havia extraído um quatro de espadas e tinha lhe dito que via tristeza. Pode me explicar?, perguntara com um nó na garganta. A senhora lhe explicara que sua vida tinha sido como deveria ser, mas que ela não se realizara porque algo a havia impedido. Anna não segurou as lágrimas. Sabia que esse *algo* era cuidar deles todos, o banco e o canto da cozinha, os tecidos cortados por impulso aos quais dar forma, a reclamação masculina. Era por isso, sobretudo quando *uma outra coisa* insistia para que desse o fora da rua Leghe e se apresentasse e se inscrevesse à sessão do Partido Radical, sem que Franco a chantageasse daquele jeito. E parasse de costurar em casa — como ela gostaria de ter uma lojinha com seu nome na vitrina. E São Petersburgo, mesmo que fosse só caminhar pelo berço da revolução e dos amores proibidos, e Milão, cantar e beber uma taça de vinho nos bares em Brera. Era idealismo? Pode ser. Era o quê?

A senhora limpou a voz.

— Margherita está bem, mas vejo que algo vai mudar. — Passava as treze cartas uma a uma. — Um lugar. Talvez o escritório.

— Eles estão procurando uma casa. Viram uma muito bonita.

— É a certa. — Recolheu o cigarro e deu uma longa tragada.

— Essa casa está ótima.

— E a saúde dela vai bem?

— Com saúde quer dizer sobre ser avó?

— Não me importo com isso.

— Todas as mães de filhas se importam.

— O importante é que ela seja feliz.

— Ela é.

— Então é suficiente. — Tomou fôlego. — E a perna da minha filha? Lembra que lhe disse que tinha se machucado?

— Só um incômodo. — A senhora isolou o ás de copas e o deixou no centro da mesa, misturou novamente o maço, colocando doze cartas ao redor dele. — Uma última coisa sobre Margherita, Anna: se tem algum animal, que ela os dê para alguém. Gatos, cães, papagaios.

— Ela não tem animais.

— Sério?

— Não que eu saiba. Por quê?

— Acidentes, digamos assim.

— Oh, meu Deus, acidentes em que sentido?

— Diga para não adotá-los e tudo ficará bem.

Concordou.

— E meu genro?

A senhora apagou o cigarro e observou melhor, indicou o ás de espadas.

— Está bem. Não é com ele que me preocupo.

— E com quem, então?

— Precisam constituir uma família, é um casal que precisa disso, está vendo? — perguntou, levantando o valete de espadas com a borda do dois de paus.

Anna apoiou-se no encosto.

— Eles é que vão decidir.

A senhora a encarou, tocava nas cartas como em teclas do piano.

— A senhora costuma rezar, Anna?

— Não, não rezo.

— De vez em quando, não faz mal.

— Vou fazer o que posso. — Mexeu na bolsa e tirou de lá a carteira, pegou cinquenta euros e um centavo. Pôs o centavo no pratinho. — Peço desculpas pelo atraso. — Levantou-se para ir embora, depois se deteve. — Senhora Landi — retomou o fôlego pela segunda vez —, é verdade a história de Buzzati? Dino Buzzati vinha aqui?

A senhora assentiu.
— E como era?
Pegou o cigarro.
— Um belo homem que gostava do rei de copas.
— O rei de copas?
— A improvisação.

Anna recuou sem querer dar-lhe as costas, deixou a pequena almofada, fez-se acompanhar pela garota e saiu da casa dando uma última olhada no velho rádio. Enquanto esperava o elevador, lembrou-se de uma cena do filme *Ladrões de bicicleta*, quando o protagonista está tão desesperado que vai até uma vidente para perguntar sobre seu futuro. Ele pulando a fila das mulheres que aguardavam, a guru que invoca Deus, o desespero do homem que não tem uma resposta clara. Pegou o celular da bolsa e ligou para a filha. Ouviu-a atender enquanto chegava ao térreo, disse "Sua mãe é uma besta e queria lhe dizer isso. Alô? Alô, meu tesouro? Está me ouvindo? Onde você está?" Saiu do elevador. "Como assim no hospital Fatebenefratelli?" Parou no meio da entrada. "Você está bem?" Foi para rua. "Vou até você, não, não, não, vou até aí mesmo que seja sobre um amigo, me diga qual setor, não, não, depois eu conto, sou uma besta e pronto, estou chegando."

Desligou o telefone, lembrou-se de um ponto de táxi sob um carvalho na praça Vinte e Quatro de Maio, foi para lá com o coração na boca. O rei de copas e a improvisação. Margherita e Carlo precisam constituir uma família. Nada de animais de estimação. Buzzati era um homem bonito. Precisa rezar. Minha filha está no Fatebenefratelli. Os pensamentos a invadiam, havia sido uma mulher com elucubrações na mesa de costura, agora continha-as com a mesma imagem frívola: a variedade de doces em miniatura da doceria Cova. O brilho do glacê, a consistência do marzipã, as gelatinas que eram joias para ela: em família, comiam-nos em datas especiais, quando Franco agarrava os cestinhos de fruta e Margherita, a carolina de creme. Para ela, sobravam os diplomatas,[4] como ela aprendera a amar aqueles doces. Uma vez por semana, saía para resolver coisas no centro, ia até Monte Napoleone e se enfiava na doceria Cova com as senhoras que vestiam casacos de pele, pedia um café e um daqueles doces em miniatura com uma dupla camada de *alchèrmes*. O balcão cheirava a açúcar, ela colocava num cantinho e dava uma mordida e um gole, pagava em dinheiro e deixava cair o troco na bolsa.

Arrependeu-se de ter telefonado para Margherita, e agora ia até ela mesmo sabendo que não era sua filha quem estava mal: tinha mais uma vez sobreposto *algo* aos próprios desejos. Então, enquanto o táxi a levava para o Fatebenefratelli, confidenciou a si mesma os *seus* sonhos daquele dia, três como sempre, na ordem crescente de gosto. Em terceiro lugar, uma conversa com Carlo. Em segundo lugar, evitar o aniversário da consogra. Sempre em primeiro lugar: jogar fora as bugigangas do marido. Encontrá-las tinha sido difícil. Havia sido enterrado num dia e no outro ela abrira todos os armários e retirara todas as coisas, Margherita e Carlo tentaram dissuadi-la, depois deixaram-na varar a madrugada. Tinha ido dormir com a casa de pernas para o ar e, umas três horas mais tarde, quando acordou dando-se conta de que o colchão antidecúbito ao seu lado estava vazio, vestiu-se e carregou tudo para o depósito. Os blusões e as blusas e os casacos e os sapatos, os álbuns de figurinha Panini, tudo exceto o gibi Tex, os discos e o cachimbo e o relógio. Tinha feito nove viagens, armazenando a maior parte das coisas na mesa de trabalho, havia guardado a bolsa de ferramentas e estava enredada numa caixa de carregar frutas coberta por um lençol. Ela a separara para jogar fora e encontrara velhas revistas de histórias

---

[4] O doce é popular em toda a Itália, cuja versão em miniatura é simplesmente chamada de *diplomatici*, parecendo um mil-folhas, mas feito com massa de bolo e recheio de baunilha. [N.T.]

em quadrinho, muitos Diabolik e Capitão Miki, até que descobrira entre as páginas de um volume do Capitão Miki vinte e um cartões-postais enviados ao endereço de trabalho do marido. Milano Marittima, Viareggio, Alpes, também Madri, Budapeste, e toda vez uma frase diferente. Ela se lembrava de todas, mas só repetia *Como você teria gostado dos refúgios que cheiram a pinheiro, tua Clara*. Trazia o carimbo do dia 8 de agosto de 1976, vindo de Bormio, Margherita tinha dois anos. Todo cartão-postal tinha a mesma assinatura, o última era do dia 7 de julho de 1986. Após ter lido todos, ficou no depósito por quarenta minutos, sentada no chão. Depois os guardou e subiu, conseguindo ignorar que cinco metros abaixo havia uma caixa de carregar frutas que deveria ser jogada fora. Tinha adiado um dia, depois outro e assim foi indo até aprender a conviver com aquelas talas de madeira que continham vinte e um segredos. Sentia-se tentada em saber, perguntando para o colega da vida inteira do seu marido, ou telefonando ao Hotel Doge de Milano Marittima retratado no postal de 6 de julho de 1979. Mas de que adiantava saber? Tinha até tentado indagar sua memória: tirando o curso de atualização em Turim, Franco nunca havia saído de casa. E o telefone? As contas eram regradas, sempre contidas, exceto quando Margherita, no fim do ensino fundamental, passava meia hora rindo cobrindo o fone com uma das mãos. O que mais? Franco era um homem de carícias limitadas, nos presentes sempre evitou excessos. Aos domingos ia ao estádio, às vezes dava voltas de bicicleta. No máximo, passava duas horas por semana fora de casa, será que era por sua Clara? Ela chorou pouco quando ele morreu. E enquanto todos acreditavam que as lágrimas desesperadas chegariam — mas claro que chegariam —, ninguém poderia ter intuído o quanto a descoberta dos cartões-postais atrasaria a chegada delas. Ficou atenta para ver se encontrava outras coisas, abrindo gavetas, esvaziando todos os armários e limpando novamente a casa, tentando visualizar as pessoas presentes no funeral: não havia nem uma sombra de mulher desconhecida. Tinha se casado com um homem bom, e *bom* era um adjetivo que a acalmava. Repetia isso para si. Essa Clara tinha sido uma escapulida, se é que foi algo. Como talvez seria a aluna para seu genro, ou talvez para sua filha, ou talvez para qualquer um, ela nunca teve a oportunidade. E os anos de casamento, o parto, as roupas costuradas ponto a ponto, os pratos servidos à mesa com entusiasmo, a política reprimida, mas seguida com um amor vigilante, no geral, tinham bastante antídotos contra o arrependimento.

Atravessou as portas do hospital Fatebenefratelli, perguntou onde ficava a triagem do pronto-socorro.

— Anna. — Virou-se, Carlo estava na máquina de café com o telefone na mão. — Mas por que você veio?

— E você?

— Não entendia o que estava acontecendo. — Ele foi até ela e a abraçou.

Ela gostava quando seu genro a estreitava, preparava-se arqueando as costas de um lado.

— Onde está Margherita?

— Vem cá. — Pegou-a pelo braço e se dirigiu ao elevador. — É o fisioterapeuta dela. Foi mordido por um cão, uma infecção e não entendi bem o quê. Ela o socorreu.

Anna levou a mão em frente à boca.

— Mordido por um cão. Mas vocês lidam com animais?

— Como assim?

— Não se envolvam com eles. — Saiu do elevador e seguiu o genro até a setor, depois até o segundo cômodo à esquerda. Havia duas camas, Margherita estava sentada ao lado da que ficava mais próxima à janela, um garoto com a mão enfaixada dormia embaixo do lençol.

— Você veio mesmo. — Margherita sorriu.

Ela levantou os ombros.

— Sinto muito pela consulta, mamãe.

Anna acariciou a filha, deixando uma das mãos sobre seu braço. Refugiou-se atrás de todos, as costas apoiadas na janela, observando o genro que escrevia no celular e a filha que olhava para aquele garoto desconhecido. Perguntou o que havia acontecido, Margherita disse que contaria tudo quando saíssem dali, a namorada do garoto estava para chegar.

— E os pais?

— Não quis avisá-los.

Anna se aproximou do jovem, este tinha aberto as pálpebras e os olhos eram de uma criança desesperada, pousando sobre ela e sobre Carlo, antes de se fecharem outra vez.

Carlo também o olhava, parou por timidez. Pegou de novo o telefone e terminou de escrever *Se você estiver a fim* e mandou a mensagem. Depois se levantou e disse Eu preciso ir, meu pai pediu que eu o mantivesse informado. Depois de beijar Margherita e a sogra, apressou-se pelas escadas: a fome por Sofia se fazia uma inquietude que a família lhe impedia de viver, como se uma metade de si sabotasse a outra. Queria entender até que ponto poderia avançar. O que era essa obsessão? A bunda. Depois? A voz, ouvi-la na luxúria. Depois? O anticoncepcional, tinha visto a cartela na *nécessaire*: a ideia de se liberar dentro dela o deixava desconcertado. Depois? Dispor de um corpo novo, um corpo capaz. Entender se dessa vez seria capaz. O terror de ser descoberto se desfizera, como se aquilo agora fosse um direito seu. Podia conceder a si mesmo um vaso comunicante, a completude com uma esposa e a completude com uma amante. Que palavra equivocada, amante. Que palavra equivocada, traição. O que ele teria *traído*? Qual era a perda em consumir-se com outra garota, obtendo para si um júbilo momentâneo e proporcionando, possivelmente, um júbilo momentâneo. Levantar-se, vestir-se, sem instaurar rituais românticos e afetuosos, preservando a liturgia que havia consolidado com sua mulher ao longo dos anos e que nunca colocaria em dúvida. Cuidado com o pacto, construção de uma relação, devoção: um léxico que na literatura é sintoma de ingenuidade, mas que o clamava à realidade. Suspeitava que fosse o sentimento de culpa, também para ele, o que o mantinha na fronteira. Quantas vezes ele imaginou voltar para casa, três ou quatro horas depois de ter ficado com outra mulher, depois de ter entorpecido os corpúsculos de Krause da sua glande, acordados pela novidade e ainda lívidos pelo coito inédito, enquanto abria a fechadura de casa, beijava Margherita e ganhava alguns minutos para se acostumar outra vez à ideia do próprio casamento.

Acostumar-se, era essa a palavra que o lançava à dúvida. Quem se acostuma de novo é porque esteve em outro canto, subvertendo um equilíbrio. Subvertendo, equilíbrio: o legado de uma educação sólida, os Pentecoste, as escolas católicas, a abertura dos presentes à véspera do Natal com as velas acesas por uma mãe vestida num tailleur. Era um homem que buscava álibis familiares, quando, por sua vez, sua própria irmã tinha lhe confessado que trair, para ela, havia sido uma oportunidade de se reencontrar. No sentido de que você estava perdida? No sentido de que eu queria curtir. Mas ela teve um filho com o primeiro homem que viu e vivia bem com os recursos dos Pentecoste. Ele também queria uma pequena parte desse prazer.

Assim, naquela manhã, diante do garoto mordido pelo cão, escreveu a Sofia três vezes. Ela não respondia, ele insistiu. Dissera-lhe que poderia falar sobre o conto, não era certo deixar as coisas pela metade. Na segunda mensagem convidou-a para tomar uma cerveja e conversar. Na terceira, usou o *se estiver a fim*, acrescentando uma linha sobre o fato de que estava ajudando um garoto que não conhecia na cama de um hospital. Quanto mais obtinha silêncio, mais se tornava incontinente. A bunda de Sofia Casadei liberada da calça jeans, branca e desproporcional, a barriga chapada até o púbis, como seria pequeno aquele sexo e como seria acolhedor. Era verdade, ele era o macho de todos os romances que ele amava, tão previsíveis, Margherita tinha razão. Deixou para trás o Fatebenefratelli, olhou para o relógio e se deu conta que dispunha de dez minutos para voltar ao escritório, ouviu o telefone vibrar no bolso, pegou-o e leu *Larguei o mestrado. Agradeço ao senhor por tudo, professor. Estou voltando para Rimini.*

Depois de enviar a mensagem, Sofia apoiou a cabeça na janela do trem de alta velocidade. Milão e o mestrado e a escrita e a ideia de que no norte suas trajetórias haviam sido interrompidas: aquela resposta selava tudo. Tinha vivido uma aventura, havia se convencido, esclarecendo as ideias: era uma garota sem talento que dissera, num conto, como andavam as coisas. Era um templo em construção, como havia sugerido Khalil, despedindo-se dela no café quando tinha lhe comunicado a decisão tomada no calor do momento. Ele tentara fazer com que ela reconsiderasse, mas ela lhe confidenciara que sentia falta do pai. Khalil tinha ficado em silêncio e voltado para a máquina de café, feito-a soltar o vapor pelo biquinho e limpado a máquina. Depois, foi até lá e a abraçou. No final do turno, ela tirou o avental, telefonou ao gerente e disse a verdade, queria voltar para Rimini. Foi para casa, Milão a acompanhava, sabendo que era a última vez. Os edifícios de Missori, os gárgulas entre as agulhas, os bondes ferrosos sobre trilhos em direção ao Duomo, as almas apressadas, a possibilidade de esconder-se numa rua qualquer, sentiria falta daquilo. Percebeu mais tarde, quando fazia sua mala no quarto em Isola, amontoando um punhado de roupas, o computador, tentando fazer caber também os livros acumulados naqueles meses. Teria de deixá-los, voltaria para pegá-los no próximo vencimento do aluguel. Sentou-se na cama. Esse quarto simplório: agora que o abandonava, tinha certeza de que o fazia para não ceder. Começar a amar a cidade grande, esquecer de um dia para o outro o mar Adriático e os chinelos arrastados do pai pela cozinha. Ser vulnerável ao charme de um professor, conceder-se esse clichê. E depois, todas aquelas complicações: vê-lo no bar depois de ter sido encontrada pela mulher dele na cafeteria, como é que ela se *viu* nesse trânsito.

Porém, sim, havia o conto. Ter escrito o que ocorrera naquela tarde na Fiat Punto com sua mãe, com palavras mais precisas do que era capaz de escolher: era essa a recompensa, dissera a si mesma enquanto tentava pegar no sono, na última noite em sua Milão, dobrava as sete páginas de "Como andam as coisas" no caderno, puxava a mala até o metrô, comprava a passagem para o trem de alta velocidade das 10h35, sentava-se à janela e respondia à última mensagem do professor. Ouviu novamente a gravação do encontro em que Pentecoste acariciava seu pescoço e ela oferecia a nuca. A pegada dele na base do cabelo, a inclinação dos músculos da cervical. Queria ter lhe dado aqueles cinquenta minutos e trinta segundos, a prova de que haviam sido algo.

Parou de remoer tudo depois de Bologna, no trajeto entre os campos da região da Emilia com seus casarões e currais ordenados. Em Faenza recebeu uma nova mensagem, *Isso é uma brincadeira?* Em seguida outra, *Estou tentando ligar, por favor, atenda.* O celular começou a vibrar, ela o colocou de lado. Sentiu vibrar novamente. Meteu-o no bolso da mochila e cochilou, no torpor do sono, sentiu dor nos ossos, tocou os braços e as pernas, estavam quentes e sentia dificuldade em movê-los. Endireitou-se na poltrona e olhou pela janela, reconheceu a região da Romagna. Depois de Ímola, mudavam os tipos de campo, mais doces, os cultivos eram irregulares e tinham outra cadência, quase se fundiam, como se as pessoas quisessem estar por perto enquanto semeavam ou faziam a colheita. Depois, o trem de alta velocidade passou sobre o píer de Rimini e ela prendeu a respiração, voltar era algo difícil de qualquer maneira.

Pediu ajuda com a mala, quando desceu do vagão sabia que havia fugido de Milão. Sentiu-se ferida pela calma que a atravessava, revelando-lhe o quanto tinha se sentindo num cerco. Percorreu a passagem subterrânea e deixou a estação, verificou o telefone e viu três chamadas não atendidas e quatro mensagens de Pentecoste, uma delas dizia *Me ligue assim que puder, preciso só de um minuto. Obrigado.* Foi até a parada do ônibus e esperou pela linha um que a levaria até Ina Casa. Era um bairro familiar construído nas décadas de 1950 e 1960, a arquitetura inteligente de dois centavos, com os avós e os filhos e os netos nas pracinhas entre lanchonetes e cafés e jogos de baralho nas mesas improvisadas, ao lado da escola Lambruschini e da creche municipal. Agora, os avós estavam morrendo e eram substituídos por forasteiros, mas a doçura do bairro não tinha se perdido. A cada vez, Sofia chegava com o terror de não encontrá-la, mas sempre a encontrava. O ônibus seguiu os baluartes, entrou na primeira periferia e aos poucos, ao se aproximar, seu coração se fazia impaciente e nervoso.

A loja de ferragens estava aberta, sentia um incômodo em cruzá-la desde que passaram o ponto. Alongou sua viagem e desceu na parada perto do bar Zeta, subiu pelas ruas de pedra da escola, chegou até a pracinha e o prédio em que morou a vida inteira, notou que em sua sacada havia flores. Recuou e viu que eram amarelas. Pegou a chave, aproximou-se do portão, percorreu as escadas puxando a mala pelos degraus, abriu a porta, correu para a cozinha, escancarou a porta-balcão e entendeu que nos três vasos haviam sido plantadas violetas.

— Sofia.

— Quem as plantou? — Ela não saiu da sacada.

— Eu. Comprei umas plantinhas aqui em frente.

Virou e viu o pai. Era um papai que fumava, de camiseta, de bermuda e chinelo, segurava o cigarro na vertical para que a cinza não caísse.

— Eu poderia ter ido te buscar.

— Era surpresa.

O pai tinha bolsas embaixo dos olhos e os cabelos recém-cortados eram brancos e apagados. Bateu o cigarro na pia e levou a mala dela para o quarto.

— O que houve?

Sofia não via flores na sacada desde a época em que sua mãe plantava tulipas. Sentou-se, o calendário do Frade Adivinho estava no mês de março, virou para abril. Olhou ao redor. O armário havia sido endireitado, os azulejos não tinham mais a sujeira do rejunte e os radiadores de calefação estavam pintados. A caixa em cima da porta-balcão fora substituída. Ao lado da geladeira, havia um porquinho de cerâmica com uma colher de madeira.

Levantou-se, saiu novamente até a sacada. As violetas eram sete em cada vaso e algumas haviam sido plantadas perto demais. Apoiou uma mão na terra e sentiu que estava molhada, tinha cheiro de bosque, abaixou a cabeça e viu que no canto havia um balde com os apetrechos de jardinagem da mãe. Um rastelo em miniatura e uma espátula e as tesouras e as luvas.

— Eu os retirei do depósito. — O pai sorriu.

Ela assentiu.

— Aconteceu alguma coisa em Milão?

Sofia encarava os apetrechos no balde. Não aconteceu nada, repetiu baixinho, e ao mesmo tempo aproximou-se do pai e, quando estava na sua frente, fez um gesto para avançar para o lado dele, vacilou, apoiou uma mão em seu ombro e ficou assim, uma garotinha que mal pegava em seu pai, e ele, que não sabia abraçar, respondeu como pôde, fez um carinho nas escápulas e na nuca da filha.

— Vamos lá que eu te levo — sussurrou e ouviu que a filha estava chorando. Continuou a segurá-la. — Eu te levo lá.

— Não quero ir até ela.

— Te levo no farol amarelo. — Separou-se dela para poder olhá-la. — Fumar me faz bem. Vou trocar de roupa que estou feio assim.

Só quando se viu sozinha, enquanto enxugava os olhos nas mangas do blusão, percebeu que tinha voltado. Pensou na época em que ainda eram três e havia a loja de ferragens e seu pai se oferecia como mão de obra incluída no preço, com sua mãe atrás do balcão anotando num caderno amarelo os serviços que o marido deveria efetuar para que pudessem fazer novas compras. *Espelho para a senhora Assunta, montar em dois dias. Broca e massa corrida para Ceschi, mudar posição do quadro.* Ele estava sempre fora e a loja emplacava bons negócios mesmo quando abriram uma loja alemã de materiais de construção Obi na rua Marecchiese que tinha uma variedade maior do que a sua. Como o pai tinha sido feliz na loja de ferragens. E sua mãe, como ficara escondida naquela vida.

Sofia entrou no quarto, abriu a mala e procurou entre as roupas. Encontrou as folhas, dobradas em dois, com o conto, o título "Como andam as coisas" havia sido reescrito cuidadosamente no alto à esquerda. Chegou até o pai no banheiro e o encontrou com uma camisa bege e calça jeans, estava arrumando o cabelo, ajeitando com o pente os tufos que sobressaltavam. Percebeu a presença dela.

— Vamos.

Ela lhe entregou as páginas.

— O que é?

— Para você.

ANDREA TEVE ALTA DO hospital e pediu que Cristina o acompanhasse até sua casa. A mão pulsava e a febre havia baixado, os médicos disseram que seria melhor passar uma noite no hospital. Ele tinha uma infecção, os ossos não estavam comprometidos, mas havia um problema com os tendões. Isso ele já sabia. Deixou o hospital Fatebenefratelli depois de preencher um formulário em que reconstituía os fatos: o cão vira-lata o atacou perto do Parque Sempione — cor clara — sem provocações ou contato prévio.

Esperou que Cristina pegasse o carro, anoitecia e tinha a impressão de ouvir as andorinhas, ela chegou e ele entrou, afivelou o cinto de segurança e continuou perscrutando o céu pela janela.

— Obrigado — disse-lhe e olhou para ela.

— Você poderia ter ligado imediatamente.

— Não era grave.

— Quero dizer, com todo aquele povo que não tem nada a ver com você à sua volta.

Ele se conteve, nos últimos tempos se continha mesmo com ela. Tinha uma resposta para lhe dar e desistia, aumentando o desgaste entre os dois. Dessa vez, gostaria de ter confessado: gostei de ver aquelas pessoas que não têm nada a ver comigo. Acordar numa cama de hospital e encontrar a família de Margherita o confortara. Margherita, a mãe pimpante, aquelas duas presenças ao pé da cama tinham transformado a intromissão numa vigília natural. Até o marido, por um momento percebeu nele um indício — a postura ou a beleza cansada ou sabe-se lá o quê — de que merecia sua mulher.

Chegaram a Porta Romana e passaram do lado do arco, haviam plantado jacintos no canteiro, ela foi se encaminhando para a rua Crema e ele disse:

— Vamos antes até o César.

— Como?

— Quero passar no cachorro.

Cristina parou o carro.

— Não faz sentido.

— Quero vê-lo.

— Ele vai reagir mal.

— Quero vê-lo.

— Está escuro.

Andrea silenciou, tinha abaixado a janela para que entrasse ar fresco, respirara-o na saída do hospital e aquilo o havia feito se sentir melhor.

— Quero vê-lo mesmo estando escuro.

Ela ligou o pisca-alerta e encarou o volante.

— Levaram-no embora — disse e se virou-se para ele: — Disseram que poderia participar da rinha, esperaram até hoje porque os latinoamericanos vão estar lá com a grana.

Andrea mantinha a mão no colo, era uma parte do corpo que ele tinha aprendido a proteger, fez um sinal para que ela fosse mesmo assim.

— Andre.

— Vai.

— Mas não faça merda.

Parou de olhá-la até chegarem a San Donato, um carro do grupo estava estacionado na beirada da rua, os garotos tinham ido embora com os outros dois. Andrea entrou pelo portão, fez com que Cristina lhe abrisse a porta e atravessou a casa até o pátio, a corrente do César estava no chão. Examinou a areia onde o cão tinha se revirado e não lhe pareceu ter sinais de sangue.

— Não bateu nele — disse ela.

— Como você sabe?

— Estive aqui o tempo todo.

Andrea não encontrou o bastão, faltava também o pau cravado de pregos.

Voltaram para o carro e chegaram até o viaduto em dez minutos, ficava a quinhentos metros de uma área em construção com escavações e pilares de cimento deixados pela metade. Estacionaram numa reentrância e seguiram a pé. Antes de ir, ele se agasalhou bem, as pernas correspondiam e ele conseguiu não desacelerar. Aproximou-se e ficou rente ao grupo, dois equatorianos fizeram um sinal, ele retribuiu e se acomodou numa fresta para assistir. O ringue estava limpo, os proprietários preparavam os cães nos dois lados, os compressores estavam ligados e conectados à iluminação. Para delimitar o ringue, enfiaram umas chapas metálicas no chão, fixando-as com tijolos na parte externa. Aproximou-se mais, duas pessoas jogavam terra nos sinais da rinha recém-terminada, o ringue estava encharcado num ponto.

Um dos dois equatorianos o encarava.

Havia alguns caras novos e os italianos estavam num canto e apostavam dinheiro. Encaravam os cães que eram aquecidos, um dos donos passava a corrente nas costas de um rottweiler, fazendo-a tilintar. O rottweiler puxou e apertou seu pescoço, ficou empinado nas patas posteriores, o outro cão também ficou sobre duas patas, era um american bully. Foram conduzidos ao ringue e Andrea os viu melhor. O rottweiler estava com o pelo sujo e duas cicatrizes num lado que o pintavam de branco. O american bully estava bem cuidado, tinha uma cor cinza insólita, as orelhas bem cortadas até a raiz e os olhos líquidos, um sinal de infecção.

— Meu irmão não atende. — Cristina o chamou pelas costas, Andrea continuou encarando o ringue, na verdade, não conseguia se afastar.

As apostas ficaram fechadas no pote e o objeto foi levado para fora, deixado num buraco entre as ervas daninhas para que ficasse protegido em caso de rusgas. Um dos dois equatorianos relembrou quais eram as regras do encontro: caso o animal seja retirado antes do previsto, o dono paga um terço da cota, caso o animal seja vencedor, o dono recebe um terço da cota mais um fixo de trezentos, caso o animal morra, o montante total fica para o dono.

Quando os cães foram soltos, o rottweiler ficou em silêncio e abaixado e o american bully ficou sobre ele por pouco tempo, depois foi espremido no chão e a garganta começou a borbulhar. Sob eles, as velhas manchas de sangue ressurgiam como ramagens pretas de um rio. Andrea as encarava, saiu do tumulto e foi até o equatoriano que ficava atrás do ringue e que não havia parado de observá-lo. Assim que chegou ao lado dele, o equatoriano inclinou o pescoço para indicar a saída mais distante do viaduto.

Andrea seguiu a direção e foi alcançado por Cristina e pelo eco do american bully arrebatado. Já estava pronto para a morte de César quatro meses antes, quando o salvaram pagando um terço da cota, depois que um cane corso quase o degolou. Queria liberá-lo, não o fez porque amava vê-lo naquele ringue. Houve um combate em que César arrancou um pedaço de pescoço de um pitbull e o segurou no chão, passados quinze segundos do começo da rinha.

Andrea manteve o braço enfaixado e não acelerou o passo, sentia-se leve pela febre que tinha cedido e parecia não sentir mais seu coração.

— Ele lhe disse onde? — Ela o seguia.

Ele continuava avançando na direção que o equatoriano havia indicado, acendeu a lanterna do celular para iluminar o caminho.

— Ele lhe disse onde?

Encontraram-no na lixeira pequena, alguns metros atrás do cano do esgoto. Estava numa baixada e o corpo mal escondido pela terra e por alguns sacos de plástico. Andrea se ajoelhou e, com a mão boa, começou a escavar, ela o ajudou e começou a chorar. Soltaram-no e puxaram alguns metros adiante. Ele limpou o focinho do animal, acariciando devagar, e percebeu que fora mordido no entrecosto, nas costas e no músculo femoral. César estava com os olhos abertos e a língua pendia para um lado. Andrea a escondeu e pôs uma das mãos no pedaço de rabo.

Pediu a ela que buscasse o carro, quando ficou sozinho com seu cão, abaixou-se ao lado dele, ainda estava morno. Ela chegou e ele carregou nos antebraços e arrumou-o, com dificuldade, no bagageiro. O sangue sujou o curativo, as calças e a blusa.

— Quero enterrá-lo no campo — disse.

Ela concordou e enxugou o rosto, subiram no carro e dirigiram até a casa de campo. Depois, ele tomou a frente. Firmou bem os pés no chão e ergueu César, começou a levá-lo em direção ao campo, mas suas pernas tremeram até que precisou parar. Cristina chegou até ele com as pás e o ajudou a sustentar o focinho, juntos seguiram até uma clareira com uma nogueira e uma valeta seca para a irrigação. A noite era tênue, os lampiões e a lua conferiam silhuetas às coisas. Demoraram mais de uma hora para encontrar a profundidade, ele escavando com o braço desajeitado que empurrava de jeito torto. Apoiou César e juntos fizeram com que sua cabeça ficasse virada em direção à casa de campo. Ela o acariciava, ele também o acariciou, apertou os dedos onde havia sido ferido. Cobriu-o cuidadosamente. Alisaram a terra com o dorso das pás e ele voltou em seguida à casa de campo. Ela o encontrou no pátio, Andrea já tinha desatado a corrente e a guardado dentro da casinha, jogara fora os recipientes para comida e água e com um pé apagara a forma de César na terra embaixo da marquise. Deixou-se abraçar e disse:

— Me leva para casa.
— Fique.
— Não quero vê-los.
— Vamos para a sua casa então.

Foram até a casa dele e se lavaram juntos, ela o ajudou a remover as faixas do curativo somente depois do banho. A ferida estava aberta de novo em dois pontos e o antibactericida tinha se aglutinado. Andrea o removeu e pediu a ela que não olhasse enquanto ele estivesse com a mão descoberta. Então ela saiu do banheiro, mas antes lhe deu um remédio que ele deveria ter tomado uma hora antes.

Assim que ficou sozinho, estendeu o braço sob a luz, abriu e fechou o punho e viu que a mordida ainda secretava um líquido. Assoprou por cima e terminou de medicar, enfaixou com uma gaze frouxa e foi até o quarto, viu-a deitada no escuro. Deitou-se ao lado dela.

— Meu irmão não responde. Deixa que eu converso com ele amanhã.

Andrea tinha ignorado a voz de Cristina e deixou de lado até mesmo César, sabia que no dia seguinte seria diferente. Agora, precisava de uma imagem que lhe pudesse dar paz e se surpreendeu que fosse Margherita. Ela, no hospital, zelava por ele. Invocou-a, Margherita fez a mesma coisa.

Procurou Andrea assim que se deitou na cama, suas costas fortes que surgiam do lençol do hospital. E o jeito de dormir, como se tivesse medo de incomodar. Depois de deixar o hospital Fatebenefratelli, assim que chegou à imobiliária, transcreveu em sua agenda o número de telefone que havia lhe pedido, antes de deixá-lo, clicando bem o três e o oito, enquanto decidia encenar o pequeno teatro da compra e venda do apartamento de Concordia. Porém, em vez de ligar para a proprietária, ficou junto à escrivaninha sem fazer nada. O que seu pai diria? Usaria aquela palavra, Scharfenberg, que indicava um engate de tração leve para trens — *leve*, não estável como os antigos, segundo ele — com o qual um vagão fica bem preso ao outro. Ela era a senhorita Scharfenberg, seu pai a chamava assim quando a via com a cabeça nas nuvens diante de um cartaz de Andrea Giani ou quando roubava tempo de seus estudos para ficar à toa. Era graças ao pai que ela percebia que estava rebocando um vagão com *leveza*. Aprumava-se, deixando de lado as distrações — dessa vez o termo era de sua mãe — e agarrava-se às coisas concretas. Pagar as contas de luz, as compras do supermercado, comprar uma casa para sua família. Então, telefonou para a proprietária do apartamento Concordia e foi brilhante e obstinadamente natural. Pedia isso dos seus colaboradores, a espontaneidade, e pouco importava se isso era resultado do treinamento. Comunicou-lhe que haviam começado as visitas, já tinham onze marcadas, só dois interessados haviam desistido quando ficaram sabendo que o preço não era negociável.

— Em que sentido, Margherita?

Por causa do elevador, noventa e seis degraus "agravavam". Ela tinha gostado da expressão "agravar" porque era elegante e inequivocável. E depois acrescentou Mas confie em mim. Como havia se sentido? Sentira-se ancorada com força ao vagão seguinte, ou seja, seu projeto familiar. Como naquela tarde, em Sevilha, quando aceitou o pedido de casamento de Carlo: depois que ele pedira sua mão, ela se sentou na mureta do pátio em Santa Cruz e lhe perguntou se era verdade, admirando o anel de prata que ele punha em seu dedo. Naquele momento ela era uma mulher como *todas* e não se lamentava por isso. Depois, aconteceu alguma coisa, assim que participaram às famílias: ela ficara incomodada com o fato de os Pentecoste começarem a se intrometer na cerimônia. Para ela bastava casar-se numa igrejinha, com dez convidados e o vestido de flores comprado na loja Twinset um ano antes, depois ir comer faisão no Lago de Como ou num pequeno restaurante no campo. Confidenciou isso à sua mãe, numa noite em que ficara para jantar, e logo ouviu que ela gostaria de colaborar com o casamento como pudesse, talvez costurando um véu e uma gravata borboleta. Margherita empurrou o prato entornando o risoto na mesa, Até você, chega! Desatou a chorar e sua mãe se aproximou, arrastando a cadeira até ela. Depois, lhe sussurrou: eu tive um eritema, sarei um mês após o casamento, mas no fundo nunca sara.

Afastou Andrea de seus pensamentos e se abandonou no quarto imerso na noite, o pé direito alto, Nova York nas paredes, os ruídos do vizinho insone, a lua que se insinuava pela cortina. Deixou escorregar uma mão sob o lençol e acariciou um flanco do marido, sempre percebia quando ele não estava dormindo. Ele pegou na mão dela. Carlo tornava-se impetuoso assim que percebia a possibilidade de possuí-la. Ela também tornava-se impetuosa quando decidia tê-lo. Todas as vezes que o punha em sua boca — sempre acontecia antes de fazer amor — queria senti-lo bater em sua garganta, com a absoluta convicção de que engrossava até tirar-lhe o ar. Chupava até senti-lo tremer, depois, parava sem lhe permitir gozar, deixava que ele se dedicasse a ela. Era quando estava com a cabeça do marido entre as pernas que se permitia a imaginação. A imaginação, chamava assim, tomava a forma de homens majestosos que ela fantasiava ter em cima de si, ao redor, juntos ou separados, um cerco que a protegesse e usurpasse. Também pessoas do passado: como a tocaram, como beijaram, como sabiam se mover dentro dela, vestígios a que ela recorria com um imediatismo surpreendente. Estar por cima do seu marido no final daquele dia no hospital com Andrea: colocava as coisas no lugar. Vê-lo gemer debaixo dela, depois de ela esperar por outro: revelava a cumplicidade deles. Ele lhe ordenou que lhe contasse suas fantasias. Nos momentos que antecediam o orgasmo, Carlo lhe perguntava o que nunca lhe perguntava e ela lhe contava coisas que jamais pensaria em contar.

Ela desacelerou, ele insistiu. Ela retomou, ele agarrou seu quadril.

Então ela disse:

— O fisioterapeuta.

Enquanto o dizia, Margherita tentou observar seu marido no escuro, a silhueta, a respiração afoita, o aperto brutal das mãos, a ânsia erótica e o mal-estar por aquela revelação. Continuou se movendo.

— O fisioterapeuta — repetiu e cavalgou-o com força, gozaram, ela ficou por cima até se acalmarem.

Depois, mantinham discrição sobre o que tinham acabado de dizer um ao outro, como se a luxúria tivesse lhes botado na boca palavras que no fundo não pensavam. Entender que ela tinha aquele poder sobre ele a excitava sobremaneira. Era um risco que lhes conferia aliança e uma certa percepção de que a relação deles era especial. Desde o mal-entendido, porém, tudo havia se tornado cansativo.

Desvencilhou-se dele, não se arrependeu de ter dito sobre Andrea. Olhou-o e se deu conta de que seu marido a observava.

— O que foi? — perguntou enquanto ia ao banheiro. Quando voltou ele estava na mesma posição.

— Você sabe qual é o momento em que terminou sua juventude? — Carlo se cobriu com o lençol. — Quero dizer, o momento exato.

— Meu Deus, como você consegue fazer essas perguntas depois de transar? — Ela também se cobriu e procurou as pernas dele. — No final do colegial?

— Não, não, não, eu quero dizer um momento exato.

Ela fechou os olhos, a resposta poderia ser: quando disseram ao meu pai que ele morreria. Mas em vez disso disse:

— Acho que o dia em que abri a imobiliária.

— Então há três anos e meio.

— Só havia as escrivaninhas, você tinha levado algumas caixas e eu comecei a esvaziá-las. Escolhi meu lugar e coloquei em cima da mesa a tartaruga de plástico com o pescoço solto. Sabe?

— Você estava um pouco assustada.

— Um pouco.

Ele ajeitou o travesseiro.

— Eu estava andando de bicicleta, ia trabalhar na piscina Mincio. Exatamente no viaduto Ripamonti que desce em direção à Porta Romana. O último dia de setembro de cinco anos atrás.

Silenciaram, e pouco depois ele ouviu quando ela pegou no sono. Ficou acordado e lembrou-se do momento em que pedalava e tinha percebido o encanto. Naquela bicicleta, com falta de ar pelo viaduto de Ripamonti, ainda não tinha um trabalho fixo — achava que o cargo de editor seria provisório —, mantinha a presunção de escrever e não tinha abandonado a ideia, vivia com Margherita como se fossem namorados, ainda não se tornara professor com a indicação do pai. *Ainda* não. Poderia ser qualquer coisa. Naqueles pedais, levantando-se a poucos metros da linha de chegada, sentiu-se atravessar por uma alegria detrás do esterno. Tinha percorrido a descida com a certeza de que aquele era o ápice e o adeus de uma fase, e que entraria, um pouco mais tarde, em sua vida nova de homem adulto. Adormeceu com a mesma melancolia, ou talvez pudesse dizer que era contentamento.

Ao despertar, a primeira imagem foi a de Margherita e o fisioterapeuta. Ela deitada na maca, as pernas entreabertas, o garoto a massagear o interior da coxa. O prazer dela sufocado, o garoto que não conseguia se segurar — como podia? — roçando nela de leve onde não era permitido fazê-lo, uma ereção inesperada, talvez resolvida no vestiário logo em seguida. Saiu de fininho do quarto e foi até o banheiro, lavou-se rapidamente, foi até a pequena cozinha e preparou a moka para Margherita. Deixou-a de lado e mordeu uma torrada integral, mastigava com calma, observando o canto da mesa, as últimas contas pagas a serem organizadas no arquivo, os óculos de leitura e a frasco de anti-histamínico, uma suculenta, o celular de sua mulher que estava carregando. O celular de sua mulher. Distraiu-se escrevendo uma possível lista de compras para o supermercado, colocando na mochila as cópias corrigidas do folheto diagramado sobre o Marrocos, depois saiu de casa: como reagiria se lesse no telefone dela as mesmas mensagens que ele próprio havia mandado para Sofia? Caminhou devagar pela rua Montevideo, margeou o parque Solare, onde os cães estavam eufóricos depois de passar a noite na casinha, seguidos por seus donos sonolentos, percebeu a alegria daqueles animais sem coleira e ainda assim fiéis.

Como reagiria se descobrisse que Margherita tinha outro homem? Abandonou o parque e afastou aquela pergunta, deixou-se levar pela certeza de que o interesse por Sofia tomava uma forma diferente. Sua volta a Rimini, não encontrá-la mais em sala de aula dali a uns três dias, era uma desfeita que não conseguia absorver agora. Desde que não se escondesse em Margherita. Tinha estendido seu desejo para além do casamento, se tentasse confiná-lo outra vez, acabaria vivendo com sua mulher como plano B. Margherita era a felicidade, ele sentia isso com certeza. Mas agora, sentia também a presença de uma zona franca que chegava para se delimitar concretamente, como um capricho, irrefutável: essa parte da sua mente emanava energia todas as vezes que roçava a ideia de Sofia. Sofia agora, vai saber quem no futuro. A outra felicidade. Perguntou-se se o que provocava isso era um desgaste em seu casamento, concluiu que queria parar com essa história de compensação afetiva. Sua mulher lhe dava alegria, uma alegria maravilhosa, Sofia lhe dava alegria, uma alegria maravilhosa.

Quando chegou ao Naviglio, pegou o telefone e escreveu *Pelo menos me diga se voltará a Milão*. Enfiou as mãos nos bolsos e voltou à avenida San Gottardo, a redação ficava no pequeno prédio cor de marfim localizado na esquina com a rua Lagrange. Fez um sinal para a garota na secretaria, Manuela sorriu sacudindo o corte chanel moreno, ele cumprimentou e se encaminhou para o fundo do corredor. Carlo trabalhava lá havia seis anos e tinha a mesma cadeira com apoio de braços de quando assinou seu contrato por projeto: mil e quatrocentos euros líquidos por mês, sem precisar bater ponto. Era o segundo emprego que conseguia depois de se formar em Letras, o primeiro havia sido numa agência publicitária. Deixou a agência porque não era capaz e porque o trabalho bloqueava sua escrita. Tudo bloqueava sua escrita. Então, seu pai deu *uma forcinha* — Agora dou uma força —, oferecendo-lhe a gestão de recursos humanos na sua clínica particular. Ele recusou e eles não se falaram durante um verão inteiro. Se agora perguntam a Domenico Pentecoste que trabalho o filho faz, ele responde "Ensina literatura". Às vezes, voltava àquela noite, quando o pai havia lhe perguntado: "E um romance, você não vai escrever?".

Carlo pegou uma garrafa d'água lacrada do fardo sob sua escrivaninha, bebeu um gole e esperou que o computador ligasse. Desde o começo, dividia o escritório com Michele Lattuada, um designer gráfico de quarenta anos que falava pouco, morava nos arredores de Bergamo e todos os dias chegava às seis da manhã na estação, pelo menos uma hora antes do trem: os lugares para estacionar o carro eram poucos e os guardas de trânsito multavam meticulosamente. Estacionava, abaixava o assento, colocava o despertador e tirava um cochilo. Por meses, Carlo pensou em escrever um romance sobre esse colega e o assento reclinado, os pontos do supermercado Esselunga, o *tupperware* com o almoço e o afeto que sentia por ele. Michele Lattuada lhe ensinou a se contentar com uma cadeira com apoio para os braços, as garrafas d'água sob a mesa, uma esposa, talvez um filho.

Aproximou-se do teclado do computador e espiou Michele rapidamente: trabalhava em um projeto sobre o Japão, arrumava seus óculos e clicava com o mouse, às vezes fazia uma careta de concentração. Dedicaram-se ao Monte Fuji, diagramaram uma foto estourada em duas páginas sobre os onsen termais em Hokkaido, começaram uma pesquisa sobre okonomiyaki, depois o telefone vibrou. Michele percebeu e se virou, Carlo pegou o telefone e leu: *Amanhã volto para pegar as últimas coisas, assisti a aulas suficientes para requerer o diploma de mestrado? Obrigada. S.*

Levantou-se e foi até a janela, os bondes de San Gottardo deslocavam-se ruidosamente no entroncamento dos trilhos. Apertou o celular. Leu de novo a mensagem e esperou que o alívio chegasse até as escápulas. Quando ergueu a cabeça, percebeu que Michele o encarava. Voltou para o lugar, respondeu para Sofia: tranquilizou-a em relação ao diploma e pediu outra vez para vê-la. Apoiou o telefone na escrivaninha e começou a trabalhar na página dupla sobre okonomiyaki.

Tenho pouco tempo, professor, sinto muito.

Tentou completar a parte sobre Osaka, reservando o último quadrado para os hotéis design sobre o rio Yodo.

Só um café, o que me diz?

Talvez amanhã se terminar de enviar os livros, mas não posso prometer.

Começou a trabalhar sobre Nara, as corças e o percurso noturno com as lanternas.

Vamos tentar, Sofia. Você me avisa?

Nos falamos amanhã, tenha um bom dia, professor.

Gostou que ela tenha concluído a mensagem com *tenha um bom dia*. Disse a Michele que tinha terminado e que voltaria logo, saiu para comer, sabia que voltaria tarde. Não era quinta-feira e ele não gostava de surpreender sua sogra, mas subiu, mesmo assim, no bonde até Porta Venezia, pegou o metrô até a estação Pasteur e entrou na doceria Scaringi. Comprou um diplomata e um *babá*,[5] fazia isso todas as quintas-feiras. Antes de tocar a campainha na rua Delle Leghe, verificou se a persiana estava aberta. Tocou e esperou mais do que o normal, estava quase desistindo, depois ouviu Anna responder.

— Sou eu.

— Eu?

— Carlo.

A sogra esperou-o no hall do andar com as mãos unidas.

— O que houve?

— Eu estava passando por aqui. — Abraçou-a, encostava sempre sua bochecha na dela e sentia o cheiro de rosas. Percebeu que estava sem maquiagem e o vestido estava amarrotado.

— Você me assustou.

— Não fui mordido por nenhum cão vira-lata — disse e lhe entregou os doces.

— Já comeu?

— Ele sacudiu a cabeça e seguiu-a até a casa. A televisão estava desligada e no sofá havia um cobertor.

---

[5] Doce típico da região de Nápoles, mas presente em toda a Itália, é feito de pão de ló embebido em licor *limoncello*. [N.T.]

— Você estava dormindo.

Ela já estava em frente à geladeira preparando um prato.

— Uma sogra sempre tem um prato de vitela ao molho de atum na geladeira.

— Minha mãe também sempre tem vitela temperada com molho de atum no congelador.

— A propósito.

— Não vá.

— Sua mãe ficará triste. — Sorriu. — Mas eu não sei o que dar a ela de presente.

— Você já está incluída na foca da Swarovski. — Sentou-se em seu banquinho enquanto ela preparava. Serviu-lhe a vitela ao molho de atum e uma taça de vinho tinto.

Ele deu uma garfada.

— Se eu fosse você, desertava a missão.

— Os aliados também diziam isso antes do desembarque na Normandia. — Sorriu e mordeu um canto do diplomata.

Depois ficaram em silêncio, ele saboreou a vitela ao molho de atum mantendo os olhos no prato. Mastigou devagar e bebeu um gole de vinho. Falou do apartamento de Concordia.

— Minha preocupação é que não tem elevador.

— Somos jovens.

— A perna da Margherita.

— É só uma inflamação.

Carlo tentou ir até a pia com o prato, ela o arrancou da mão dele e começou a lavar com a xícara e os talheres.

— Sabe que ainda estou tomada pela leitura de Dubus? É um autor que remete às filhas taciturnas que vão visitar as mães, e os genros que vão visitar as sogras, e as sogras que lavam os pratos porque estão tanto do lado das filhas como dos genros.

— Deveria estar do lado das filhas.

— Parece um padre.

— Estou num momento complicado, Anna.
— Não precisa me contar.
Ele se levantou e foi até a porta-balcão, o tapete estava pendurado no parapeito ao lado da pequena gaveta com alpiste para os pássaros. A neblina tinha descido sobre a rua Delle Leghe.
— O que é que você quer me contar, diga.
— Que fui um idiota.
— Todos os homens são em algum momento. — Anna sentou-se no banquinho e se concentrou no doce diplomata. — Eu queria tanto ter nascido homem também.
Ele a observou.
Ela mastigava em pequenas mordidas, alisou as dobras do vestido com a mão.
— Margherita, quando criança, nunca acreditou em Papai Noel, você sabia? Uma vez foi até seu pai, devia ter uns cinco ou seis anos, e lhe perguntou se poderia receber o presente antes da véspera do Natal.
— Intuiu a história toda.
— Intuiu que é preciso superá-la.
— É um erro.
— A palavra errar tem muitos significados escondidos. — Decidiu pôr um disco para tocar. Foi até a prateleira e escolheu um ao acaso, tirou da capa, ligou a vitrola e tentou colocar três vezes a agulha sobre o vinil, deixou que Carlo a ajudasse.
— Modugno — disse.
Às quintas-feiras de vez em quando ouviam discos, e ainda que hoje não fosse quinta-feira e tivessem falado sobre chateações, podiam sentir-se livres. Modugno ou Aretha Franklin ou I Camaleonti, os discos tocavam e eles ficavam conversando, às vezes seu genro vasculhava a biblioteca ou se punha a trabalhar na mesa redonda, ela lia ou preparava algo na cozinha, ou então passava roupas. Com frequência, fechava os olhos, empoleirada

no banquinho, e fingia que a silhueta no sofá não era Carlo, mas um marido. Como era? Mais baixinho? Ou altíssimo? Um homem abastado ou um artista? Talvez francês, ou de Piacenza — os de Piacenza comem carne de cavalo e são abonados e gentis. Ocorria-lhe imaginar um homem recém-conhecido, gostaria de ser uma mulher de robe com um desconhecido na sala. Assustava-se com as fantasias, mantinha sempre Franco em seu coração. O entardecer consagrava a falta. A cama vazia, estar no sofá e encontrar a forma desfeita do lado onde ele relaxava. Do outro lado da parede havia a família Soldado, mãe, pai e dois adolescentes que cresciam e brigavam e se amavam, ela os ouvia apoiando-se na parede do banheiro, o filho mais velho, Fábio, tinha acabado de tirar carta de habilitação e toda a família brindara com um prosecco quente — o pai esquecera de colocá-lo na geladeira. Uma vez, ela estava tomando banho quando ouviu o choro da mulher por causa de algo importante, havia espasmos desesperados: levantou-se da banheira com o peito aflito, porque ela também já tinha vertido aquelas lágrimas. Quem não as havia vertido? Os casamentos podem ser amargos.

Espiou o genro, que batia nas teclas do telefone enquanto Modugno cantava *Come stai*. Carlo era um garoto que não sabia conduzir a dança. Aos sessenta anos, ela tinha aprendido a reconhecê-los, os machos insuspeitos que dão conta e os machos suspeitos que não dão conta. Ele era do segundo tipo, ficava vermelho e se emocionava e tinha um comportamento bem pouco ousado. Sua preocupação era que ele magoasse sua Margherita e a em si mesmo. Chateava-a vê-lo diante do pai, os ouvidos baixos e voz tênue, como naquele Natal em que Domenico Pentecoste chamara sua atenção à mesa, durante a sobremesa, interrogando-o sobre seus projetos, o que tinha em mente para fechá-los com chave de ouro? Em que sentido fechar com chave de ouro?, perguntou Carlo. Então, Pentecoste se virou para ela e perguntou

O que você acha, Anna, que o seu genro poderia fazer para se valorizar? Ela disse O que ele já faz. Ou seja? Ou seja, que é um homem confiável. Mordeu a língua: um homem confiável era a resposta para um homenzinho entediante. Nunca tinha sido muito boa com adjetivos.

— O que você acha de pegar um dos meus livros? — disse-lhe assim que o viu se desvencilhar do celular.

— Não estou com vontade de ler.

Ela foi à terceira prateleira da estante e pescou o Tex envelopado.

— Isso vai liberar sua mente.

— Franco vai ficar puto.

— Franco está debaixo da terra. E os pistoleiros sempre dão bons conselhos.

Dirigiram-se para a porta, adorava seu genro também por isso: saía de cena antes de se tornar um objeto de decoração. Observou enquanto ele descia pelas escadas com o gibi embaixo do braço, ela e seu marido tinham encontrado aquele Tex numa banquinha em Bergamo. Caminhar pelas feirinhas era um dos passeios que faziam, quando Franco o encontrara ficara surpreso, virara-o de um lado para outro entre os dedos e perguntara o preço ao vendedor ambulante, debatera com a esposa se devia gastar sessenta mil liras em uma revista que valia cento e trinta mil. Não estava acostumada a vê-lo criança, os olhos vívidos, segurando um volume de história em quadrinhos com as duas mãos.

Pegou o cobertor que estava no sofá e o dobrou, guardou os banquinhos e limpou as migalhas e as sobras do almoço, desligou a vitrola com Modugno cantando *Musetto* e abriu a porta da sala onde ficava a caixa de costura. Abriu-a e contemplou suas agulhas e as bobinas e os carretéis de linhas de qualidade, o azul e o rubi acetinados, as três tesouras para estofo, as amostras de tecidos, seus instrumentos de cirurgiã. Apesar de quase não trabalhar mais e de sentir dor nas juntas dos dedos, percebia que continuava a ter inventividade e rapidez na execução: trabalhar o couro de rena e o jersey, a seda — nunca dobrá-la duas vezes —, arriscar marchetaria nos jeans, e a organza, o brocado — os mais duros para seus dedos minúsculos —, tinha adaptado tudo para a vaidade das senhoras. Suas clientes frequentavam a rua Delle Leghe às vezes só para jogar conversa fora, pedir-lhe conselhos sobre as compras na rua Monte Napoleone, contar dos seus filhos, dos crimes e castigos. Elas, sim, tinham sido seus romances.

Extraiu a agulha de rombo grande, escolheu a bobina azul, cortou o fio com os dentes — nunca fazia isso diante de alguém —, ligou a luz do exaustor sobre o fogão. Fechou uma pálpebra e passou de primeira o fio, ela sempre levantava um cantinho da boca quando o fazia. Foi até o armário do quarto, pegou o cetim e a renda rebrodé que não havia usado, sentou-se no canto do colchão, fixou os cantos que encaixaria e moveu o olhar em direção à fotografia na mesa de cabeceira. Costurou sem baixar a cabeça, as pontas dos dedos agarradas ao tecido enquanto observava os rostos do seu jovem casamento: Franco perdido diante da máquina fotográfica, ela segurando seu braço e fazendo uma careta divertida. Virou do lado certo o tecido sem perder de vista aqueles jovens de vinte anos, que se amavam, no Lago de Como. Abaixou a cabeça e olhou a costura: os tecidos eram um tecido só e ela ainda era uma costureira de primeira. Levantou-se devagar, suspirou e foi até o final do corredor, parou diante da escrivaninha que usava como móvel de apoio. Havia três pequenas gavetas, abriu a última e revistou até encontrar a chave com o anel esmerilado.

Abriu a porta de casa, desceu até o térreo e continuou até os depósitos. O seu era o penúltimo à direita, precisou de duas tentativas para enfiar a chave na fechadura na penumbra. O fedor de umidade beliscou seu nariz, levou a palma da mão ao rosto e chegou até o interruptor sob as prateleiras com os vidros de conserva.

Acendeu a luz e parou, era um cômodo revirado no qual não entrava fazia um ano e meio. Mal conseguia ver as prateleiras no fundo e lembrou que lá estavam os jarros de botões organizados por cores e os arquivos com antigos manuais de eletrodomésticos. Seguiu e, enquanto se aproximava, tinha certeza de querer fazê-lo: pegar a caixa de frutas, retirar o lençol que a cobria, puxá-la até o meio do depósito, bem embaixo da luz, curvar-se e folhear o primeiro gibi da pilha, Capitão Miki número 217, encontrar o cartão-postal de Bormio de 1976 escondido atrás da página de frontispício, *Como você teria gostado dos refúgios que cheiram a pinheiro, tua Clara.*

Ficou com ele diante de si, releu, e soube que poderia continuar. Pegou o segundo e o terceiro e todos os vinte e um postais e sentiu de novo raiva porque não tinha ocorrido a ele se livrar deles. Juntou-os, levantou-se e segurou-os apertados contra o peito enquanto voltava atrás e apagava a luz. Saiu do depósito, percorreu as escadas e retornou para casa. Apoiou-os sobre a escrivaninha da entrada, era estranho, e se emocionou: então era isso a liberdade?

Sofia encarava o pai enquanto ele lia o conto inclinado sobre a mesa da cozinha, a fumaça do cigarro subia do cinzeiro. A neblina chegava do norte e tinha dominado Rimini. Ele terminou de ler, dobrou as sete páginas e levou-as para o quarto. O cigarro ficou se desfazendo sobre a mesa e parecia que o rastro se juntava à fuligem para além da janela.

O pai voltou e disse:

— Vamos à praia.

Saíram pela rua, o bairro Ina Casa estava submerso no branco. Sofia ficou perto dele, chegaram até o carro, ainda tinham o Renault Scénic com que carregaram a mercadoria da loja de ferragens na última mudança antes de passarem o ponto. Havia ocorrido logo após a morte da mãe.

Viajaram devagar até o centro, margearam os bastiões onde, aos sábados de manhã, havia a feira e passaram ao lado da Ponte de Tibério. Atravessaram a passagem subterrânea da estação de trens, pegaram a avenida com as casas e os jardins escondidos e chegaram ao litoral na altura do posto número nove, estacionaram em frente à praia.

Desceram e se dirigiram até a última faixa de cimento de Rimini, dois barcos de pesca estavam atracados e um homem lavava a proa. Os passos do seu pai eram leves, e Sofia teve a impressão de caminhar sozinha, ficou a um palmo dele. Assim que chegaram ao molhe e ouviram o Adriático batendo nos rochedos, sentaram-se no pedestal do farol amarelo. O pai tocou o queixo dela e ficou olhando para o mar.

Ela também observava o mar. Depois, perguntou a ele o que tinha achado do conto.

Ele vestia um cachecol de algodão sobre um casaco jeans, fechou dois botões.

— A mamãe realmente cantava a música da Vanoni aquele dia no carro?

Ela assentiu.

Ele sorriu.

— Por que você ri?

— Em mil novecentos e oitenta e sete, a Vanoni fez um show na praça Cavour. Estávamos com o tio e sua mãe nos forçou a pular as grades.

— E você pula grades por acaso?

— Sabe que ela escolheu o guarda-pó para a loja de ferragens depois daquele show?

Sofia sacudiu a cabeça.

— Antes o da tua mãe era preto. Mas, aquela noite no palco, a Vanoni vestia um impermeável azul que parecia mesmo um guarda-pó.

Ela olhava para ele.
Ele soltou o cachecol.
— Tua mãe também foi feliz, Sofia.
— E comigo?
— Especialmente com você.
Sentiu vontade de se sentar mais perto dele e segurá-lo pelo braço, no passado o fazia e agora havia esquecido como se achegar. Ouviu-o respirar, a respiração profunda e cavernosa e o cheiro de pós-barba que impregnava a neblina, farejou-o como na loja de ferragens. Tinha uns sete ou oito anos à época e sentia o perfume do pai que subia pelas escadas e lhe dizia Você é quem vai cuidar da loja quando eu envelhecer?

— Mas, pai, você nunca vai envelhecer — respondia Andrea, depois continuava a colorir o álbum do He-Man comendo a focaccia que sobrara do recreio. Até hoje, todas as vezes que se sentava no banquinho da banca de jornal, lembrava-se do pai jovem.

Observou-o enquanto arrumava as publicações bimestrais na vitrina atrás deles, os dedos precisos, organizava os álbuns ilustrados de maneira que os títulos pudessem ser lidos enquanto a mãe conversava perto da entrada.

Andrea manteve a mão enfaixada em seu colo e com o braço livre atendeu um cliente. Tinha saído de casa no alvorecer.

— Aonde você vai? — perguntou Cristina na cama, ele lhe respondeu que ela não precisava se preocupar. — Deixa o meu irmão comigo — disse ela.

Ele ficou em silêncio.

— Andrea, jura para mim que você não vai.

Ele concordou, depois foi até o banheiro, retirou a terra que ficara nas unhas até se machucar. Tinha tomado os antibióticos e trocado cuidadosamente o curativo, juntou as roupas sujas de sangue numa sacola, jogou-as no lixo fora do prédio e se encaminhou, em momento algum parou de pensar em César.

Ajudou os pais até a hora do almoço, depois se revezaram para almoçar no bar Rock, ele foi com a mãe, deixou que se acomodasse num banco e sentou-se diante dela, ficou com medo de que intuísse algo, ela sempre intuía tudo. Sua mãe, as bochechas vermelhas de quem mora na montanha mesmo sendo de Vigevano, a preocupação com o coração do marido — como é cabeça-dura o seu pai —, perguntou por que ele não ligou para eles do hospital.

Ele disse que Cristina estava lá.

— Me basta saber que você está bem. Está? — perguntou, apoiando o sanduíche no prato.

Ele também apoiou o sanduíche no prato, como desejava comprar um vestido de festa para sua mãe e vê-la bonita e dizer que ela o merecia, levantou-se e deu a volta na mesa, sentou-se ao lado dela no banco.

— Estou bem. — E se deixou abraçar.

Queria ter pedido o carro para ela e ter ido embora imediatamente, mas em vez disso, depois de comer, voltaram para a banca de jornal e ele mudou de lugar os gibis, deixando-os ao lado das revistas de automóveis, guardou as caixas com os livros usados, a mão pulsava com uma dor que o cegava, atendeu os clientes e ajudou o pai com a devolução dos jornais. Perguntou-lhe se podia usar o carro. O pai disse que tinha abastecido no dia anterior, perguntou se ele conseguiria trocar de marcha com o curativo, ele respondeu que não teria problema e pegou as chaves da gavetinha.

Fez a viagem até Corvetto trocando as marchas com dificuldade, nos semáforos abria e fechava a mão para se acostumar com a dor, parou quando entrou na marginal. Escolheu a via de San Donato, desacelerou e viu que o campo de futebol estava deserto. Continuou e chegou até a casa de campo, lá também não havia o carro de nenhum deles. Ligou para Cristina, disse-lhe que estava entrando numa consulta médica para averiguar a ferida, ainda que doesse menos, depois iria jantar com os pais.

— O que você disse a eles?
— Acidente doméstico.
— Acreditaram?
— Não sei, talvez não.
— Meu irmão não atende.
— Vou entrar na consulta.
— Falo com ele antes de hoje à noite.

Se despediram, ele desceu do carro e se apressou até a casa de campo, pulou a rede onde estava cedendo e chegou até o pátio interno. Era um quadrado de poeira, estavam lá as pás que usaram para enterrar César e alguns baldes. Olhou dentro da casinha e viu a corrente enrolada em espiral. Eram duas correntes presas com um mosquetão de montanhismo, soltou-o e pegou a parte mais curta. Levou-a para fora e envolveu-a ao redor de sua mão boa. Voltou para a estrada e entrou no carro, ligou-o e deu ré, estacionou antes da curva. Ligou o rádio e esperou, não sabia se o irmão de Cristina viria. Muitas vezes ficava com o pai, era velho e eles se revezavam para cuidar dele. Deu a si mesmo um prazo até o pôr do sol e começou a ouvir o noticiário na rádio e depois uma música de Carboni, ele gostava de Carboni desde o show em Assago. Leu novamente a mensagem de Margherita, tinham trocado mensagens, depois ela ligou para ele do nada e convidou-o para tomar um café no sábado ou no domingo, desligou o rádio e reclinou o assento.

Mais tarde, quando avistou o Ford Fiesta, estava quase adormecido e sua mão pulsava, no telefone estavam registradas duas ligações perdidas de Cristina. Esperou que o Fiesta estacionasse e que o garoto saísse do veículo, viu quando ele entrou na casa. Depois, desceu do carro, a corrente pendendo ao longo da sua perna.

Bateu três vezes com o pé e assim que a porta abriu foi para cima dele. Sabia como fazê-lo, já o havia feito, a verdade era que seu corpo contemplava a prevaricação. Os músculos resistentes, a velocidade das articulações, os reflexos precisos, algo o ajudava na crueldade. Empurrou e o outro caiu na entrada da cozinha, permitiu que se levantasse, ouviu dizer Mas que porra e o atingiu com a corrente num dos flancos. Assim que ele caiu outra vez, açoitou suas pernas. Viu-o espumar pela boca, revirar-se, tentar se apoiar nos braços e desmoronar. Atacou-o com força na tíbia e o encarou, esse garoto da idade dele que quase não se movia e sufocava um grito tentava tocar um joelho levantando a cabeça para averiguar os ossos fraturados. Acertou-o de novo, apoiou-se à mesa.

O curativo estava intacto e a mão boa queimava pelo aperto da corrente. O outro gemia e segurava a tíbia fraturada. Antes de Cristina, este era ele: ir a um show no Magnolia, traficar cocaína para levantar uma grana em poucos dias, beber umas cervejas, revirar a internet à procura de combates e MMA, dividir as apostas, acostumar-se com os ferimentos dos animais.

— Você quebrou a minha perna. — O outro conseguiu levantar suas costas e apoiá-las à parede, recuperando o fôlego.

Andrea colocou a corrente no chão e deu uma olhada para o sofá, no encosto havia bitucas de cigarro e um cinzeiro vazio, na almofada, um maço de baralho e um pacote amassado de bolachas.

— Você quebrou a minha perna. — A luz escurecia suas órbitas. Arrastou-se até a cristaleira e agarrou-se à prateleira, primeiro com os dedos, depois com o antebraço, levantou-se, mas uma das pernas não o sustentava.

— Você matou o cão tanto quanto eu.

Andrea não o olhava.

Apoiado na cristaleira, como um flamingo se equilibrando, o outro deixou-se escorregar em agonia.

— Você matou o cão tanto quanto eu.

Andrea passou ao lado dele e saiu. Cristina estava sentada no primeiro degrau. Os olhos virados para a rua e os cabelos presos de um lado, levantou a cabeça mas não o encarou, olhava a brecha da porta que estava aberta. Ele não disse nada, continuou até o portão. Estava cansado, antes de chegar à rua, procurou-a, ela estava indo até o irmão e ele sentiu medo, como todas as vezes que dizia adeus a alguma coisa.

MARGHERITA PONDEROU A PERDA do marido enquanto entrava na imobiliária. Estava certa de que se tivesse continuado com Andrea teria exposto seu casamento a uma infração. Embriaguez, diria Némirovsky. Abriu a porta, desarmou o alarme e foi até o banheiro.

— Você é uma predadora de garotos de vinte e seis anos — disse em frente ao espelho.

Sentiu-se diferente, mais inteira, e soube que seu verdadeiro medo era perder Carlo dentro de si aos poucos. Por isso, havia lhe revelado sobre Andrea pouco antes do orgasmo, esperando que a intimidade colocasse em comunicação os compartimentos estagnados dos dois. De resto, o que um novo corpo tiraria do seu casamento? Talvez nem gostasse. Talvez provocasse uma nova seiva milagrosa ao sentimento deles. Como detestava a psicologia barata: ligar a traição à infelicidade. Ela trairia por causa das costas amplas do Andrea. Por sua bunda. Porque era jovem. Porque era tímido e ela podia ajudá-lo a descobrir algo sobre si mesmo. E mais do que isso: pelo desejo que o garoto sentia por ela. Ver-se desejada de um jeito primordial, como antes dos noivados e dos altares e das casas compradas e das hipotecas. Sua desfeita não era admitir o fermento, admitia-o, mas era não admitir um meio-termo: que ela pudesse tocar o fisioterapeuta, mas seu marido não pudesse tocar as outras. Revelou-se uma mulher despótica e não tinha nenhuma intenção de recuar. Tinha moderado o mal-estar provocado pelo mal-entendido do banheiro, estava bem longe de colocá-lo de lado. Andrea era a recompensa? Andrea era um desejo.

Escrevera-lhe e ele respondera de um jeito contido, exceto pelas reticências que encerravam a frase em que dizia que se encontrariam na segunda-feira para a fisioterapia. Uma vez, Carlo lhe dissera que as reticências eram um sinal de fraqueza: os escritores usam se vacilam na página. Depois, leu *Travessuras de menina má* e percebeu que as reticências tinham outro significado. As almas de Vargas Llosa usavam-nas como preliminares de revoluções. Três pontinhos para um encontro amoroso. Três pontinhos para um motim político. Três pontinhos para seduzir. Então, ligara para Andrea. Falaram da ferida na mão e da sua perna, ela o tinha convidado para um café no sábado ou no domingo. Ele respondera que tudo bem...

Abriu o caderno de notas, arrancou uma página e escreveu a lista de prioridades do dia. Número um: Concordia. Número dois: coordenar as visitas (atenção ao imóvel de três cômodos em Morgagni). Número três: enfocar a festa de aniversário da sogra no dia seguinte. Releu as notas que escrevera na noite anterior, primeiro sobre Concordia: era uma mentira boba com vantagens para todos. Dissera isso para Carlo e era um conforto descobrir-se audaz e que ele a apoiasse sem moralismo. Procurou na agenda o nome da proprietária, sentou-se na ponta da cadeira, no terceiro toque ela respondeu, cumprimentou calorosamente, intuindo certa frieza na voz da mulher. Mudou de estratégia, em vez de fazer um relato fictício sobre as visitas que não haviam dado em nada, mentiu, dizendo que tinha boas notícias: havia um casal interessado que estava bem entusiasmado.

— Ah, que boa notícia, Margherita, eu estava com uma sensação ruim.

— Por quê? Não confia no nosso trabalho?

— Confio. — Fez uma pausa. — É que quanto antes fecharmos, melhor. Quem é esse casal interessado?

Explicou que não tinham filhos, ele era advogado e ela professora do primário — como é que saiu com essa história de professora do primário —, e que tiveram a mesma reação de perplexidade diante da falta de um elevador e do fato de que o teto dava para um terraço — sua suspeita era de que o apartamento não ficasse bem isolado termicamente —, mas a luz do apartamento os havia encantado. Na metade da visita, a professora disse "É esta, esta é a minha casa". Pronunciou essas palavras e temeu ter exagerado, a proprietária deixou escapar um gemido de alegria.

— Mas não garanto nada, principalmente por causa do preço.

— Menos do que quinhentos e trinta eu não desço.

— Vou fazer o possível, e a senhora pense bem a respeito.

— Já pensei.

Antes de se despedir, Margherita ousou fazer um comentário sobre Maiorca, havia sobre a ilha uma neblina estranha? Neblina alguma, só um vento que atravessa a costa de leste a oeste.

Desligou, apoiou a mão na testa e decidiu se livrar também da outra chateação. Procurou o número de telefone da sogra. No primeiro toque, ficou na ponta da cadeira.

— Marghe — ouviu do outro lado.

A sogra chamava-a de Marghe desde a primeira vez que se viram, quem esperaria isso de uma senhora vestida em caxemira com um quarto de sangue inglês correndo nas veias. Sua sogra podia conversar sobre ostras bretãs e reestruturação edilícia, sobre a ternura das senhoras que retiram os carrinhos nos supermercados e percebem que uma das rodas não funciona direito: era uma vivacidade que a intrigava. Não havia ainda desfeito a suspeita em relação a ela.

— Estamos prontos para festejá-la, como se sente, Loretta?

— Soube da sua mãe.

Margherita ficou em silêncio.

— Acabei de falar com o Carlo e ele me disse. Mas eu não entendi direito, o que quer dizer que ela *não sabe* se vem?

Margherita esticou a perna embaixo da escrivaninha, sentia um beliscão intermitente.

— Ela não anda se sentindo muito bem.

— Como assim?

— Está meio gripada e acho que se sente um pouco melancólica.

— Seria bom para ela estarmos todos reunidos.

— Vou ver o que consigo fazer.

— Vou ligar para ela.

— Melhor eu fazer isso, Loretta. As mães ainda dão ouvidos às filhas mulheres.

Sua sogra riu.

— Veja como a minha Simona me deu ouvidos com aquele lá.

— Mamadou é um bom garoto.

— Me diga você como está, querida. Fiquei sabendo da casa em Concordia.

Margherita se desculpou e disse que precisava desligar, tinha entrado alguém na imobiliária. Prometeu ser pontual amanhã à festa — mesmo sabendo que não seria —, tranquilizou-a dizendo que ligaria de novo à tarde — mesmo tendo certeza de que não ligaria. Ainda mais agora, depois de descobrir que Carlo continuava informando-a sobre questões que ela não deveria saber. A intemperança do marido em relação à mãe era a intemperança nos banheiros universitários e era também a intemperança que fizera com que ela se apaixonasse por ele: um homem atravessado por desabamentos e mudanças de rota. As contradições de Carlo, ela sempre confiou em suas contradições. Depois da morte do pai, tinha observado isso também em sua mãe: deixara de lado a máquina Singer e descera do banquinho da cozinha, inaugurando uma temporada de motins gentis, aprendendo a dizer não, a reclamar, a manter os pés na mesinha da sala. Procurar ela também fazer isso, aos trinta e cinco anos, era uma boa forma de investir em sua velhice.

Quando os colegas chegaram à imobiliária, todos se reuniram na salinha para se organizarem, depois, Gabriele saiu para duas visitas e Isabella voltou para fazer os telefonemas, e ela baixou a cabeça outra vez sobre o computador. Começou a escrever as descrições de duas propriedades que haviam assumido, abriu o Facebook e deu uma olhada aqui e acolá — entrava pouco lá e tinha um perfil sem fotografia —, tanto ela como Carlo diziam que davam pouca importância àquele mundo. Entrou no perfil de Sofia Casadei. A última postagem era uma vista dos tetos de Milão, publicada uma semana antes, que havia angariado vinte e sete curtidas. Fechou tudo e passeou de um lado para outro, isso aliviava a dor na perna. Tornou a se sentar, colocou as publicações em anúncios na internet e estudou os pormenores da propriedade que iria visitar em Morgagni. Era um imóvel com três cômodos amplos, noventa metros quadrados, se fosse como nas fotografias, poderia vendê-lo por trezentos e sessenta mil — por alto, uns doze mil líquidos para a imobiliária. Se o ano de dois mil e nove tivesse continuado conforme o programado, teria conseguido um salário líquido de quase dois mil e cem euros por mês. Carlo trazia para casa mil e quatrocentos euros, mais os trocados que os Pentecoste depositavam às escondidas e ela se recusava a contabilizar no orçamento familiar. Para o Concordia, poderiam conseguir um empréstimo imobiliário de oitocentos a novecentos euros, dando de entrada os trinta e dois mil que haviam separado.

Comeu um sanduíche na escrivaninha e no começo da tarde se preparou com antecedência para a visita, levou o casaco embaixo do braço, tinha vontade de sentir o ar de abril e deixar de lado a economia familiar, despediu-se de Isabella e saiu pela rua Spontini. Foi entrando nos jardins Morgagni e costeou a pista de bocha e seus jogadores. Ficou observando-os, isso a deixava de bom humor. Apoiou-se no tronco de uma acácia e expôs o pescoço ao sol, "Como vai, Margherita", perguntava-se quando a direção eventualmente se desviava, como a troca de plataforma organizada por seu pai que decidia a rota de um trem. Ele dizia: faça a troca certa para você. A troca certa para ela sempre foi a direção dos outros.

O jogador lançou uma bocha e ela se apressou, atravessando o parque. Depois, viu o proprietário da rua Morgagni que a esperava no portão do número nove. Ela conseguia fechar contratos imobiliários já na primeira reunião, deixando que o dono da casa desabafasse, permitindo-se ser guiada por todas as frentes, e intervinha somente quando tinha de garantir que estava em boas mãos. No momento em que mencionavam o valor de venda desejado, ela desmontava quaisquer ilusões, reformulando as cotações reais mais a margem de negociação e acrescentando sua frase, "Confie em mim". O importante era o tom da voz: calmo, espontâneo, nunca excessivo nem cheio de exclamações.

Levou meia hora para concluir a visita, o apartamento valia trezentos e sessenta mil e o proprietário era um sexagenário pacato. Confessou-lhe que, com o dinheiro, se mudaria para a Ligúria e ajudaria o neto a pagar a universidade. Acertaram uma reunião formal na imobiliária, despediu-se, garantiria a Ligúria e a universidade para o neto, prevendo sucesso com uma segurança discreta. Ter nas mãos um bom negócio iluminava o seu dia, não tinha outras visitas naquela tarde, ligou para verificar se havia alguém no escritório, depois, foi caminhando pelo parque com um formigamento que saía do coração e ia até a cabeça. Num outro momento, teria chamado isso de inconsequência.

Vestiu o casaco, subiu até a praça Bacone, ultrapassou a piscina onde costumava nadar antes de começar a academia, entrou na avenida Buenos Aires com as vitrinas que lhe relembravam os sábados à tarde com suas amigas na adolescência. Que fim levaram suas amigas, encontrava-as raramente, como se tivessem sido engolidas por seus namoros e casamentos. Parou no bar da praça Argentina e tomou um café, comprou chicletes, depois, continuou na direção dos prédios da praça Loreto com os relógios de neon vermelho, dobrou na rua Porpora, momento em que se deu conta que estava indo até ele.

Ir até ele, ir até ele, com esse hálito de café arábica e menta, quis desacelerar, não pela perna, não por medo, observou os entregadores que entravam nos prédios para deixar os últimos pacotes do dia, as luzes dos corredores que se acendiam, os restaurantes na soleira, o formigar de Milão: essas almas que perseguem a normalidade quando ela estava a ponto de contrariá-la. Surpreendeu-se com o coração calmo e com uma impaciência que aflorava no estômago.

Chegou ao portão, olhou onde ele havia esperado sentado quando ela fora comprar o antibiótico. Agachou-se e aguardou: encontrá-lo enquanto entrava teria deixado tudo mais natural, mas ele não apareceu nos dez minutos seguintes, e nem nos vinte. Deveria ter se sentido desencorajada, deveria ter lhe telefonado, mas se manteve composta, as pernas fechadas e a nuca apoiada no portão, segurava suas mãos e girava no dedo seu anel de noivado e a aliança, depois se levantou. Procurou o nome dele entre as campainhas, alguns estavam marcados com números, o único possível era a sigla AM marcada à caneta num pedaço de papel colado sobre o vidro.

Tocou e ficou na ponta dos pés com a bochecha colada no painel das campainhas, ninguém atendeu. Desceu das pontas dos pés, uma voz respondeu e ela se aproximou novamente num pequeno salto.

— É Andrea?
— Quem é?
— Margherita.
— Margherita — repetiu ele.
— Aquela da perna, do hospital, do café no sábado ou no domingo que decidiu se antecipar sem lhe dizer nada — falou sem pressa. — Aquela.

A campainha chiava e havia trânsito na rua Porpora, Andrea apertou o botão para abrir. Voltou para o quarto e vestiu uma blusa e uma calça jeans, pegou os trapos daquela tarde e jogou-os na máquina de lavar. Sentia a cabeça pesada, examinou o curativo e percebeu que havia surgido uma mancha. A outra mão tinha uma marca da corrente no pulso. A casa de campo havia desaparecido e o irmão de Cristina e Cristina eram sombras, abriu a porta e espiou, esperou no corredor do andar: Margherita apareceu na rampa do andar de baixo, estava com falta de ar e o casaco apoiado no braço.

— Oi — disse ela.

Fez um sinal para que ela entrasse e se encaminhou para a cozinha, tirou as xícaras da pia, lavou-as e começou a preparar um café. Percebeu-a atrás de si, uma cadeira sendo puxada enquanto ele enchia a moka e colocava-a no fogo. Virou-se, ela tinha se sentado com a bolsa largada no chão e o casaco em cima de uma das pernas, a franja escondia um dos olhos. Encarou o curativo dele, o rosto, e lhe pareceu que ambos sentiam o mesmo constrangimento.

Depois, ela se levantou e se aproximou, acariciou seu pulso marcado pela corrente, e a boca, ele ergueu o braço e puxou-a para si, por um momento sentiu que Margherita era sua namorada.

Quando Carlo entrou por baixo dos cobertores, sua mulher já respirava adormecida. No jantar, percebeu-a taciturna, ele também, ter de encontrar a família no dia seguinte os apagava, como se tivessem de guardar as forças necessárias.

Esperou que os olhos se acostumassem ao breu, a silhueta de Margherita estava encolhida e pequena, queria lhe dizer que tinha falado sobre Concordia com sua mãe pela manhã, queria lhe contar sobre a visita feita a Anna naquela tarde: agora já era natural esconder muitas coisas. Também o Tex do Franco, escondido entre duas coletâneas de fotografias na mesa de cabeceira. Virou como que o procurando, o celular estava do lado e imaginou que se iluminava, que finalmente fosse Sofia, *Nos vemos amanhã em tal lugar*. Assim teria dormido pleno, preparando-se para as pequenas variações na sua lista de afazeres do dia seguinte: tomar um banho mais demorado, escolher melhor as roupas, inventar uma desculpa que lhe permitisse ficar fora algumas horas.

Assim que acordou, lá pelas oito horas, viu que não tinha recebido mensagem alguma. Ficou enrolando na cama. Queria escrever para Sofia, desistiu, foi até a cozinha e telefonou para a irmã para lembrá-la de levar o presente e ser pontual.

— Vou ser pontual, mas Mamadou não vai.
— Precisa ir.
— Disse que talvez dê um pulo depois do almoço.
— Deixa eu falar com ele.
— Deixa estar.
— Simona.
— Anna também não vai, não é?
— Mas vai.
— Deixe estar, Carlo.

Quando Loretta Pentecoste soube que sua filha estava prenha de um africano — ela havia usado *prenha* e *africano* — correu até sua garotinha para chamá-la à razão, sem sucesso, e então parou de falar com ela, para afinal reatar só depois de ter abraçado o neto — É café com leite, viram? —, no fim matou no peito a situação, deu-se conta de que o marido estava transformando o rancor pela segunda filha desregrada em algo crônico.

Desligou e esperou que Margherita se levantasse e se arrumasse. Desde que acordaram, entreolharam-se rapidamente, ela cantarolava uma música de Cesare Cremonini[6] no banheiro, ouvir

---

[6] Cesare Cremonini (1980) é um cantor-compositor italiano. Foi o líder da banda pop italiana Lunapop que fez sucesso entre 1999 e 2002. [N.T.]

sua mulher cantar era algo que o deixava de bom humor. Saíram e fizeram o trajeto até a floricultura com o rádio ligado.

— Como você está? — perguntou-lhe enquanto esperavam o buquê de lírios.

— Bem. — Ela sorriu. — E você?

Ele disse que também e retirou os lírios, voltaram para o carro e seguiram até a Cidade Universitária com as janelas abertas, Milão tinha um céu cor cobalto e no rádio só tocava propaganda. Abaixou o volume e contou que Mamadou não iria.

— Quer que eu tente ligar para a Simo?

— Não, tudo bem assim.

Margherita desceu em frente à casa dos Pentecoste com os lírios e ele procurou um lugar para estacionar na praça Aspromonte. Encontrou uma vaga do lado curto da praça, desligou o carro e o rádio. Escreveu no celular Então vamos conseguir nos encontrar? e enviou enquanto se dirigia à casa dos pais. Quando chegou, viu a sogra descendo do táxi. Anna os cumprimentou, a bolsa apertada no colo e uma mão para proteger o penteado.

— Esses taxistas apostam corrida, mas dessa vez eu lhe disse que estava com medo. — Beijou a filha e foi até ele. — Pensei em deixar uma lembrança para a sua mãe. — Mexeu na bolsa e tirou um pacotinho de papel de seda, desenrolou-o: era um bracelete feito de crochê com um fecho antigo.

— Não precisava.

— Claro que sim — assentiu —, aqui, ó, para quem quer as septuagenárias sem bugigangas. — Margherita já tinha tocado a campainha e mantinha o portão aberto com um pé. Subiram de elevador, Anna arrumou o casaquinho da filha e também o seu.

— Estou pronta — sussurrou.

A mãe de Carlo os recebeu, na sala já estavam sua irmã e Nico, Carlo sentou-se no sofá enquanto sentia o telefone vibrar em seu bolso. Não olhou, espalhou-se no tapete com formas geométricas em baixo relevo, pegou os tornozelos do sobrinho e fingiu mordê-los, puxou-o para si, De quem é esse rapazinho, é do tio ou da mamãe, de quem é? O garotinho choramingou, Carlo pegou-o no colo e beijou os cachinhos em sua nuca, levantou-se e juntos andaram pelo apartamento, sentia a alegria de que em seu telefone poderia haver uma resposta, pararam diante da mesa de vidro vermelho, já estava posta a gelatina com camarão e a salada de *nervetti*.[7] Sabe onde vamos agora, eu e você, Nico? Vamos no quarto de solteiro do tio, o garotinho choramingou e eles passaram pelos quartos e entraram no penúltimo deles, Aqui estamos, e mostrou-lhe a escrivaninha encaixada entre dois armários, Sabe o que aconteceu aqui? Aqui seu tio estava morrendo para fazer feliz seu avô que queria que ele fosse advogado. Embalou-o e sentou-se na cama da sua adolescência, acomodando o garotinho sobre os joelhos e fazendo-o dançar. Nico arqueou as costas, ele o colocou no chão e segurou suas mãos, ajudou-o a caminhar por entre aquelas paredes vazias. Quando era jovem, nunca pendurou um cartaz, exceto o do mapa-múndi, que ainda estava lá, encarou-o e com a mão livre pegou o telefone. Ela havia marcado o encontro no café, três horas mais tarde.

    Olhou o sobrinho, ele o acalmava. Assim que sua irmã engravidou, disseram a ela: você sabe o que deve fazer. E quando ela não o fez, disseram: pior para você. E ele também havia dito: pior para você. As mesmas palavras do pai, o diretor de hospital, Domenico Pentecoste, homem alto de voz gentil, olhos suaves, imperativos irreversíveis. Contudo, havia sido também um pai atencioso: montar os trenzinhos até tarde, encenando viagens no Expresso do Oriente, dirigir o carro Lancia Delta para treiná-lo para a prova da carteira de habilitação, comer os sanduíches de rua depois dos jogos da Inter em Meazza. Votara em Bettino Craxi

---

[7] Salada típica da região de Milão, feita com a cartilagem de vitela temperada com cebola, sal, azeite, pimenta do reino e vinagre. [N.T.]

e Occhetto e D'Alema, coleciona cachimbos que não fumava. Sobre seu neto, passada a tempestade, disse: a essa altura, será um garotinho temerário.

Nico olhou para a primeira gaveta da escrivaninha, tentou abrir, ele o ajudou e encontraram canetinhas coloridas e um grampeador. Vamos voltar para lá, hein, Nico, o que você acha? Eu acho que você está com fome.

— Ele já comeu três vezes.

Carlo se virou e viu a irmã na porta.

Ela entrou no quarto.

— Vocês deveriam experimentar colocar um no mundo.

Nico percebeu a mãe e estendeu os braços, ela o abraçou, mas deixou-o com o irmão.

— Mas vocês têm o trabalho, os livros, as casas, a carreira.

— Não é o momento.

— Medo, né?

— Sempre.

— Sua mulher nunca tem medo. — A irmã se aproximou da coleção de *Smurfs* na prateleira, tocou o Gênio e deixou-o cair.

— Está enfrentando todos lá na sala.

— O que quer dizer?

— Concordia.

— Que saco.

— Estava sob ataque.

Ele aproximou o nariz ao do sobrinho.

— Vou voltar para lá.

— Deixa o papai no canto dele, por favor.

— Eu já tenho os meus problemas, Simo.

— De novo? — Ela colocou o *Smurf* Gênio outra vez em pé e mexeu o globo de vidro com a torre Eiffel, a neve se espalhou. — Não a faça sofrer, Carlo.

Fitou-a.

— Para você, falar é fácil.

— Porque é. — Moveu os cabelos da direita para a esquerda, a boca pequena lhe tirava o garbo. — A menos que...

— A menos que o quê?

— A menos que você esteja apaixonado.

— Não.

— Diga-o de novo.

— Não.

Ela pegou o filho no colo.

— Não a faça sofrer.

— Falou a dona da moral.

Encararam-se, ambos tiveram vontade de rir. Ela se encaminhou com a criança, parou de supetão no limiar da porta, continuava olhando para o irmão. Ele também continuava olhando para ela, levantou-se da cama e a seguiu, abraçou-a por trás, como quando eram pequenos, tinham um encaixe e ele apertava-a com força. Mais forte, ela disse, ele apertou mais forte, depois seguiu-a até a sala. Margherita estava sentada ao lado de Pentecoste, Anna tentava amarrar a pulseira em Loretta.

— Mas onde vocês estavam, isso lá são modos? — Loretta admirava o pulso. — Olhem que coisa linda ela me deu de presente.

— É lindo. — Margherita encarou Carlo. — Seu pai se ofereceu, gentilmente, para nos dar um suporte com Concordia, mas eu disse que...

— Agora todos à mesa: fiz uma variação no molho do camarão que ficou de outro mundo. — Loretta se levantou do sofá.

— Vamos comer. — Sua irmã se encaminhou para a sala de jantar com o filho.

— Eu só disse que podemos ajudá-los. Você sabe aquele fundo de investimento indiano, Carlo? — Pentecoste ajeitou os óculos sobre o nariz.

— Não, eu não sei.

— Coloquei um pouquinho de picante no camarão.

— É um fundo que se mantém bem, mas tenho medo de o dólar não dar conta. Investir em tijolos é bom também para nós.

— E, claro, salada de *nervetti*.

— Expliquei ao seu pai que nós queremos tentar, mesmo com um empréstimo elevado. — Margherita assentiu sozinha.

Pentecoste foi até a porta-balcão.

— Noventa e cinco por cento de empréstimo imobiliário não é um empréstimo importante. É uma hipoteca vitalícia.

— Eu também vou dizer, pai: queremos tentar sozinhos.

— É um orgulho bobo. — Seu pai observava a praça Aspromonte. — Não é culpa de vocês se têm trabalhos que remuneram pouco.

— Eu amo o meu trabalho, Domenico — Margherita também se levantou —, e não acho que é um trabalho de pouco valor.

— Você tem perspectivas. Carlo, menos.

— Meu marido ama dar aulas.

— Agora vocês estão me dando um cansaço: eu estou festejando e peço que se sentem à mesa. — Loretta pegou Anna pela mão, Anna se soltou delicadamente.

Pentecoste se aproximou do filho.

— Eu sei que você ama dar aula, mas seis horas de amor por semana não são o suficiente. E os catálogos de viagem, quanto é que você pode ganhar com isso? Quero dizer — encarou-o —, aceitem sua condição. Só isso.

Da sala de jantar, chegavam os gritinhos de Nico, Simona os chamou e Loretta foi até eles.

Carlo sentou-se no sofá.

— E qual seria minha condição, diga, pai.

Pentecoste abriu os braços e deixou-os cair pelos flancos do corpo.

— Anna, o que você diz, qual é a condição dos nossos garotos?

— Livres — respondeu de pronto e se surpreendeu. — Temos filhos livres.

— Livres para se tornarem reféns dos bancos.

— Para fazer um dia uma coisa e no outro dia, outra. — Mostrou-lhe os dedos. — Eles podem evitar serem uma costureira e um médico para o resto da vida.

— Eles são capitais de alto risco. — Pentecoste tirou os óculos e esfregou as pálpebras. — Nós também tínhamos besteiras na cabeça, mas pelo menos íamos até o fim, é isso que estou dizendo.

Anna deu um passo até ele.

— E eu vou te dizer, Domenico: uma esposa, no dia do seu aniversário, nunca deve ficar esperando.

— Vai para a mesa, papai, vai. — Carlo olhou-o do sofá.

Pentecoste também olhou para ele, tirou os óculos outra vez e voltou a colocá-los, dirigiu-se à sala de jantar. Anna seguiu-o, mas antes levantou um canto da boca em direção ao genro. Carlo não se moveu. A questão eram os óculos retirados e colocados pelo pai: era o sinal de que tinha razão. Retirar e recolocar: como para sugerir que poderia ter se dedicado à literatura, mesmo tendo se formado em direito. Retirar e recolocar: para aconselhar que não anunciasse a ninguém que gostaria de escrever um romance porque, caso fosse um fracasso, estaria protegido. Retirar e recolocar: aquela noite, ainda adolescente, em que a Inter ganhou de dois a zero no jogo de ida da Copa Uefa contra a Roma, e diante da televisão seu pai disse Em vez de fazer gol, você chutaria para fora para não ferir os adversários, contudo, teria um pé como o de Matthäus. Um filho com índole para a renúncia: o capital de alto risco.

Margherita disse que tinham que seguir para o almoço e esboçou um sorriso. Ele se esticou e pegou sua mão, deu a entender que queria ficar sozinho ainda um instante. Foi então, quando ficou sem ela, que encarou a tília da praça Aspromonte que surgia na janela. A árvore sob a qual era encontrado quando sua mãe o chamava da sacada, nas tardes livres, quando saracoteava com outros meninos do bairro.

Levantou-se e foi até os outros, que estavam em pé beliscando: a mãe impunha dois ritmos às refeições de festas, o bufê antes e todos sentados à mesa depois, escolhendo com sensibilidade o lugar de cada um. Para ele, estava reservado o canto externo, aquele do lado da porta, ao lado estava Margherita e diante dele ela mesma, quase escondida pelos lírios arrumados no vaso. Era sua mãe, uma mulher enterrada pela etiqueta que se concedia pequenas insubordinações: ficar com o pé agitado sob a mesa, olhar para o relógio, dar uma piscadela a um dos dois filhos, esperando refrear possíveis insolências, servir pratos para interromper discursos incendiários. Tinha o dom de sedar os sinais de revolta. Foi o que fez por boa parte do almoço, certificando-se de que fosse um aniversário sem sobressaltos, especialmente com o silêncio do marido, e Anna ao lado, e Margherita, e sua irmã e Nico, que serviam como catalizadores das atenções.

Carlo só se importava com o celular no bolso e com o tempo que estava passando. Chegaria pontualmente ao encontro, diria à mulher que queria ficar sozinho, caminhar, não era a primeira vez que fazia isso ao sair da casa dos pais. Enquanto esperava que servissem seu prato com risoto, enquanto brindavam aos próximos cem anos de Loretta Pentecoste, a ideia de Sofia lhe provocava uma pressão aguda no esterno. Se tivesse desistido dela, se tivesse escrito que não poderia encontrá-la por conta de um imprevisto, apagando seu número dos contatos, imaginando-a em Rimini para sempre, confinando o formigamento ao frênulo e a taquicardia ao pescoço, se tivesse canalizado essas energias em sua mulher, fodendo-a com força e direitinho como sabiam fazer, indo ao cinema e jantar fora, legitimando seus propósitos familiares, talvez um filho, certamente um filho, se o fizessem. A verdade era que ele havia entendido o quanto, às vezes, a propulsão erótica transmigra: tinha uma quantidade precisa, dá-la a uma significava tirá-la da outra, dá-la a ambas significava uma quantidade parcial para cada uma.

Ajudou a mãe a pegar os pratos fundos para o risoto, levou para mesa o cozido misto e os molhos e o sorbet de mostarda, depois foi até o banheiro. Margherita o seguiu com o olhar e ele percebeu, escolheu o de azulejos cinzentos e se fechou lá dentro, ficou diante da pia de granito, desabotoou o cinto, baixou as calças. Queria que estivesse tudo em cima, o cheiro, observar a forma em descanso, mas lépido, escondê-lo novamente na cueca e na calça jeans, olhar no espelho as olheiras acentuadas, os cabelos desfeitos, a vermelhidão insinuada nas maçãs do rosto. E o bolo e o sopro de sua mãe apagando as velinhas, sob os aplausos, vinte e cinco minutos mais tarde: o momento em que decidiu que não resistiria.

Procurou Margherita enquanto recebia sua fatia de bolo de chantilly e framboesa. Estava sentada mal, a franja segurada por uma presilha, ria com Nico no seu jeito infantil e sensual, Deus, como a amava. Comeu com calma o bolo, depois sua irmã deixou Nico nos seus joelhos e desapareceu na sala, voltou com o presente e entregou-o à mãe. Loretta o abriu com dificuldade, as mãos claudicantes, bufou e pegou as tesouras para ajudar. Houve um aplauso e, no barulho da comemoração, ele respirou a nuca do sobrinho e sussurrou Dessa vez o tio vai.

Calculou que chegaria um pouco atrasado, permitiu-se não avisar e deixar ao acaso, no elevador disse para Margherita que precisava dar uma volta.

— Sozinho — concluiu ela.

Ele assentiu.

Anna colocou uma mão na bolsa, tirou rapidamente e fechou o zíper, olhou para a filha.

— Você vem dar uma volta comigo?

Margherita segurou o portão aberto.

— E se seu pai tiver razão?
— Meu pai deveria ter sido secretário de partido político.
Anna pegou a filha pelo braço.
Margherita arrumou a mão da mãe.
— Quanto tempo você vai ficar fora, Carlo?
— Refresco a cabeça e volto.
Ela ficou pensativa, depois foi com Anna em direção ao carro.

Ele seguiu entre as casas baixas com fachadas de cores pastéis, o bairro das famílias e dos estudantes, parecia-lhe o mesmo em que havia nascido, com os sapateiros e as mercearias do passado, as avenidas amplas e as enseadas imprevistas, de noite, tudo se apagava e tornava-se a Milão dissimulada de que ele não gostava. Entendeu isso em sua primeira mudança, quando tinha se ajeitado num apartamento de Porta Venezia, aproveitando uma arquitetura nova, ficar na rua embaixo de casa enquanto os outros dormem, ouvir aos barulhos de uma festa, as saideiras, apoiar-se num canto da própria rua e ver uma cidade tão inquieta quanto ele próprio.

Demorou dez minutos para chegar ao ponto de táxi da praça Piola, conforme ia se aproximando, sentia uma trepidação que era melancolia, não se pode ser além daquilo que se é. Pediu para descer antes da basílica de San Nazaro, atravessou o beco ao lado do restaurante indiano e se apressou em direção à universidade estadual, o café ficava ao fundo, com as vitrinas na penumbra e sem ninguém na frente. Aproximou-se e a viu. Estava lá dentro, sentada à uma mesa, lendo uma revista. Tinhas os cabelos cor de âmbar e a calça jeans apertada que terminava com um par de botinhas de salto grosso, ele bateu no vidro.

Sofia saiu, ele pediu desculpas pelo atraso e agradeceu-lhe por ter vindo. Ela lhe disse que seu trem saía às seis e que ainda precisava passar em casa para enviar os livros pela transportadora, já estavam embalados em duas caixas, depois, entregaria as chaves ao proprietário, por sorte tinha encontrado outro aluno, então só ficaria pendente a despesa de um mês de aluguel. Com a ponta da bota, desenhou um semicírculo, de vez em quando levantava os olhos. Os cabelos pendiam para um lado, sentir seu cheiro enquanto segurava sua cintura como no banheiro. Perguntou se podia ajudá-la com as caixas. Sentiu vergonha enquanto falava com ela e sua voz assumiu um estranho sotaque.

— Dou duas viagens sozinha.
— Você que sabe.

Convidou-a para dar uma volta, ela aceitou. Saíram na praça, perguntou-lhe novamente se poderia ajudá-la com as caixas.

Ela riu.

Ele também.

— Tenho braços fortes. — E os mostrou.

Percorreram uma parte do caminho sem dizer mais nada, passearam lado a lado, no semáforo da praça Diaz ela passou na frente e ele a ficou observando, faria qualquer coisa para tê-la. Pegou chicletes no bolso e ofereceu a ela, pediu-lhe que pegassem um táxi. Ela parou, estava preocupada, depois concordou e, assim que entraram, deu o endereço, rua Pollaiuolo 2, no bairro de Isola, repetiu, rua Pollaiuolo 2, bairro de Isola, acomodou-se no assento e cruzou as pernas. Trocaram poucas palavras durante o trajeto, ele olhava pela janela, na fronteira com o bairro chinês, parecia ver o Polo com Margherita e Anna dentro, olhou melhor e viu que era um Lancia Y com pessoas desconhecidas. Quando chegaram, ele pagou, ela tentou se opor, ele fingiu empurrá-la para fora do carro, fez isso tão bem que Sofia deu risada. Saíram do táxi e depararam com um prédio cor de palha.

— Foi a primeira casa que encontrei.
— O Frida foi um dos meus bares. — Indicou o pátio interno diante do prédio, havia um terraço com vidros amplos e escuros.
— Não há elevador.
— Está vendo como precisava de uma ajuda com os livros?

Subir degrau por degrau por degrau e admirar seus quadris, as panturrilhas sob a calça jeans, as botinhas apoiadas na ponta dos pés, perceber-se indeciso e conduzido por ela: amparou-se no corrimão, no segundo andar pararam para tomar fôlego, dessa vez ele foi adiante e estendeu uma das mãos na direção dela para puxá-la, ela pegou e chegaram enlaçados. Depois, ela se afastou e procurou as chaves na bolsa, abriu a porta e disse Fique à vontade.

Viram-se numa entradinha com um cabideiro em forma de árvore, os ramos sem casacos, um móvel com um porta-objetos de ferro batido em cima, a cozinha num cantinho.

Ela passou para o outro quarto, a janela dava para os telhados do bairro de Isola e deixava entrar a claridade de abril, ela havia plantado prímulas lindas num vaso. As duas caixas estavam no pé da cama, abertas, ao lado havia um rolo de fita adesiva e tesouras.

— Vamos fechá-las — disse ele, agachando-se. Começou com a fita adesiva e não pensou em nada senão em fazer um trabalho bem-feito. Vislumbrou Fenoglio, *La paga del sábato,* e outros livros do curso, sentia que ela o observava de onde estava, no centro do quarto. — Releia Fenoglio de vez em quando. — Fechou as caixas, depois sentou-se na borda da cama e abriu o casaco, Sofia ainda estava parada e o encarava.

— Obrigada — disse ela.
— Vem aqui — disse ele.
Sofia continuava a encará-lo.
— Vem.

Ela veio, a cabeça levemente inclinada e os cabelos em frente ao seu rosto, ele estendeu o braço e procurou sua mão como tinha feito na escadaria. Levou-a até ele, ela ficou em pé e ele a abraçou sentado. Acariciou sua nuca, deixou a mão descer pelo pescoço, a outra mão ficou entre as escápulas e a segurou, ela se encolheu contra o peito dele, Não podemos, disse. Mas ele afundou o nariz nos cabelos dela, tinham um cheiro de frescor, estendeu os braços até a cintura, apertou-a, aquela cintura, fina e firme, virou-a para que ficasse de costas para ele, como no banheiro, e segurou melhor os quadris, ela levantou alguns centímetros de blusa e ele pode sentir a pele morna e lisa e a respiração curta, agarrou sua bunda, a consistência e a forma, apoiou-a em si e foi então, enquanto percebia que ela se apertava sobre ele, que ela sussurrou Não podemos e parou.

— Sofia.

Ela se virou.

— Não podemos.

Ele avançou com a boca, ela abriu os lábios e ele pôde tê-la de novo, sua boca e sua língua macia, beijava-a, depois ela se afastou devagar.

— É uma confusão, Carlo.

Estava vermelha, moveu os cabelos de um lado para o outro e estendeu uma das mãos na direção dele, sobre a bochecha que ardia, ele a acariciou. Ele tentou outra vez, mas ela recuou. Ficou sentado, estava com os membros acabados, apoiou as mãos na cama. Depois, levantou-se, agora encarava-a do alto e ela correspondia.

— É uma confusão — disse ela.

— Não é uma confusão.

— É uma confusão.

— Vamos embora — disse ele, e espiou os tetos do bairro Isola para além da janela, o vaso com as prímulas. — Vamos, já disse. — Carregou uma caixa, passou ao lado dela e ela apertou com força seu braço, era uma pegada que ele lembraria. Afastou-se e se dirigiu à porta, abriu-a com dificuldade e ouviu que era chamado, começou a descer as escadas com os livros, malditos livros que forçavam os braços, chegou ao térreo e abriu o portão, tudo em vão, tudo de novo em vão. Quando ela chegou até ele, fez um sinal para que seguisse adiante e se encaminharam, ele ficou atrás dela até chegarem à rua Pepe com o ranger dos trens que vinham da rua Garibaldi. Ela desacelerou e ele passou adiante, ele largou a caixa num canto e ajudou-a a deixar a sua no mesmo lugar.

Depois, saiu da loja sem olhar para trás e foi rua afora, afastou-se, percorreu novamente a rua Pepe e virou na altura do metrô, atravessou e chegou até a outra calçada. Apoiou as costas na fachada de uma casa, ele era isso, parar um segundo antes, isso, gozar das imaginações, roçar os acertos de contas e encontrar logo refúgio no calor familiar, pegou o telefone, procurou o número de sua mulher e fez a ligação, pigarreou, o telefone tocava.

Anna disse a Margherita que era Carlo quem a procurava.

— Eu retorno a ligação.

Arrependeu-se de pedir à filha que ela a acompanhasse, arrependeu-se de ter ido à festa de aniversário, arrependeu-se de continuar se sacrificando em prol de uma vida tranquila. Apertou as alças da bolsa.

— Quero entrar sozinha no cemitério.

Margherita pegou a passagem subterrânea da estação Central.

— E eu?

— Você entra primeiro.

— Está tudo bem, mãe?

Dar explicações depois dos setenta anos completos. Ficou sentada no assento com toda aquela inquietação que a confortava. Ia visitar um morto num lugar de mortos e só queria um pouco de paz. Os fins trazem começos, foi o que lhe dissera um cliente que tinha lhe encomendado um casaco de astracã, e por um momento sentiu que sua filha sofreria daquela sabedoria mais do que ela. Olhou-a, Margherita segurava o volante mantendo uma das mãos no colo, a cabeça levemente inclinada sobre o assento: era como se naquele dia a visse, de fato, pela primeira vez. Mais bonita, não pelos brincos pendentes, ou pela luz nos olhos cansados, era por outro motivo: tinha o ar de quem abandonava a si mesma, da mesma forma que fazia quando era uma garotinha e sonhava de olhos abertos, ouvindo as fitas de música na cama. Queria lhe confessar Está mais bonita, mas em vez disso, ficou em silêncio e curtiu sua garotinha com esse quê de diferente. Tocou em um de seus brincos, acariciou um tufo de cabelos dela, no restante do trajeto ficaram em silêncio. Assim que chegaram, ela lhe entregou o telefone e a pochete e esperou no carro sua vez.

Baixou a janela e agora podia sentir o cheiro dos ciprestes e das flores murchas, levantou a cabeça e vislumbrou o portão de ferro batido e o carmim da fachada. Esperou até avistar sua filha voltando pelo caminho do cemitério. Trocaram de lugar no limiar do portão, ela pegou a estradinha de cascalhos e rumou entre os casebres, seguiu à margem do prado e percorreu o corredor externo de pedras até chegar à antepenúltima lápide, posicionou-se diante da fotografia. Estou aqui, Franquin.

Ficou em silêncio, ela sentia falta dele e isso ambos sabiam. Aproximou-se e estendeu a mão em direção ao buquê de rosas de plástico, tirando-o do vaso de aço, algumas folhas estavam amareladas, arrancou-as com dificuldade, teve de usar a outra mão também, jogou fora as folhas desbotadas e deixou o buquê no chão. Deu uma olhada dentro do vaso, estava vazio e era grande, tinha sido escolhido por ela e Margherita para que pudesse conter flores de tamanho médio, ficaram satisfeitas com aquela escolha pouco refinada, porém prática. Pegou a bolsa e tirou de dentro dela os postais, por cima de todos colocou o postal enviado de Bormio, deixou-os lá e foi pegar um dos regadores na pequena bica do cemitério. Encheu um terço do regador, molhou os postais.

Esperou que se embebessem, molhou de novo, de novo e quando se certificou de que estavam encharcados os desmembrou até virarem polpa. Recolheu a polpa e jogou-a no vaso. Fez com atenção, foi preciso repetir o gesto algumas vezes para não deixar vestígios. Depois, pegou o buquê de rosas e colocou-o de novo lá, agora emergia uma palma da mão mais acima, enfiou para baixo com raiva e se recompôs. Aqui está sua Clara.

Contava os noventa e seis degraus de Concordia todas as vezes que ia visitar a filha. Um mês depois de eles se mudarem, ela começou a dividir o custo daquele apartamento em cada degrau, usando uma calculadora, e o resultado foi quatro mil e poucos euros por passo, mais os juros do empréstimo de trinta anos que Margherita e Carlo assinaram com o Deutsche Bank. O valor aumentava para quase cinco mil cada vez que apoiava o pé no chão. Anna escalava até o quarto andar com as pernas atadas ao rolo econômico de sua filha, de Carlo, de todos eles, era seu jeito de participar dos esforços de uma família que tinha assentado os tijolos, como diria Franco. Na verdade, ela havia incentivado aquela compra, e agora descontava o peso da culpa: quatrocentos e sessenta e cinco mil euros por quase cento e vinte metros quadrados sem nem sinal de monta-cargas que os ajudasse pelo menos com as malas e o carrinho, tinha visto sua filha tão feliz por toda aquela claridade na sala e não conseguira se opor. Subir o prédio em Concordia a deixava de mau humor, descer lhe dava alívio, parecia libertar Margherita e Carlo subtraindo a cada degrau as dívidas e o tempo: quando chegava ao térreo, imaginava-os no começo da sua história de amor, leves e aventureiros num quarto e sala. Fora os cem mil euros concedidos por Pentecoste, fora os trinta e cinco mil que ela havia podido oferecer, pelo menos tinha dado uma ajuda com os móveis e com as cortinas, pondo-se a costurar com as mãos doloridas.

A vidente tinha previsto que dois mil e dezoito teria sido um bom ano para todos eles, sobretudo para o seu neto: teria sorte também graças à sua personalidade taciturna. Amava as crianças que sabiam se manter em seu lugar, achava, até hoje, que Lorenzo havia puxado o marido e, no fundo, também desejava que isso não fosse totalmente verdadeiro. Passou pela penúltima rampa, a luz do prédio se apagou e ela não tinha vontade de voltar um andar para acendê-la outra vez, apertou o corrimão e pensou no que seu neto lhe proporcionava após ter estado com ele por duas horas naquela tarde: era felicidade, mas não uma felicidade agregada, quase uma felicidade óbvia, morrer sem ter sentido isso seria como ter vivido a Revolução Francesa abrindo mão da Tomada da Bastilha. Sorriu no escuro, apoiou mal a ponta do pé, mas teve certeza de que conseguiria se endireitar, porém escapou. Tentou se escorar com a palma da mão, quando abriu de novo os olhos soube que, com quase oitenta anos, estava tomada pela dor mais repulsiva da sua vida.

Com a cabeça para baixo, olhava suas pernas nos degraus na penumbra, a nuca apoiada no capacho na base da escada. Tentou se mover, as dores eram lancinantes. Não gritaria por nada nesse mundo. Esforçou-se e desceu alguns centímetros, agora estava com a grade do corrimão a uma palma de distância, poderia agarrá-la para se erguer um pouco, talvez se pôr sentada, a dor na perna provocou um gemido. As lágrimas saíam, mas a voz, não. Forçou o cotovelo no capacho, empurrou e se voltou para a parede, apertou a palma da mão no chão e conseguiu dobrar as costas, apertou de novo e puxou um ombro para a parede, endireitou-se e conseguiu se sentar.

Uma das pernas latejava, levantou-a e viu que a coxa não estava no lugar, e que um dos braços também não, apoiou-o em seu colo e ficou escutando, havia silêncio. Era como estar no campo, tinha feito essa observação também quando Margherita e Carlo a levaram para visitar o apartamento de Concordia pela primeira vez, um prédio protegido pelas casernas no centro de Milão. Havia quatro apartamentos, um por andar, avaliou qual dos inquilinos poderia descer em breve, depois se lembrou do celular: a bolsa tinha ficado na metade da rampa. Tentou se mover, despencou sobre si e disse Socorro com um soluço:

— Alguém me ajuda.

Sentiu incômodo com sua voz de velha que ressoava num prédio de alto padrão.

— Alguém me ajuda.

Forçou a nuca contra a parede, fechou os olhos e se acalmou durante um tempo que lhe pareceu longo. Quando ouviu a fechadura do portão se abrir, estava tonta, alguém acendeu a luz, o advogado do terceiro andar. Tentou sorrir para ele, ele se inclinou para socorrê-la e ela se sentiu envergonhada. Disse-lhe que sua filha estava em casa, o advogado se apressou na subida enquanto ela tentava se endireitar. Arrumou a saia e a blusa de lã, tossiu de dor. Ouvia os passos e a campainha do apartamento, as vozes, pouco depois Margherita que aparecia no alto da última rampa e a encarava com olhar pétreo.

— Estou bem. Só essa perna.

Margherita estava linda. Usava os cabelos compridos como quando era pequena e a preocupação atenuava seu rosto. Os quilos que sobravam da gravidez lhe conferiam beleza, depois do filho, começaram a trocar fofocas e tomar chá como duas amigas.

— O braço também levou um golpe.

— Eu cuido disso, mamãe.

Sua filha chegou e lhe fez um carinho, examinou a perna e pegou o telefone, chamou a ambulância.

— Eu consigo sozinha.
— Não se mova, senhora — disse o advogado.
— Estou com dor nas costas.

Ajudaram-na a se deitar e ela se lembrou de quando passaram o Franco para a maca hospitalar, o maxilar fechado e os olhos revirados durante a mudança: não segurou as lágrimas.

— Está tudo bem, mamãe, não é nada.

Ela fez um gesto concordando e agarrou a mão da filha, que era firme e estava morna. Margherita também se assustou de como a mão de sua mãe estava morna e era firme. Tinha uma mãe corajosa que escondia seus medos. Tremia, ela acariciou sua cabeça e parou só quando a colocaram na maca, levaram-na para a ambulância e ela teve de deixá-la para poder se organizar com Lorenzo.

Subiu às pressas para casa, estava tiritando por causa do frio atordoante que se afunilava sobre Milão naquele fim de fevereiro. Agarrou-se ao corrimão, sentia-se outra vez furiosa com a falta de instalação de um elevador. Os condomínios dos edifícios vizinhos se opunham por culpa das distâncias arquitetônicas e ela entendia aquilo como uma retaliação por ter enganado a antiga proprietária do Concordia. Tinha manipulado a situação com tamanha maestria que, após nove anos, ainda sentia uma ponta de satisfação por sua mentira, até hoje, enquanto corria pelas escadas e atravessava a porta blindada. Encontrou Lorenzo num canto, pintando o álbum da Pimpa, disse-lhe que a vovó tinha se machucado e que precisavam ir ao médico. O garotinho a encarou, tampou a canetinha e se levantou. Ela o ajudou a vestir o casaco e o cachecol, ele esperou por ela no começo do corredor com sua mochilinha em forma de coelho. Desceram as escadas rapidamente enquanto ela pegava o telefone e ligava para Carlo:

— Amor, mamãe ca...
— Estou entrando, ligo assim que terminar.
— Mamãe caiu na escada.

Depois, mordeu a língua por ter dito aquilo pouco antes da entrevista de emprego do marido. Teve de insistir para que ele não fosse até o hospital, temia que o marido nunca conseguisse um emprego. Ela o recriminava com frequência. Quantas vezes ele tinha sido forte e capaz de decidir também por ela. Sua desenvoltura quando os médicos disseram que a mudez de Lorenzo deveria ser observada. Para ela, havia sido uma obsessão, ainda era, apesar de a compostura do filho lhe provocar uma paz secreta. Pegaram um táxi até o hospital e ela viu o filho aproximar a cabeça do vão entre os assentos e observar o painel do veículo híbrido, enquanto o taxista correspondia, explicando-lhe o que indicava a luz azul ou a luz vermelha e ele concordava como se tivesse entendido tudo, Lorenzo entendia tudo. As tensões entre os pais, a possibilidade de refúgio na vovó Anna, a forma de convencer os coleguinhas da creche.

Chegaram ao Fatebenefratelli, um enfermeiro lhe disse que precisavam aguardar na sala de espera.

— Posso pelo menos falar com um médico?

— Vamos chamá-la em breve, sente-se.

Encontrou um lugar ao lado da máquina de café, Lorenzo pegou o que precisava para pintar e se instalou, apoiando o material sobre os joelhos. Ela ficou em pé, os olhos grudados na porta do pronto-socorro. Acostou-se na parede e olhou dentro da bolsa para se distrair, percebeu que não tinha nenhum livro — há algum tempo já não tinha livro nenhum na bolsa —, abriu a agenda, perguntando-se como reorganizar aquele dia de visitas. Escreveu uma mensagem para a sua supervisora e ficou olhando para o celular até receber uma resposta: os colegas iriam assumir suas visitas. Fechou o celular em suas mãos.

Lorenzo a encarou.

— Não é nada, meu amor.

Corria o risco de perder algumas vendas, no mais tardar no dia seguinte deveria estar em sua escrivaninha. Sentou-se e acariciou o filho, tinha aqueles cachos atrás da orelha que cheiravam a nata cozida. Levantou-se e deu alguns passos, depois selecionou o telefone dos Pentecoste, desistiu. Não tinha vontade de percorrer a via rápida do sogro, obter um serviço de saúde mais eficaz, colocar na lista mais um dever de gratidão. Tinha sido ela quem aceitara o dinheiro deles para Concordia, porque *ela* queria a casa. Havia se corrompido. Isso também deve ter acabado na fratura óssea da mãe: ficou emudecida ao vê-la duas horas mais tarde na enfermaria ortopédica.

— Mamãe.

Anna abriu os olhos.

— Quebrou feio.

Margherita levou uma das mãos ao rosto da mãe, estava frio.

— Agora fique tranquila.

— Me colocaram esse troço — ela indicou um pequeno cano de plástico que seguia até embaixo da cama —, e também a...

— Está tudo bem.

— A fralda.

— Tudo vai se acertar.

— Ei, você, rapazinho — Anna levantou a cabeça em direção ao neto —, a vovó tentou voar como o Super-Homem, mas não conseguiu.

Ele ficou sério e passou a mão no gesso do braço dela.

Margherita olhou para os outros leitos, eram cinco e só a mulher no fundo tinha alguém que cuidava dela. Ao entrar, lembrou-se da internação do Andrea pela mordida do cachorro: olhou para a janela e reconheceu o mesmo ângulo, mas três andares acima, tinham terminado de reformar o prédio em frente e a rua havia se tornado permitida só para pedestres naquele segundo trecho. Ao longo dos anos se tornaram algo, ela e Andrea, quase sem perceber, ainda hoje não sabiam o porquê, contudo dividia com ele muitas confidências. Pegou o telefone e escreveu *Minha mãe caiu da escada do* MEU *prédio e se machucou, como era a história do karma muscular?*

A mensagem chegou enquanto ele esperava o último aluno de treino do dia, leu-a de novo, lembrava-se vagamente de ter dito a Margherita que o engano de Concordia poderia causar contraturas inesperadas. Sobre os músculos, tinha aprendido que os movimentos forçados expunham todo o organismo a repercussões. "O corpo como um tribunal", ela respondeu.

Andrea viu quando o aluno atravessou a entrada do parque Ravizza e se aproximou, sentiu que as pernas estavam rígidas de frio e os olhos pesados pelo ritmo na banca de jornal. Estava impaciente para liberar aqueles oitenta quilos com dez por cento de gordura. Giorgio tinha um coração de ciclista e respeitava seu papel de treinador, ele gostava de chamá-lo de aluno, como todos os outros.

Observou-o tirar o casaco e fazer um rabo com os cachos.

— Como foi no trabalho?

— Estou acabado.

— Faça o aquecimento.

Terminou de responder Margherita dizendo que ligaria para ela mais tarde, fez um gesto para que Giorgio aumentasse o ritmo. Todas as vezes que o via em movimento, sabia por que tinha se apaixonado. Pediu que vestisse o lastro e começaram com flexões com um minuto de recuperação, punha uma das mãos em suas costas para provocar uma resistência, era sempre a direita, ele podia observar a cicatriz que ia do polegar até o indicador. Nunca mais voltou para visitar César sob a nogueira. Muito tempo após tê-lo enterrado, começou a andar de carro, à noite, pelas periferias de Rozzano ou Barona, as ruas largas com as portas de enrolar cobertas de grafites, os pátios com fumantes insones, sentia-se melhor, ouvia Carboni e às vezes se aproximava, no centro da cidade, dos estaleiros da Expo de Milão, que eram monumentos vivos, pegando caminhos que não levavam a nada, depois sentiu crescer a curiosidade e chegou às curvas da Triennale. Percorria-as devagar, observando os carros parados nas laterais, alguns ocupados, outros vazios e escuros. Uma noite, estacionou com o Radiohead tocando "Reckoner", manteve os faróis acesos, quase imediatamente bateram à sua janela. Olhou para aquele desconhecido de meia-idade com a camisa um pouco aberta, a barba bem-feita e o sorriso gentil. Destravou a porta e deixou-o entrar, abaixou o volume da música e reclinou o assento para trás. Acomodou-se no espaldar enquanto o desconhecido colocava uma das mãos embaixo da sua camiseta e abria suas calças, como era bonita Milão mesmo da janela, as noites claras da estação quente. Desde então, na Triennale, só tinha sido chupado. Às vezes, com essas presenças entre as pernas, tinha pensado em Margherita e como tinha sido com ela, os lábios experientes, a vergonha de vê-la assim tão surpreendentemente capaz.

Manteve a mão nas costas do Giorgio enquanto ele terminava a última flexão da quinta sequência, empurrou mais forte, Giorgio caiu sobre o tatame e enquanto desabava carregou-o consigo, riram, não era fácil, para eles, ter leveza, mesmo que agora as coisas estivessem melhores. Viram-se no chão, ao redor deles havia a noite de fevereiro e o inverno que espetava os rostos. Tinha deixado a FisioLab de um dia para outro, estava cansado de consertar os corpos e tinha decidido dar-lhes potência. Cobrava quarenta euros por hora e tinha uma agenda lotada porque, de manhã, trabalhava na banca de jornal. Seu pai tinha dito Venda-a agora que estou aposentado e ele respondeu Vou assumi-la.

SOFIA ACIONOU A PORTA de correr das ferragens no crepúsculo matutino, desde o começo do inverno ela antecipara a abertura para sete e meia da manhã. Tentou empurrar a porta, o viu e parou:

o saquinho da padaria estava atado a uma fita vermelha e pendurado no expositor diante da vitrina. Virou-se para o estacionamento de Largo Bordoni e esperou ver o Golf cinza metálico: uma vez, Tommaso ficou no carro para se deleitar com a reação diante daquela surpresa.

Pegou o saquinho e levou-o para dentro, abriu-o após acender as luzes, era uma éclair de avelã. Pensou que estava se acostumando à surpresa, como Rimini acostuma seus moradores à atmosfera de festa. Teve medo de que tivessem sido os trinta anos completos, a idade do hábito ou das revoluções tardias: para ela, revolução era se permitir um corte de cabelo masculino e um homem que, às escondidas, deixava o café da manhã para ela no trabalho. Degustou a *éclair* na penumbra, os olhos entreabertos, a loja de ferragens tinha cheiro de madeira no transcurso da noite.

Escreveu para Tommaso para agradecer-lhe — enviava um ponto de exclamação, o sinal deles —, depois ligou as luzes e o rádio, deu uma olhada geral e verificou se tudo estava em ordem. Encheu os expositores com os pratinhos de vasos e regadores, fazia frio e o mar trazia uma neblina que desvaneceria somente na parte da tarde, examinou a vitrina com os objetos para casa que não foram vendidos durante as festas, abateria trinta por cento do preço sem desmontar nada — nunca desmontava com boa vontade as vitrinas de Natal. Ajeitou-se por trás do balcão, o jaleco azul a observava do cabideiro, sua mãe o vestira por dez anos e havia algum tempo o pai o tinha pendurado lá. Ele chegaria no final da manhã e diria que uma boa loja de ferragens precisa de um uniforme, ela não prestaria muita atenção.

Insistira em retomar a loja três anos depois de voltar de Milão. Quando usava-a no Instagram — o caixa ou um canto do balcão como fundo, um romance sempre em primeiro plano —, nunca tinha menos que duzentas e cinquenta curtidas. Como se lá fora percebessem a sua emoção: que os livros se enraizavam nela somente quando eram vividos atrás daquele balcão. Certos dias, bastava-lhe ler *Loja de ferragens e objetos de casa Casadei* no toldo da loja para sentir algo próximo à felicidade.

Às dez para as oito, entrou o primeiro cliente, um ajudante de pedreiro que procurava argamassa, vinte pregos alemães e quatro buchas de ferro. Ela subiu a escada para alcançar as prateleiras mais altas da estante, era ágil, com pernas fortes, desceu e empacotou numa folha de jornal os pregos e as buchas. Entregou o resto e, quando a porta se fechou novamente, sentiu que tinha chegado a hora. Pegou de sua bolsa um livro: *Sylvia*, de Leonard Michaels, a capa cor de tijolo, a fotografia de uma mulher na cama com um seio exposto, a história de uma volta para casa após a universidade. Esse garoto e essa garota e a inocência, Nova York e o destino que pesa sobre os dois.

Tentou fotografá-lo algumas vezes com o corte de luz que queria, depois empacotou-o no mesmo jornal que usava para os clientes, enfiou-o num envelope acolchoado. Fechou-o e escreveu o endereço em letra de forma, sentia sempre um frenesi enquanto o fazia.

CARLO LEVANTOU AS BOLSAS e percorreu a rua que levava ao Naviglio, quando chegou à livraria *Libraccio* estava sem fôlego. Entrou e cumprimentou, pegou os livros usados, colocou-os numa pilha sobre o balcão e esperou que viessem avaliá-los. Valiam oitenta e cinco euros. Respondeu que tudo bem, sentia vergonha em regatear. Olhou ao redor, ficava constrangido por estar ali, mas tinha decidido consigo mesmo que a venda de livros usados era destinada a Margherita: um jantar, um buquê, da última vez conseguiu trinta e cinco euros para uma gravatinha de lã. Entregou o documento para registrar a transação, preencheram o formulário e o devolveram com as notas. Agradeceu e perguntou se estavam precisando de funcionário.

— Pode deixar o currículo, mas acho que no momento, não.

Despediu-se com um gesto e saiu, atravessou a ponte de ferro, segurava firme o dinheiro e olhava para a água que emanava vapor graças ao frio. Não havia ninguém, de vez em quando tinha a impressão de que Milão era sua. Verificou o relógio e caminhou dobrando as bolsas de pano, chegou até o bar, ainda com as bolsas na mão, ela ainda não tinha chegado. Escolheu uma mesinha no fundo e pediu um café, ficou de olho na porta enquanto não o serviam. Então ela entrou com dois catálogos e um ar de ocupada.

— Oi — disse, desenrolando o cachecol.

— Fiz você vir até aqui.

— Hoje é um dia tranquilo, eu te disse. — Pediu um café ao barista. — Como você está?

— Minha sogra fraturou o fêmur.

— Ai.

— Isso vai levar um tempo.

— E você?

— De manhã estou bem.

— Depois te vem o vazio.

Ele concordou.

— Desde que você foi embora, Michele parou completamente de falar. — Estava com as bochechas ruborizadas pelo frio. — Você faz falta.

Ele ficou sério.

— Por que dois catálogos?

— Com o Canadá, você ganha um terço a mais. O outro, tudo bem, é a Escócia e você faz de olhos fechados. Prazo final, fevereiro.

— Quanto?

— Oitocentos e cinquenta, mas você emite a nota já.

— Preciso de três catálogos, diga isso a eles. Eles tinham me garantido.

— E a universidade, nada?
Balançou a cabeça.
— Talvez haja uma luz no fim do túnel, vamos ver.
— Onde?
— Na revista *Bell'Italia*.
— Não seria mau.
— Também tenho outra entrevista de emprego em breve, pagam melhor.
— Em quê?
— Marketing, cerveja e bebidas.
— Cerveja e bebidas?
Carlo estendeu o braço para pegar os dois catálogos, ela também o fez e tocou na mão dele.
— É estranho ver sua escrivaninha vazia.
Ele procurou a xícara, a marca no fundo era um perfil sem nariz, ele gostaria de poder ler a borra do café. Ficaram em silêncio e ela ficou mexendo num pedaço do blusão. O rímel sob o olho esquerdo estava um pouco borrado, ainda era a garotinha de vinte anos que chegou à redação anos atrás, apresentada como uma estagiária esperta, ele e Michele diziam que ela lembrava Audrey Hepburn.
Carlo recolheu os catálogos.
— O Canadá sempre me atraiu. Obrigado, Manu.
— Está a fim de dar uma volta?
— Você não precisa voltar?
— Peguei duas horas.
Ela pegou uma touquinha de lã e cobriu a cabeça, emoldurava seus olhos escuros. Saíram e foram até o Naviglio Pevese — em janeiro tinham retirado os barcos —, e eles quase se perderam, chegaram ao cruzamento com a avenida perimetral, pararam e ele disse:
— Vou pegar meu filho.
Manuela se deteve antes do semáforo.

— Agora?
— Agora.
— Então, tchau. — Sorriu recuando na calçada, ele também sorriu e esperou que ela desaparecesse na esquina. Depois, foi para a creche.

Na entrada, haviam erguido uma árvore com ramos longos e folhas vermelhas, em cada ramo havia esquilos, uma toutinegra, outros esquilos, espiou pela janelona e viu as crianças numa roda e uma das professoras no meio. Lorenzo estava sentado com pernas de índio, o jaleco cheio de vincos nas costas dobradas, balançava um pouco, às vezes o imaginava adulto, um garoto gentil e forte.

Quando seu filho o viu entrar, correu até ele, Carlo pôs o nariz atrás de sua orelha e respirou fundo, o garotinho riu. Depois vestiu seu casaco, disse-lhe que passariam na universidade porque o chamaram para retirar a correspondência. Antes, foram comer uma fatia de pizza, sempre dividiam um pedaço e comiam agarrados aos bancos altos, beberam juntos uma Coca-Cola e Lorenzo contou que Filippo Gattei estava namorando Francesca Vecchietti, Carlo lhe perguntou se ele estava feliz pelo namoro dos dois, havia dias que o garotinho andava falante e eles tentavam aproveitar esse momento.

Lorenzo assentiu.

— A vovó Anna vai morrer — disse em seguida.
— Que vai morrer o quê!
— Ela quebrou a perna.
— Mas vai sarar e voltar para casa.
— A mamãe disse no telefone que está preocupada.
— Para quem ela disse isso?
— Para tia Simona.
— São coisas que se dizem.

O garotinho deixou no guardanapo a última mordida de pizza.

— Eu também estou preocupado.

Beijou-o.

— Daqui a pouco ela sara, ratinho.

Durante o trajeto no carro, Lorenzo olhou pela janela e Carlo ligou o rádio, o filho acompanhava a música com os lábios, continuou mesmo depois, ficou em silêncio quando chegaram ao guichê da universidade. Pegou-o no colo e falou com o atendente, disse seu nome e sobrenome e o atendente assentiu e revistou uma caixa grande no chão, pegou um envelope e lhe entregou. Carlo viu que não havia remetente, era ela. Afastou-se de mãos dadas com Lorenzo, antes de chegar à saída, desacelerou e se virou para o banheiro. Os azulejos e as luzes de neon, o barulho das descargas, o reflexo nos espelhos. Segurou o filho.

— Quer fazer xixi?

O garotinho disse que não.

Entraram mesmo assim. Haviam trocado as torneiras, as portas do banheiro estavam entreabertas: o mal-entendido. Aqui, ele tinha descoberto que as vontades podem transpor fronteiras. Mas não era para compensar Sofia Casadei que havia ocorrido com outras mulheres. Três meses depois que ela voltou para Rimini, enquanto estava na redação e trabalhava no catálogo sobre a Martinica, levantou-se e foi até Manuela, no outro escritório, convidando-a para ir ao cinema naquela mesma tarde. Surpreendeu-a no computador e obteve um sim tímido de garota comprometida que ressoava nele como uma trepidação. Tinha esperado uma meia hora, pois saíram em horários diferentes para então se encontrarem no Orfeu. Sentaram-se um ao lado do outro no escuro da sala, roçando as pernas, vendo o filme e se segurando até os créditos finais, para depois se levantarem e passearem com o pavor de serem vistos juntos na rua. Despediram-se e ele voltou para casa, abraçou novamente Margherita com uma insatisfação imediata, intuindo, mais uma vez, o quanto viver uma aventura externa iria afetar o relacionamento familiar.

— Preciso fazer xixi.

— Viu como estava com vontade?

Entrou no banheiro com Lorenzo e ajudou o filho com as calças. Ouviu o gotejo do mijo borbulhar, o cheiro de amoníaco e o cheiro do seu garotinho. Deu a descarga e saíram, lavaram as mãos e, quando estavam no pátio da universidade, decidiu esperar para abrir o envelope. Olhava para o filho, tinha um jeito pacato de transmitir os desejos — friccionar os dedos, a força com a qual abraçava, às vezes uma postura —, Lorenzo não exigia quase nunca, como se fosse algo não natural ser atendido. Treinou, junto a Margherita, como descobrir o que o fazia feliz.

— Quer ir ver a vovó Anna?

O garotinho sorriu e subiu rapidamente no carro. Tinha cabelos castanhos e a íris com listras cor de fuligem, que brilhava quando ele pintava ou assistia a um desenho animado, ou quando corria entre os quartos do apartamento da rua Delle Leghe, Anna o deixava se vestir de mosqueteiro mesmo que não fosse Carnaval e do sofá o desafiava como espadachim. Chegaram perto do Fatebenefratelli e percorreram o quarteirão em busca de uma vaga. Depois, ele abriu o envelope. Havia um livro enrolado no jornal: leu o autor, Leonard Michaels, e o título, *Sylvia*. Pegou o telefone, procurou o perfil do Instagram de Sofia e encontrou o livro fotografado na diagonal em cima do balcão da loja de ferragens. Vibrou.

Era o terceiro volume que recebia. Todos no último mês e meio, sem um bilhete ou remetente, enrolado em papel-jornal, o endereço escrito em letra de forma. O primeiro tinha sido *O salário do sábado*. Logo notou *Rimini*, etiqueta de correio. Além disso, presumiu que poderia ser ela, mas se absteve de qualquer tentativa de indagar a respeito. Em nove anos, só a tinha buscado no Facebook — vê-la com o novo corte de cabelo deixou-o confuso — e no Instagram. Manteve-a, com frequência, numa fantasia: Sofia, naquele dia no seu quarto no bairro de Isola, ele a fodendo na mesa vazia, ele enfim. Mesmo agora, enquanto sai do carro com Lorenzo e uma mochila em forma de coelho no colo e se encaminha para ver a sogra, saberia como se reatar àquela substância.

Chegaram à enfermaria e encontraram o quarto de Anna entreaberto, esperaram do lado de fora e, depois de alguns instantes, ouviram gritos vindo de lá. Lorenzo se aproximou e tentou espiar pela fresta, empurrou a porta. Carlo pediu que ele parasse, o menino ficou em posição de sentido, os médicos saíram e o surpreenderam no limiar da porta.

— E você? — disseram.

Ele entrou correndo e Carlo o seguiu. Anna estava acordada, com a mão livre acariciou o neto enquanto o garotinho procurava na mochila os fones do Homem-Aranha.

— Ainda bem que o meu rapazinho está aqui com sua música.

— Como se sente? — Carlo tirou o casaco.

— A senhora está pior, fizeram uma manobra em suas costas — indicou o último leito, a mulher segurava um braço sobre seus olhos. — Margherita não estava aqui fora?

Carlo disse que não.

— Então ela desceu para o café. Acabou de me informar que a Bonino, do Partido Radical, vai se juntar ao PD, Partido Democrático.

— E então?

— E então não vou votar.

— Você vai reconsiderar.

— Parei de reconsiderar.

Lorenzo os observava da cadeira, tinha os olhos grandes.

— Desculpa, meu amor. — Anna beliscou uma bochecha e lhe ofereceu a cabeça, ele colocou os fones nela e fez um sinal para o pai continuar. Carlo pegou o telefone e o entregou ao filho, o garotinho examinou as músicas. Apertou e ficou observando a avó.

— Os ingleses e seu choramingo — murmurou ela.

O garotinho riu.

Ela suspirou.

— Pode colocar o Modugno para mim?

Lorenzo levantou o volume e curtiu ver a avó fechando os olhos, os fones do Homem-Aranha ao redor da pequena cabeça, tinha a pele como um papel murcho e a boca de uma moça.

Carlo olhou o celular na mão do filho, tinha escolhido Pink Floyd, "Shine On You Crazy Diamond". Com a música, conseguiram tirá-lo da toca. Havia um período em que ele se trancava no quarto para ouvi-la, durou um inverno, depois começou a disponibilizá-la a todos: com os fones e no som de casa e na vitrola da rua Delle Leghe, cantarolando, no mesmo momento começou a falar mais e o psiquiatra disse que iria desabrochar. Ele tinha gostado daquela palavra, desabrochar. Sentou-se ao lado do leito e pegou o livro *Sylvia*. Leu poucas páginas, invejando a escrita simples, era tão simples, só algumas linhas para o encontro entre o protagonista e essa garota, num apartamento no Village em Nova York, ela com a franja que lhe obscurecia os olhos, dando a impressão que fosse tímida ou que se escondesse por modéstia, o apaixonamento, pensava em sua mulher todas as vezes que lia sobre apaixonamentos. Quando Margherita chegou, ele levantou o olhar e a observou: podia decompor o sentimento por ela, a escrita de Michaels havia colocado isso em foco. A franja de Sylvia, claro, e o jeito discreto de estar, no fundo parecia sempre sorrir, o ar perdido por um pensamento inesperado, a sedução furtiva e depois impetuosa: sua mulher sabia melhor do que ele o que os mantinha juntos.

Foi até ela e passou as mãos em seus cabelos, ela o chamou para o lado de fora e lhe disse que os médicos iriam operar Anna, tinham acabado de avisá-la. Pela primeira vez, sua mãe era um peso. Pediu a Carlo que confirmasse alguma coisa, ela sempre precisava das suas confirmações: deixou-se acariciar, deixou que ele dissesse que tudo daria certo, pegou uma de suas mãos, só agora se deu conta que a outra segurava um livro. Afastou-se um pouco para espiar a capa, leu o título, ficou imóvel, depois disse que precisava ligar para a imobiliária.

 Esperou que Carlo voltasse até a mãe dela, sabia o que tinha acontecido: abriu o Instagram, tinha criado um perfil falso que usava para se distrair, espiava Chiara Ferragni e Fedez e as Kardashians, espiava Sofia Casadei, esperava ter se equivocado, encontrou *Sylvia* como última foto e a legenda que dizia *Isso dói*, tinha recebido umas trezentos e poucas curtidas. O livro nas mãos de Carlo era o mesmo fotografado por ela. O terceiro livro e a terceira coincidência no último período. Tinha evitado perguntar ao marido — vocês conversam, é ela que lhe manda os livros, você idolatra suas sugestões literárias? —, era hábil em desmontar as dúvidas, mesmo que a desconfiança se enraizasse. Tinha uma hipótese sobre o que havia se aninhado nele: uma evasão, estar no limbo da possibilidade, reanimar a época em que era um quase professor e um possível escritor, reanimar a época em que ainda poderia *ser*. Às vezes, olhando para ele, ela se alienava: Carlo e o seu metro e noventa — as costas levemente encurvadas —, a arqueação que não se alterava — com os braços marcados pela remada na academia —, os poucos fios brancos na barba, bem camuflados, e os cabelos sempre espessos, a mesma aura de juventude. Sua imobilidade física como imobilidade de conduta: queria vê-lo acabado, com as marcas do tempo que conferissem a aceitação da maturidade. Nisso tudo, tinha conseguido manter sob controle o fantasma de que ele a traía. Tinha a presunção de reconhecer a corrosão do seu casamento: não havia ocorrido nada que pudesse ter comprometido sua trajetória familiar. Com frequência, ela se forçava a imaginar o pau dele noutras, a ideia acabava com ela. A anatomia ainda era o seu ponto fraco.

 Voltou até a mãe, aproximou-se aos pés da cama e sorriu.

— Mamãe.

— Tesouro. — Anna limpou a voz. — Por que você está com essa cara amarrada? Me conte.

Margherita olhou para o marido e disse como se estivesse falando com ele:

— Você será operada, vão colocar uma placa e você ficará nova em folha.

Sua mãe a encarou, parecia não reconhecê-la, depois virou a cabeça para o travesseiro e mastigou os lábios.

— Mamãe.

— Sempre achei que faziam essas coisas com quem estava nas últimas.

Carlo se sentou na cama.

Anna se virou para ele.

— Posso me negar?

Ele disse que não e ela tentou sorrir.

Lorenzo abandonou o álbum de Pimpa e veio adiante. Estava com a canetinha verde na mão, ficou indeciso, parou. De repente, aproximou-se do braço engessado da avó e aos poucos começou a embelezá-lo do cotovelo até o pulso, do pulso ao cotovelo, traçando um dos seus desenhos fosforescentes.

— Faça um coração para mim — pediu a avó.

Mas ele disse não e Anna olhou para Margherita.

— Não é um jovenzinho romântico.

— Essa noite, mamãe, vou desenhar um coração em você enquanto dorme.

— Essa noite eu não quero ninguém.

— Não começa.

— Não comecem vocês, entendidos?

— Vamos ver.

— Não vamos ver nada, tesouro. Pense no trabalho, que estão sempre na sua cola.

— Não estão na minha cola.

— Como disse Bonaparte em Waterloo.

A enfermeira comunicou que o horário de visitas havia acabado. Os outros saíram, Margherita se aproximou do ouvido da mãe.

— Deixa eu ficar com você essa noite. A noite passada ficamos bem, não foi?

— Quero ficar sozinha, tesouro.

Margherita pegou a mão dela e segurou. Virou-se para a mesa de cabeceira e verificou se havia toalha, água, bolacha de água e sal, Anna não quis nada para ler. Ainda ficou um tempo, antes de sair do quarto da mãe, viu que ela estava observando a noite do outro lado da janela. No corredor, cobriu sua boca com os dedos, queria soluçar, segurou, foi até Carlo na entrada do Fatebenefratelli e lhe perguntou se ele poderia cuidar do Lorenzo pois ela precisava dar um pulo na imobiliária. Caminhar a fazia se sentir melhor, depois da gravidez voltara a ser longilínea andando com Lorenzo no carrinho, enquanto Milão mudava, fervilhando de guindastes e ávida por surpresas, como um jovem a quem dizemos: cheio de vida. Ver-se com seu garotinho no meio dos arranha-céus de espelhos e bosques verticais e as aparências de um vilarejo, ou nos bairros históricos atravessados por bicicletas, disponíveis para alugar em cada esquina, depois fazer um pedaço a pé mais outro sobre duas rodas, enfiar-se de pronto num bonde e descer na nova estação de metrô do bairro de Isola, diziam que Milão ressurgira depois da Expo de dois mil e quinze.

Cortou a rua Solferino e seguiu margeando o Naviglio aterrado de São Marcos, depois pela avenida Garibaldi até o Duomo, aqui ela via bem as cicatrizes: as portas fechadas das lojas que um dia antes estavam abertas, liquidação total, aluga-se, velhas páginas de jornal que cobriam as vitrinas empoeiradas, bancos esvaziados e substituídos por lojas de bugigangas chinesas abertas de uma hora para outra, supermercados abertos vinte e quatro horas, na avenida de Porta Romana contou dois restaurantes falidos, uma ótica fechada e nunca substituída, também para as imobiliárias era uma época mesquinha. No começo, no escritório, teve que demitir Gabriele, depois, com o empréstimo do Concordia, abriu-se um rombo no orçamento familiar e ela se viu obrigada a ser incorporada por uma imobiliária maior. Sacrificara a sua imobiliária por um apartamento com uma claridade maravilhosa e por uma previsão de futuro estável. No entanto, fazia algumas horas ela soube: Carlo e o livro de Sofia nas mãos. Carlo, um homem praticamente desempregado. Um homem privado de uma profissão, seu homem privado de uma profissão, tão vulnerável. Valia setecentos euros por mês e uma dúzia de entrevistas de trabalho fracassadas. Duas em espera. Valia um potencial desgaste. Contudo, era o homem com quem ela tinha se sentado num consultório médico com venezianas cinzentas para ouvir a voz de um neurologista dizendo *presumida irreversibilidade* ao falar de Lorenzo, com ela que esperava entrar em colapso, impedida pela placidez do marido durante a sentença. Quando saíram do consultório, ele dissera a ela: Em nosso filho, pensamos nós. Cinco palavras. Cinco palavras bem sopradas, quase murmuradas, mas claras, e ilógicas, como se já soubesse que Lorenzo era um maestro de orquestra e que precisava de silêncio para dirigir. E de fato foram eles que pensaram nele, a verdade era que ele havia pensado: organizando atividades estimulantes e eficazes, estimulando paladar, tato e enfim audição, tinha encontrado na música a fonte para pulverizar a linguagem. Na saída daquele consultório de venezianas cinzentas, ela acreditou no marido.

Passou em frente à basílica de San Nazaro, ao lado ainda havia o restaurante indiano onde entrou para recuperar o fôlego após ter conversado com Sofia Casadei. O café havia sido transformado numa adega e ela numa mulher ciumenta, mas sensata, era estranho observar o passado e considerá-lo correto. Se havia se tornado isso, e eles haviam se tornado isso, tudo tinha um porquê. Desacelerou e tentou se convencer, deteve-se e recuou, enfiou-se num beco depois do restaurante e seguiu até a entrada da universidade estadual, em frente a ela havia a livraria Cortina. Entrou e esperou que o livreiro atendesse dois estudantes, depois lhe pediu um exemplar de *Sylvia*. Guardou-o na bolsa e, ao voltar para a avenida Porta Romana, esperou que o sinal abrisse: ter comprado aquele livro a deixara mais tranquila. Viu-se no reflexo de uma farmácia, arrumou os cabelos para um lado e ajeitou melhor o cachecol, tinha a impressão de estar só um pouco acabada, no verão tinham lhe aparecido até sardas e os amigos deles tinham garantido que as sardas chamavam a atenção dos de vinte e poucos.

Mas ela já tinha ficado com um de vinte e seis anos, e mantinha ainda a lembrança tentando não perdê-la. Com ele, havia intuído que a infidelidade poderia dizer fidelidade a si mesma. Andrea. Depois de ter saído da casa dele, naquela noite nove anos atrás, passou pela imobiliária apesar de não haver ninguém por lá, trancou-se no banheiro e cobriu seus olhos com uma das mãos. Depois, disse a si mesma: você fez isso. Você pôs na boca aquilo que não era seu, você tirou a roupa dele, deixou que ele tirasse a sua, abriu as pernas em cima da mesa da cozinha e você reivindicou o garoto, entrelaçada a ele, seus ombros fortes, sua pegada segura, você se empanturrou, se fez levar para cama, sentindo-se jovem e desejada e alegre. Ficou repetindo isso, trancada no banheiro da imobiliária por alguns minutos, sentindo as pernas doloridas e a pele queimada, um cheiro novo, enfim disse aquela palavra: descarrilar. Seu vagão sempre teve um engate de tração leve demais, seu pai tinha razão: descarrilou e não respeitou a rota, ela era a senhorita Scharfenberg e eis então as consequências. Aquela noite, saiu do banheiro e se arrumou em sua escrivaninha, pousou as mãos no teclado e escreveu um parágrafo de descrição do apartamento em Morgagni, escreveu sobre os quartos bem arejados, o aspecto senhorial e a dupla exposição, no final escreveu: jovem e desejada e alegre. Ficou observando aquelas três satisfações e soube que o sentimento de culpa era um processo banal. A realidade dos fatos, a verdadeira realidade dos fatos, era a de que fora natural. Trepou com um garoto de quem estava a fim e gozou. No que aquilo prejudicava seu casamento?

Decidiu mudar de caminho, deixou a avenida de Porta Romana e entrou numa ruela em direção a San Calimero, a igreja cuja abóbada era salpicada de estrelas, mais adiante cabotou os grafites de Gaber e Jannacci: não prejudicava seu casamento em nada. Lembrava-se com precisão daquela noite em que chegou em casa depois de ter encontrado Andrea, cheia de cuidados e com um certo medo. Deitou-se no sofá com um senso de esvaziamento. A incredulidade agrediu-a ao acordar na manhã seguinte — repetiu para si mesma de novo ao acordar: eu fiz isso —, para depois se atenuar durante o aniversário da Loretta e então voltar como lampejos imprevistos. Masturbou-se pensando novamente em como o garoto tinha sido indeciso e ao mesmo tempo bruto: como se ela o tivesse convencido enquanto se despiam. Por muito tempo, não se esqueceu do peso dele sobre o seu corpo, naquele peso havia o seu casamento. Também não banalizava mais algumas questões: o ímpeto erótico de Carlo, e sua doçura, a pequena loucura, quanto ele a fazia rir. Só por um momento, acreditou ter renegado tudo. Ainda sim, era filha de uma mulher que, além de costurar os rasgos dos outros, remendava os próprios.

Deixou-se invadir pela preocupação sobre ela — que consequências um fêmur quebrado poderia ter? —, atravessou o grafite de Gaber e sentiu medo, colocou uma mão embaixo do casaco, no estômago, lá onde se escondiam também os presságios. Deixou-a ali até o parque Ravizza, Andrea sempre escolhia o pedacinho de grama embaixo dos dois pinheiros no limiar da pista de cimento. No banco, apoiou os pesos, as luvas esportivas, a sacola com os elásticos. Havia uma garota na grama e ele lhe indicava um exercício de alongamento, a aluna acenou com a cabeça e começou a correr num bom ritmo. Andrea caminhou na mesma direção, tinha aprendido a fazer com que os ombros de boxeador fossem elegantes, a barba comprida o deixava sisudo. Demorou um pouco para reconhecer Margherita, quando a viu sob o lampião, foi até ela e percebeu que estava começando a chorar. Acariciou sua nuca, levou até ele, todas as vezes que a abraçava tinha medo de não conseguir fazê-lo. Perguntou sobre sua mãe.

— As escadas daquela casa.

Andrea esperou que a aluna terminasse a volta, orientou-a a fazer mais duas, depois pediu que Margherita lhe contasse e explicou o que aconteceria com Anna. A cirurgia, a reabilitação em casa ou numa clínica, os remédios e o tempo de recuperação que poderiam variar. Margherita estendeu o braço e com a mão roçou um ponto na base do pescoço.

— Olha aqui — disse. — Seus treinamentos selvagens.

Ele se tocou onde ela o estava tocando, tinha tratado o hematoma com água e sal, mas a absorção era lenta.

— O que Giorgio diz quando você fica dessa cor?

— Está acostumado.

Ela tentou sorrir.

— Você pode dar uma olhada na minha mãe?

— Há gente especializada em fratura de fêmur.

— Só uma olhada.

— Me mantenha informado.

Depois, ficou com vontade de estar sozinho. Disse que a aluna estava voltando e que precisava se concentrar, beijou Margherita na maçã do rosto e pediu que ela o avisasse quando seria a cirurgia de Anna.

Pegou-se distraído durante todo o treinamento, quando terminou a sessão tocou o pescoço e desceu com os dedos até o ventre, encheu os pulmões de ar até sentir a costela segurar o fôlego. Tinha subestimado os golpes, perguntou-se como faria aquela noite. Parou de se perguntar e curtiu a neblina, o trânsito ao redor do parque se desfazia e ele observou alguns cães e seus donos no cercado do lado da grama. Recolheu a bolsa e pegou os pesos, passou perto do cercado, havia um maremmano e um american bully brincando, o maremmano era velho e tinha um bom movimento para sua idade, o outro era um filhote e era pura felicidade. Seguiu devagar em direção à banca de jornal, de vez em quando apoiava os pesos no chão e endireitava as costas. Abriu a porta de correr e entrou, o espaço estava ocupado pela metade por um expositor, arrumou a bolsa embaixo do balcão, o perfume de papel o fazia se sentir melhor. A banca era morna e escura e o calor do aquecimento tinha se preservado. Nunca se arrependeu de ter tirado o cartaz *Vende-se* contra a vontade do pai, e depois conheceu Giorgio. Parecia-lhe um cliente gentil, comprava o jornal *La Repubblica* e a revista *Vanity Fair*, em algum momento trocaram algumas palavras e ficou sabendo que desenhava sapatos e tinha acabado de voltar de Estocolmo após quatro anos por lá. Aos poucos, se permitiram outras confidências, Giorgio comprava os jornais pela porta lateral, uma tarde, esperou o horário de fechamento para se informar sobre os treinos, queria tentar, começaram no parque numa segunda-feira. Num ano, aumentou doze por cento da sua massa muscular e se apaixonaram. *Jag älskar dig*, a primeira vez que ele ouviu que era amado em sueco. Ainda sentia-se constrangido, pensar no pai e na mãe, a essa altura certos de que seu filho se deixava enrabar. Nunca tinha contado a Giorgio sobre os cachorros.

Telefonou-lhe e avisou que não voltaria, queria ir à academia para soltar os músculos. Não o autorizava a continuar a assistir a *Game of Thrones*, mas se quisesse poderia assistir a *The Crown*. Giorgio respondeu que esperaria por ele acordado comendo tremoços. Andrea disse para não esperá-lo, queria também dar uns golpes, não queria obrigar ninguém a perder o sono. Eu não sou ninguém. Queria dizer ninguém para dizer você. Eu sei, eu sei, você é o analfabeto de sempre, evite dar uns golpes, por favor, bom treino, amor. Boa coroa inglesa. Fechou a banca de jornal e procurou no telefone uma fotografia nunca enviada de um treino, deixou-a à mão, chegou até o carro e verificou as roupas e os sapatos no porta-malas. Tinha uma hora, sentia o estômago fechado e teve de fazer um esforço para comer. Abriu o *tupperware* enquanto dirigia rumo ao norte, engoliu dois ovos cozidos e deu uma mordida no sanduíche de frango que havia sobrado do almoço. Acelerou e tentou desfrutar da viagem, naqueles anos tinha continuado a passar pela Triennale, imaginou estacionar e acender os faróis, esperar alguém, mas as ruas estavam vazias e Milão havia mudado com ele, sua cidade complicada agora o acolhia enquanto ele enganava Giorgio e deslizava em direção à periferia. Entrou na estrada que leva até a Brianza dos móveis, das casinhas enfileiradas e das espeluncas embelezadas, desligou o rádio e ouviu as rodas sobre o cimento: era sua preparação, pensava em tudo exceto nos adversários, concentrava-se nos alunos e nas variações de treinamento, mudar a quantidade de proteína de cada um, e depois de novo Giorgio. E Anna: esforçava-se para rememorar essa pequena mulher com o rosto ardente no dia em que ele havia sido internado pela mordida de César. E Cristina: não teve mais notícias suas e não queria ter, trabalhava numa autoescola em Melegnano e era tudo o que sabia.

Percorreu a estrada para Novedrate, na pracinha atrás do Carrefour encarou as nigerianas e, em quinze minutos, logo depois do parque com as corças deitadas, ultrapassou Carimate e estacionou na rua não asfaltada. Desligou o carro e pegou o telefone, mandou a Giorgio a fotografia dele na academia com o capacete de boxe, o ringue atrás, digitou *O olho do tigre*, escrevia isso para ele toda vez que subia ao ringue. Esperou a resposta, *Volta para mim inteiro*, deixou o telefone de lado e tocou as costelas, a dor era suportável, tirou a bolsa do porta-malas. A neblina era um véu e o hangar, uma silhueta confusa. Estavam em três do lado de fora e o observaram se aproximar. Ele cumprimentou, continuou pelo lado mais longo e deixou correr o portão, entrou e encontrou mais uns trinta. Muitos chegavam do trabalho, pedreiros e operários, também desempregados, trocavam-se lá mesmo, pegando as bermudas dos sacos do supermercado, ajudavam uns aos outros com as ataduras, a maioria era do norte da África, mas também italianos e muitos bielorrussos, sempre havia alguém novo que se agregava, precisavam ser apresentados pelos que já estavam dentro. Havia também os chamados caixas-fortes, que eram os caras que faziam apostas altas e tinham porcentagens diferentes dos outros. Ele foi parar lá através dos grupos de rinhas de cães, no começo só tinha apostado. Depois, foi adiante e esperou três turnos para lutar. Era um ringue com cordas atadas nas colunas de uma antiga marcenaria industrial, o proprietário recebia um percentual das apostas. As lutas nos hangares nasceram com a falência dos empresários. Havia três regras: não mirar o saco, parar se o outro batia a mão mais vezes ou desmaiava; fraudar uma luta significava ser espancado e posto para fora.

Cumprimentou e disse que queria lutar, o italiano que organizava os torneios perguntou do pescoço.

— Está bem.
— Deixa eu ver.

Andrea tirou a roupa, era mais corpulento que muitos deles e, para ser compatível com ele, precisava ser algum egípcio, quase todos acima dos oitenta quilos, ou o argentino ou alguém entre os eslavos. Os piores eram o polonês e o ucraniano que batiam abaixo da linha da cintura e atacavam com uma das mãos estendida para cobrir o campo de visão.

Ficou de torso nu, o italiano desceu o dedo do pescoço até as costelas.

— Era aqui?

Andrea assentiu.

O italiano empurrou e ele pulou.

O italiano fez que não.

— É só um incômodo.

— Não é um incômodo. Você vai cair depois de um minuto e o povo vai ficar puto.

— É um incômodo.

— Você vai cair logo.

Andrea levantou os olhos, os outros estavam olhando. Vestiu-se e se pôs à parte. Voltou para perto do italiano e pediu para ficar no meio.

— Você não dá conta com essa costela.

— Faço o primeiro e depois vemos.

O italiano não respondeu, depois disse que ele faria uma.

Andrea se preparou, a arbitragem era diferente. De vez em quando, ficava no meio, os outros gostavam porque ele só parava a luta quando alguém estava prestes a cair: um corpo e um corpo e o seu corpo, o avanço entre os braços, as pernas, as crueldades que terminavam por ser duas, alguém começara a perceber seu prazer. Enchia o peito, tinha a mesma postura dos cães, curvado diante dos golpes, a impressão do sorriso oferecida pelo protetor bucal. Depois da luta, vencedor ou vencido, se retirava à margem do hangar para recuperar o fôlego, invadido por uma paz que resistia até o dia seguinte.

Foi até ao centro e esperou os dois homens, um argelino de uns trinta anos e um ganês, conhecia-os bem. O argelino era inconstante e tinha boa resistência, o ganês complicava os torneios porque logo saía das escalas: chegara à Itália havia três anos e encontrara trabalho como carpinteiro na região de Bergamo, perdeu o emprego no verão e lhe bastava ganhar de setecentos a oitocentos euros lá dentro. Tinha um bom caráter, falava muito, contou que em Gana só tinha um tio. Quando o viu no chão, ceifado pelo argelino que estava montado nele para batê-lo como um martelo, Andrea se abaixou como se o protegesse: mas era outra coisa. Lá no meio, entre o rosto do ganês, sob os antebraços colocados como proteção, com o pescoço flexionado para amortecer os golpes, o nariz afogando em sangue, ele voltava a sentir força. Os olhos do preto, escancarados e depois fechados pelo espancamento, o bater dos cílios: aquele corpo subjugado lhe devolvia César e um tempo que tinha sido complicado, mas que ele daria qualquer coisa para ter de volta.

Sofia também: daria muito para ser desejada como Pentecoste a desejou. Enquanto passeava durante a hora do almoço, calculou que *Sylvia* já teria chegado a Carlo naquele dia, talvez até tivesse chegado um dia antes. Foi de ônibus até o Arco d'Augusto e caminhou pela avenida até a Ponte di Tibério, adentrou o bairro San Giuliano entre as casas enfileiradas cujos donos antes eram pescadores, as fachadas lascadas em cores pastéis, então imaginou o lado bom do seu gesto: Pentecoste recebe o pacote e percebe o lugar de proveniência na etiqueta, sabe que talvez seja outro romance e que talvez seja ela que o tenha enviado, gosta de um bom livro e aceita a intrusão, não há nada de mal nisso. Imaginou-o folheando a primeira página com a expressão divertida — e astuta — que havia notado durante as aulas, os cabelos um pouco despenteados, naqueles anos o procurara muito no Facebook e pelas poucas fotografias não parecia ter mudado muito. Continuou vagando pelo bairro, decidiu parar para comer meio prato de tagliatelle, o garçom sabia que ela tinha de voltar para a loja de ferragens e servia-a logo, para seu pai eram *al tagliadeli* — as *tagliatelles* mais saborosas da Romagna junto com as de Renzi em Canonica —, ásperas e duras. Comeu mantendo o telefone ao lado, verificou o Instagram, leu os comentários às fotografias, as reações aos stories, só assim mantinha contato com algumas amigas, todas estavam casadas e não saíam mais. Raramente se encontravam na praia, tomavam um aperitivo e conversavam sobre os maridos, sobre as próximas férias, algumas haviam começado a praticar ioga, falavam dos filhos, ela sentia uma mágoa pelos seus trinta anos sem gravidez, sem maridos e livros agregados. Correr à beira-mar, ir ao cinema sozinha, preparar um bolo em casa para seu pai, encontrar alguém pela internet para sair, ficara à espera de coisas que nem ela sabia, sem perceber tinha terminado com Tommaso.

— Você se entendia com qualquer coisa — disse ele acariciando sua mão esquerda.

— Por que você diz isso?

— Se acontecer comigo, levanta esse dedo. — E tocou seu indicador.

— E depois?

— Desapareço.

O garoto pronto para desaparecer. Desde então, ela olhava para o seu indicador esquerdo como se fosse a boca da verdade, saiu do restaurante e o acariciou como havia sido acariciada por ele. Desceu até o parque Marecchia, que no inverno ficava deserto e cujos seixos ressoavam ao serem pisoteados, desfrutou o caminho até o bairro de Ina Casa, aguardando as demais consequências do seu gesto: Carlo Pentecoste recebe o pacote, lê a proveniência na etiqueta do correio, tendo já visto os outros romances no Instagram dela, fica nervoso, abre-o sem jeito porque já sabe, pega o livro e percebe um desejo não esquecido. Ela se perguntava se esquivar-se dele antes de voltar a Rimini havia sido a tentativa de instaurar um arrependimento. Aceitara o risco de que aquele arrependimento tomasse outras formas: uma memória inofensiva, um remorso, a indiferença. Os dois indiferentes um ao outro — o tempo, sim, havia erodido Milão —, mas algo emergia assim que começava a sair com um homem. Pensava novamente em Pentecoste, quase num reflexo condicionado. Depois dele, tinha se contido. Uma contenção impalpável, teimosa, que ela havia percebido. O legado do professor era como um freio de mão, e aos poucos uma impaciência, *você* se entendia com qualquer coisa.

Confirmou isso ao ter a ideia de enviar o primeiro romance. Foi tomada por aquela excitação numa tarde em que escolheu um corte de cabelo masculino: na manhã seguinte, comprou Fenoglio na praça Delle Poveracce, levou-o para casa como se carregasse um tesouro na bolsa, admirou-o, abrindo as páginas como um leque, empacotou-o. Fenoglio e *La paga del sabato* e a cozinha onde o protagonista se refugiava, as aulas de Pentecoste sobre aquela cozinha, não eram assim tão diferentes da sua loja de ferragens com os parafusos e a massa corrida e as dobradiças de latão. Quanta firmeza ela sentia ao pinçar com a ponta dos dedos um prego na gaveta, o tchac tchac do rolamento ao abrir a gaveta dos parafusos, subir até o topo da escada e observar seu pai organizando a vitrina, este homem que envelheceu bem com um maço de cigarros no bolso da camisa.

Tinham sempre vivido ali, entre a loja e a casa além da praça. E, naquela sexta-feira, ele insistiu:

— Há bons preços de aluguel no bairro Padulli, você pode pegar um apartamento pequeno para você.

Ela tinha feito um gesto para dizer não e o viu desistir imediatamente, preparar o jantar, servindo a mesa com cuidado, todas as sextas ele cozinhava para ela espaguete ao *puràzi*[8] e ela preparava o doce *zuppa inglese*.[9] Às vezes, dizia Vamos visitar a mamãe e ela respondia Vai você.

MARGHERITA ALONGOU A PAUSA do almoço para ler as últimas páginas, voltou ao escritório e apoiou o livro na escrivaninha, encarou

---

[8] Palavra em dialeto da Romagna para dizer vôngoles, um tipo de molusco. [N.T.]
[9] Literalmente "sopa inglesa", é um doce típico das regiões da Itália central, em especial a Emília-Romagna, feito com biscoito champagna, creme e licor Alchermes. [N.T.]

a capa cor de tijolo com a garota de seio descoberto: *Sylvia*, o romance sobre uma obsessão. Se de fato Carlo não tinha ficado com Sofia, se de fato não tinha cedido ao desejo por aquela mulher, se aquela mulher não tinha cedido ao desejo por Carlo, então Sofia Casadei era um tempo presente. Porque ela sabia: a própria completude fora desejar e ter Andrea, para depois não desejá-lo mais.

Sentiu a tentação de falar com seu marido, de ligar diretamente do escritório, no meio dos colegas, uma inquietude que se misturava à preocupação com sua mãe. Segurou-se e olhou para os contatos até o número de quem tinha lhe apresentado Carlo, daquele jantar, ela ainda se lembrava das velas no centro da mesa: na irmã do seu marido, ela encontrava um vaso comunicante até ele. Era estranho, às vezes bastava ouvir a voz dela para se sentir calma com relação ao marido. Esperou que o telefone tocasse, ouviu responder quando já tinha perdido a esperança.

— Você está sem ar, Simo.

— Nico esqueceu as chuteiras e corri e enfim.

— Resolveu?

— Eu queria passar para ver sua mãe no hospital, mas acredita que... — Ficou ofegante.

— Ela me disse que você ligou.

— Pedi que o Carlo me deixasse falar com ela — disse e esperou para se acalmar. — Me pareceu que ela estava animada.

— Estou ansiosa, Simo.

— Você vai ver que logo, logo ela estará bem.

— Passa no hospital e leva o Nico que ela adora. Diz que lhe dá alegria.

— Ela precisa ficar com ele um pouco em casa por uma hora e depois quero ver se ainda lhe dará alegria. Rap e Cristiano Ronaldo, rap e Cristiano Ronaldo. Mas agora ele volta feliz dos finais de semana com o pai, da última vez, jurou que Mamadou preparou uma carbonara para ele.

— Mamadou cozinhando?
— Sei lá. De frentista de posto para *chef*, quem sabe eu até volto com ele. — Deu uma risada que parecia um soluço.
Margherita vestiu o casaco e saiu da imobiliária.
— Mas você voltaria com ele?
— Voltar com Mamadou?
— Eu acho que sim.
— Quer saber de uma coisa? Mas guarde isso para você: eu durmo com ele, tipo uma ou duas vezes por mês. A gente só dorme. Eu peço para ele vir aqui em casa quando o Nico está com meus pais.
Margherita levou uma das mãos à boca.
— Me conta.
— Eu gosto de ouvir sua respiração enquanto ele dorme. É um homem que mantém sempre a mesma posição a noite toda, e de manhã acorda cedo e eu nem o ouço. Abro os olhos e ele já desapareceu para ir ao trabalho e parece que foi tudo um sonho.
— Você sente falta dele.
— Sinto falta disso. Mas já acabou.
— Como pode saber, quem sabe aos poucos.
— Acabou. Nico está bem, fora a escola. E eu fico feliz com aquelas duas noites por mês e das outras noites alegres. — Riu. — Mas me conta de você.
— Eu queria um pouquinho da sua. — E ficou em silêncio.
— Da minha o quê?
— Sei lá.
— Um dia de cada vez, Marghe. Você precisa viver no máximo um dia de cada vez.
— Vou te mostrar a minha agenda. — Caminhava de um lado para o outro. — Tudo menos um dia de cada vez.
— Então, marque na agenda uma bela visita à sua cunhada. Preparo cupcake de amarena para você. No laboratório, já não conseguimos dar conta dos pedidos.

— Sério que você dorme com ele duas noites por mês?

Tiveram de terminar a ligação porque um colega fez sinal para Margherita para saber se ela poderia voltar para a imobiliária. Quando se sentou à escrivaninha, imaginou a cama de casal com Mamadou que descansava comportado e Simona que ouvia sua respiração.

Esperou até o final da jornada de trabalho, depois, saiu e pegou o metrô até a rua Delle Leghe, subiu para casa e abriu as gavetas da escrivaninha. Encontrou a agenda da mãe, procurou *Buzzati* (*Landi*), foi até a sala só com a agenda espremida no colo e sentou-se no sofá. Pegou o celular e digitou o número, depois pediu um horário. Havia uma lista de espera de dois meses, mas ela disse que a questão era urgente.

— Todas são urgentes, senhora.

— Minha mãe está mal. Ela conhece a Landi há muitos anos.

— Senhora.

— Por favor.

Chamaram-na na manhã seguinte, só por quinze minutos. Dormiu pouco naquela noite, quando chegou à rua Vigevano, no dia seguinte, disse para si mesma que jamais gostaria de viver um dia de cada vez.

Aguardou na sala de espera olhando o quebra-cabeça emoldurado com o tema *A Dama e o Vagabundo*. Depois, foi levada a uma cozinha minúscula com uma geladeira que zumbia. Cumprimentou aquela velha que fumava e mantinha os olhos entreabertos.

— Minha mãe quebrou o fêmur. — Sentou-se equilibrando-se na cadeira.

— Você veio aqui por causa disso?

Margherita ficou em silêncio, depois disse que sim.

— O que quer saber?

— Tudo.

A velha tragou a fumaça e apagou o cigarro no cinzeiro. Embaralhou as cartas, tinha dificuldade em fazê-lo, pediu-lhe que cortasse o maço com a mão esquerda. Estendeu o baralho sobre a mesa e disse Pergunte.
— Ela vai morrer?
— Fique tranquila. — A velha continuou encarando a mesa.
— Ela vai ser operada.
— Fique tranquila. Com seu filho também.
— O que a senhora sabe sobre meu filho?
A velha levantou um valete de paus.
— Não o complique.
— Nós o complicamos?
— A senhora. — Mostrou-lhe o valete de espadas.
— Meu marido não?
— Seu marido não. — Levantou uma carta, refez o maço e embaralhou, estendeu-o em forma de pirâmide. Depois, empinou a cabeça e abriu os olhos.
— Fique tranquila com relação à sua mãe e transmita meus cumprimentos a ela.
Margherita se levantou depressa, deu-se conta de que estava apertando sua bolsa, soltou-a e procurou a carteira para pegar o centavo e os setenta euros, pôs no pratinho. Afastou-se, parou ao lado da geladeira.
— Posso perguntar o que a senhora viu sobre meu marido?
— O que quer saber?
— Ele fez uma entrevista de emprego.
A velha acendeu outro cigarro.
— Essa entrevista não vai dar em nada.
— Sério?
Assentiu com a cabeça.
— Você precisa ter paciência.

Margherita prendeu a respiração.

— E o resto? Quero dizer, o resto sobre o meu marido.

— O resto. — Olhou o baralho na base da pirâmide. — Não tem resto.

— Não tem?

A Lanzi levantou o rei de copas.

— O resto vai bem.

Margherita deixou a bolsa pendurada no braço e se virou para a geladeira, na porta estavam os imãs, um era da Torre de Pisa, outro do Coliseu. Agradeceu, inclinando a cabeça, depois saiu devagar, suas roupas passaram o dia inteiro impregnadas com o cheiro do cigarro.

Chegou em casa e trepou com Carlo. Não pensava em nada enquanto trepava com seu marido, às vezes se ouvia gemer e gemer e gemer e esquecia que era uma mãe e uma esposa e queria ser só uma puta. No meio-tempo, aconteceu: um peso morto dissolvido por setenta euros e um centavo dado a uma vidente que havia lhe garantido um destino decente. Não tinha perguntado mais nada, o que ela gostaria de perguntar às estrelas? Será que vou conseguir abrir novamente uma imobiliária independente, será que terei orgasmos até meus noventa anos. Será que vou amar meu homem e meu filho como os amo hoje.

APESAR DE ANNA NÃO querer ninguém para atrapalhar na véspera da cirurgia, todos eles acabaram indo até lá, Margherita, Carlo, Lorenzo, os Pentecoste, indiferentes ao seu mal-estar. Tinha dois travesseiros embaixo da cabeça, estava paralisada até a virilha e isso lhe causava um toque de claustrofobia que a mantinha ocupada, olhando para o lado de fora da janela, sua Milão e o céu de alumínio. Só o neto aliviava, desenhando sobre o gesso, por um momento ela imaginou que estava com ele ouvindo discos. Sentia que o medo aumentava na presença dos outros, confidenciou a Carlo: "O que você acha de irem todos embora?". Mas Loretta estava arrumando um buquê de anêmonas na mesa de cabeceira, Domenico conversava com o chefe da enfermaria, foi até ela e disse que seria operada pelo vice-diretor, uma pessoa bem preparada, teria alta em dez dias ou até menos.

— Dez dias?

— Eu pedi, para que você fique bem recuperada. Pode ser necessária só uma semana. — Pentecoste sorriu. — Nós estamos com você.

Era um homem lapidado, e certa vez comentara com Carlo que era como conhaque, quanto mais envelhecido, menos picante. Ele já deveria ter se aposentado há um bom tempo, mas lhe confessara que preferia morrer trabalhando do que passar dezesseis horas por dia com Loretta, riram. É estranho como um minuto antes a pessoa é indigesta e no minuto seguinte dá vontade de fazer um piquenique junto com ela. Encarou-o aos pés da cama, depois, moveu o olhar para Margherita e Carlo no centro do quarto, ainda formavam um belo casal. Seus corpos sabiam estar próximos, isso sempre a acalmava. Carlo tinha perdido o hábito de almoçar com ela às quintas-feiras, passava sem avisar, acompanhado de Margherita, os dois se acomodavam no lado distante do sofá, estendiam as pernas na mesinha e apoiavam a nuca no espaldar, era engraçado ver duas pessoas que acabam sempre escolhendo a mesma posição.

— E você, terminou de pintar? — Espiou Lorenzo, que desenhava um peixe no gesso. Agora, era uma avó com as barbatanas afiadas, Lorenzo coloriu os olhos de azul-turquesa e disse:

— É você.

— Sou um peixe turquesa no aquário ou um peixe turquesa no mar?

— No mar.

— Muito bem, meu amor — forçou a voz e teve que se abandonar no travesseiro. Acariciou-o, depois todos se direcionaram à porta, um homem na soleira pediu licença.

Ela o encarou.

— Não sou religiosa.

— Eu estou aqui para quem não é — disse e entrou no quarto. Era um padre de meia-idade, usava uns óculos tartaruga e ela percebeu um toque de brilhantina nos cabelos.

— Vamos esperar do lado de fora — avisou Margherita.

O padre cumprimentou as demais pacientes, perguntou se podia se sentar na cadeira.

— Quer me benzer?

— Só dizer duas palavras. A senhora vai ser operada e, nesses casos, eu sempre apareço.

— Oh — murmurou, e os olhos se encheram de lágrimas. Transformou-as num sorriso.

— Como a senhora se chama?

— Me chamo Anna.

— Anna, se eu estiver incomodando, saio imediatamente.

Fez um gesto para dizer que não.

— É que me lembrei do meu marido. — Procurou a janela. — Quando ele estava morrendo, veio um padre e lhe deu a extrema-unção. Franco parece mais pra lá do que pra cá, mas eu vi: num certo momento, ele levantou os dedos e fez aquele gesto para mandar embora as moscas, sabe?

— Mas a senhora não está morrendo.

— E quem é que sabe? — Olhou para as mãos do padre, pareciam macias, uma unha estava suja e duas pontas dos dedos se esfregavam sem parar. — Qual é o seu nome?

— Eu me chamo Antonio.

Anna pensou.

— Como o filme, viu o filme? — E tocou sua testa como para vasculhar a memória.

— Não me lembro.

— O protagonista com um tufo de cabelo. Um pega-rapaz perfeito. — Acomodou-se no travesseiro. — Antonio, continue.

— Posso? — perguntou o padre.

— Agora já está aqui.

Ele levantou o braço e a benzeu, em nome do Pai, do Filho e do Espírito Santo.

— E da Nossa Senhora também. Por que ela fica sempre para trás?

— Fala com ela?

— Me abençoe.

Ele o fez.

— Obrigada — disse.

— Venho vê-la amanhã.

— Se não me encontrar, saiba que vou falar bem do senhor. Mesmo não precisando.

— Não diga besteiras. — Tocou o peixe turquesa no gesso. — Até amanhã, Anna.

Quando o padre saiu, ela chamou Carlo e lhe sussurrou:

— Deixo todos os discos para vocês.

Ele sabia que Anna estava falando sério, pela rugas na testa dela. Fez um carinho nela.

— Quero as histórias em quadrinhos também. — E voltou seu pressentimento: ela na cadeira de rodas. Na noite anterior, Margherita tinha lhe dito: mamãe na cadeira de rodas. Ele ficou em silêncio, ela chorou e depois se abraçaram na cozinha até que a água para o café instantâneo começou a ferver.

— É essa casa — acrescentou Margherita.

— É a osteoporose.

— Eu trapaceei para consegui-la.

— Ela tem oitenta anos.

— Paguei os cem mil que poupei com o fêmur da minha mãe.

— Para com isso.

— Temos que pagar novecentos euros por mês por trinta anos. Três mil por ano só de despesas de condomínio. E não temos nem uma porcaria de elevador.

— E antes, o que tínhamos? Um aluguel do mesmo valor e um terço de espaço para viver. Você vê nosso filho em setenta metros quadrados?

— Comprar uma casa menos cara com menos sofrimento para mantê-la, é isso que vejo.

— Não seja um deles, Marghe.

— Deles quem?

— Daquelas pessoas que se tornam sábias *a posteriori*.

Ela se afastou dele, preparou o café e começou a virar a colherinha na xícara.

— Me responda: se você não pudesse contar com a herança dos seus pais, você teria escolhido essa casa? Se não pudesse contar com a herança dos seus pais, teria continuado a trabalhar na redação, mesmo sem ser contratado após dez anos para no fim sair com uma mão na frente e a outra atrás?

— Não fui contratado porque eu não teria tido tempo de dar aula, e você sabe disso. — Tirou a xícara das mãos dela. — Vai dar tudo certo com sua mãe. E essa casa foi um bom negócio, se tratando de Milão. E logo vou ser editor da revista *Bell'Italia* ou um faz-tudo da indústria cervejeira ou em algum lugar vou ser contratado depois de uma entrevista, santo Deus.

— É que um dia a conta chega, Carlo.

Ele pensou novamente em Manuela. Em como administrou a sua trapaça. Numa tarde, anos atrás, depois ter trepado com ela, voltou para casa, tomado de pressa, mesmo sabendo que Margherita estaria na rua até tarde, tomou um banho demorado e intuiu que, daquele momento em diante, tornava-se uma possível dinamite para o próprio casamento. O hospedeiro de uma separação: se fosse descoberto, se confessasse, se o fato viesse à tona por um motivo aleatório qualquer, cada instante poderia significar uma mudança. Não considerava possibilidades de indulgência: perdão, reconstrução, compreensão, ele tinha certeza de que o pacto com Margherita não admitia essas coisas. Sempre soube. Na noite da traição, pensou nisso enquanto andava pela casa, entrava na ducha, saía da ducha, secava-se com calma, observava seu corpo: era como antes, idêntico a antes, talvez com um leve sinal de vermelhidão na glande, sua colega tinha pele lisa e pintas nas costas, o cheiro mais acre do que o de Margherita, os mamilos menos marcados, sentia-se atravessado pela comparação. Vestiu o roupão, revisitando aquela tarde: foi Manuela quem, no escritório, o convidou para outro cinema, ele levou em consideração a quantidade de trabalho planejado e perscrutou Michele Lattuada na escrivaninha ao lado, disse-lhe que teria de sair, Michele olhou para ele como quando não é necessário perguntar mais nada. Carlo deixou a redação e foi até o final da avenida San Gottardo, era setembro e tinham acabado de assinar a promessa de compra e venda do apartamento de Concordia. Esperou por Manuela com a palpitação interna de quem fareja a possibilidade: a pressão no esterno, diferente da pressão que o assolava com Sofia, mais fraca, mas existente, uma brasa que não dependia de quem estivesse diante dele.

    Encaminharam-se, chegaram até o Naviglio Grande, depois ele se deteve no semáforo, dando a entender que queria atravessar o cruzamento na direção oposta do cinema. Foram conversando, a reunião da manhã e a editora que havia perdido nove por cento do faturamento nos últimos seis meses, estavam planejando uma reestruturação do departamento. Atravessaram a circunvalação e ele a encarou, essa garota de cara lavada com botinhas de salto comportado, o corte de cabelo bob sobre os olhos castanhos, a Audrey Hepburn deles: sentiu que poderia prosseguir em direção à periferia imediata, desacelerando em frente ao hotel Mercurio Milan, parou na entrada. Havia certo constrangimento, então ela disse Depois de você.

Depois de você: piorou a palpitação, apresentaram os documentos na recepção, o dele caiu e ele o recolheu e não disse nada, nem mesmo quando estavam no elevador e as portas se fecharam e depois se abriram no quarto andar. Percorreram o corredor com carpete cor creme e ele pensou em sua mulher, vislumbrou a bela careta que ele conseguia arrancar dela em algumas noites, quando se encontravam, por acaso, em frente ao prédio após um dia de trabalho. Depois abriu o quarto sessenta e sete, que dava para o pátio interno, e durante a hora que passou ali ficou com a impressão de que estavam em três: ele, Manuela e Margherita na cama de casal com os lençóis que escapavam pelas beiradas do colchão, com Manuela que pegava seu pau e o guiava dentro de si, ajeitando-se, tentando gozar o máximo de um corpo inédito. As gemidas sem a Margherita e a tensão no escroto sem a Margherita e a língua ávida sem a Margherita, o ímpeto de um orgasmo sem a Margherita, já durante a primeira ejaculada sentiu um sopro de escuridão: o que antes era uma urgência agora se fazia desassossego. Percebeu-o ao ficar deitado ao lado da outra, na quietude do quarto de hotel, e também depois, lavando-se no banheiro com ladrilhos azuis, verificando a presença de cabelos compridos na blusa de algodão. Parou na janela que dava para a parede doutro edifício. Depois, pediu que saíssem do hotel, passearam quase em silêncio, passaram pelo trânsito de uma cidade esburacada por obras, por pessoas saracoteando sem emprego, por profissionais autônomos com a cara acabada, todos aqueles pedaços da Itália em queda livre lhe pareciam sua própria queda livre. Caminharam até onde o Naviglio assume a feição de verdadeira periferia, com as comportas e pontes movediças, não precisaram dizer mais nada um ao outro.

Quando Margherita voltou para casa, naquela noite, ele teve de enfrentar o estranhamento que ficara resguardado. Comeram omelete e salada, ela ligou o rádio e dividiram uma Coca-Cola, conversaram, ficaram em silêncio. Perguntou-se por que tinha entrado no quarto sessenta e sete. Ele era feliz com Margherita, realmente feliz. Fizera aquilo por algo primordial, pelo empréstimo, pelos Pentecoste, pelo filho que ainda não tinham decidido ter, pelas dificuldades na editora, pelo orgasmo que não houve com Sofia? Fez aquilo e ponto. Naquela noite, enquanto tirava a mesa e espiava sua esposa lavando os pratos, ele se perguntou se haver trepado com outra mulher queria dizer que no futuro treparia com outras.

Sim, antes de ser pai ainda teria outras mulheres. Uma consultora de marketing que de vez em quando aparecia na editora, uma antiga colega da universidade, uma garota que trabalhava no bar perto da redação. De novo Manuela. Um par de encontros com cada uma, depois, fechou de supetão a caixa de Pandora, evitando transformar o adultério num hábito. Nunca duvidou do futuro com Margherita. Aos poucos, percebeu aquelas vivências como necessárias — uma formação —, e agora, pensava outra vez nelas como um chama fraca, quase como uma sinopse: precisou delas, encarou-as. Agora sentia haver superado o clichê da traição, a necessidade fisiológica da traição, a evasão da traição, a curiosidade da traição, a resposta a uma insatisfação que era revelada pela traição. E se a traição, para ele, fosse o modo de voltar a ser fiel a Margherita?

Ele ainda tinha essa dúvida, depois de anos, num quarto de hospital, com a sogra prestes a passar por uma cirurgia no fêmur, observando o peixe turquesa no gesso. Olhava para Lorenzo e ainda tinha essa dúvida, mesmo tendo a certeza de que não havia mudado de rota por causa do filho. Tentou levá-lo para fora quando os enfermeiros vieram buscar Anna para os últimos exames antes da cirurgia, o garotinho segurava a barra do lençol e não a soltava.

— Papai vai te levar no parquinho. — Margherita se aproximou. O garotinho começou a chorar.

— Tesouro, tenho seu peixe da sorte. — Anna mostrou o gesso.

— Vamos no parquinho. — Carlo o levantou e Lorenzo o abraçou. Saíram do Fatebenefratelli e ele sentiu as lágrimas do garotinho molhando seu pescoço, continuou caminhando e segurando-o no colo até chegarem à avenida Garibaldi. Colocou o filho no chão e limpou seu nariz e sua boca.

Lorenzo o olhava.

— Lore, mas você já tinha visto um peixe da sorte lindo como aquele que desenhou para vovó?

O garotinho sacudiu a cabeça.

Pegou-o pela mão e seguiram a pé até o parque Sempione, entraram pelo lado da Arena e, em vez de irem para o parquinho, dirigiram-se para um pequeno prédio ao lado da rua. Entraram, compraram ingressos e ele perguntou ao filho se poderia cobrir os olhos com o cachecol por trinta segundos.

— Por quê?

— É uma surpresa.

O garotinho refletiu, depois concordou.

Carlo enrolou o cachecol sobre os olhos do filho e guiou-o até uma sala com um aquário enorme em forma de arco. Pararam embaixo dele.

— Está pronto, ratinho?

Lorenzo acenou que sim.

Tirou o cachecol.

Eram os peixes da sorte. Dez, vinte, cem, estavam por todos os cantos, ao lado e em cima havia arraias, ele tinha visto arraias num livro que leu com a mãe, algumas tinham um ferrão perigosíssimo. Aproximou-se do vidro, esticou a cabeça e uma garoupa de boca gigante o encarou, Lorenzo virou para o pai e riu.

— É um atum!

Carlo também riu.

O garotinho grudou o dedo no aquário, Carlo foi até ele e disse para molhar a ponta do dedo com a saliva e colá-lo de novo. Os dois o fizeram e a garoupa se aproximou.

— É o peixe da sorte — disse o garotinho.

— É ele.

Durante um tempo, temeram que Lorenzo tivesse herdado seu soluço emotivo, quase como se fosse possível transmitir os anseios de um pai. Voltou a pensar nisso quando recebeu os livros de Rimini, como se aquela excitação pudesse comprometer a influência paterna. Desde o começo, havia sido um eco: o jeito que Sofia comia amêndoas durante a aula, o aperto que ela dera em seu antebraço enquanto fugia da casa no bairro de Isola. No dia em que abriu o primeiro pacote, pensou que fosse um presente de uma editora, estranho que fosse um romance de Fenoglio, levou-o para casa, deixando-o no braço do sofá. No entanto, Fenoglio também havia sido o autor mais lido em seus cursos. Quando abriu o Instagram dela e viu a postagem, fez de conta que era uma coincidência. O segundo pacote fora enviado algumas semanas mais tarde, procurou na etiqueta e viu *Rimini*, manteve-o em suas mãos, saboreando aquela revelação. Abriu *Quartos separados* de Tondelli: ela o havia publicado no perfil com um canto da loja de ferragens no fundo. Sentiu uma formigação no corpo, foi atravessado durante o dia por uma ebulição que colocou todo o resto em segundo plano, até o desemprego. Esperava receber outro livro. Num mês e meio, não parou de pensar no que é que ela queria lhe provocar.

Sofia se perguntava por que ele não respondia. Às vezes, ao fechar a loja de ferragens na hora do almoço, voltava para casa e espiava a caixa de correspondência no canto da entrada onde se acumulavam encomendas, esperava que ele mandasse um sinal, depois de procurar o endereço no banco de dados da universidade.

Desde que voltou para Rimini, ela sentiu a tentação de entrar em contato com ele, teve a oportunidade de pôr os pés de novo em Milão, mas recuou. Nunca mais releu o conto "Como andam as coisas", enfiou-o numa pasta de plástico azul com os outros materiais do curso e um pendrive em que copiara o monólogo do Pentecoste sobre o pintinho, sua voz que cadenciava *propulsão*, fraca, potente: sentiu vergonha de ter imaginado que poderia mandá-lo à esposa. Daquela época, restou também Khalil, eles se escreviam, se acompanhavam nas redes sociais, ele trabalhava num hotel em Dubai e postava fotos de cenas utópicas árabes, começou a praticar kitesurf e ainda não encontrara um amor. Dizia que era *speranzoso*, essa palavra em italiano o divertia pela sonoridade, perguntava-lhe sempre se ela também o era.

Ela era esperançosa em relação a um garoto três anos mais velho do que ela e que administrava um hotel em Bellaria, tinha cachos que cobriam seus olhos cor de água-marinha e algumas noites abria a porta do carro para que ela entrasse. Trepava com força. *Tommaso* era um nome que soava bem para um homem sincero. Deu-se conta de que pensava nele durante o dia, às vezes, olhava do lado de fora da vitrina da loja de ferragens com vontade de vê-lo, parecia-lhe que a espera por ele também fosse a espera por uma resposta de Milão, todas as pequenas partículas de uma impaciência que ela precisava agrupar.

Teve certeza disso também naquela manhã, quando ele apareceu pessoalmente na loja com o café da manhã e ela, de repente, se sentiu calma. Dividiram um *cannolo* de pistache atrás do balcão, ele queria a parte com mais amêndoas e ela o olhou devorá-la na hora em que o pai voltou.

— Esqueci as lâmpadas — disse ele, depois foi até as prateleiras do fundo.

Tommaso se escondeu, depois se despediu em voz alta. Antes de sair, beijou-a sem estalar os lábios.

O pai apareceu com os braços cheios de lâmpadas em forma de borboleta.

— É o filho da Motta, não é?

— Sim.

— Dá para ver que é gente boa.

Ela jogou o saquinho da doceria.

— Como dá para ver?

— *Dài che l'è brèv* — disse ele, reafirmando que era um bom menino.

— Se você diz isso.

— Eu fico aqui e você vai lá com ele.

— Ele tem coisas para fazer.

O pai apoiou as lâmpadas no balcão e começou a organizá-las numa caixa grande.

— Reformaram o cinema Fulgor. — Estava sem ar. — Foi reformado por alguém famoso, vocês precisam ir, assim você me diz como ficou.

— Chega. — Ela o ajudou com as lâmpadas, tinha mãos precisas, o hálito do pai tinha cheiro de tabaco e menta. — Pai, me diga, faz quanto tempo que você não vai ao cinema?

— Eu? — O pai fechou o casaco. — *Dis an*, dez anos.

— Vamos hoje à noite?

O pai inclinou a cabeça, ela aprendera a arrancar-lhe a alegria das mãos, ele a contraía uma na outra.

MARGHERITA VIU O MESMO gesto em Anna, no dia da cirurgia, quando lhe disse que teria alta.

— Filha, não se deve mentir aos moribundos.
— Vou te levar para casa.
— Quando?
— Amanhã.

Sua mãe se virou para outro lado.

— E como você vai fazer comigo?
— Vamos contratar uma enfermeira.
— Você precisa cuidar da sua vida. — Anna tinha uma mão fechada na outra, Margherita se aproximou e as envolveu. Após a cirurgia, a perna reagiu bem e não ocorreram infecções, explicou-lhe que teria de intensificar a fisioterapia.
— Sempre com aquele moço?

Vê-los juntos, sua mãe e Andrea, foi natural. Esperou alguns dias após a cirurgia para chamá-lo, ele passou por lá numa tarde e se sentou na cama sem nem tirar o casaco. Sua mãe observou Andrea e começou a fazer perguntas precisas sobre os sintomas e, no final da conversa, ele disse Fique tranquila, senhora Anna. Passou por lá também no dia seguinte, Margherita os observava do corredor, Andrea se pôs de joelho do lado do colchão e começou a explorar a musculatura de sua mãe, o pescoço e o braço livre, também o pouco que conseguiu do abdômen, guiando seu busto em pequenas rotações. Tocava-a de leve e lhe sugeria um movimento cauteloso, ela o executava, segurando-se nos ombros fortes que tinham sido ombros fortes também para sua filha. Depois, Carlo e Lorenzo chegaram: ela se arrependeu de ter exposto a tal ponto uma coisa tão sua. Mas tinha a impressão de que Carlo sabia o quanto Andrea havia se tornado uma parte boa dela, deixando de lado as confidências que ela lhe fizera sobre a atração que sentia anos atrás — recusava-se a ver na homossexualidade um motivo suficiente.

Depois dele, ela não teve outros homens, só os desejou e sonhou, contentando-se com a sedução interrompida. Deixou que as oportunidades se esvaíssem, como se a devoção por si mesma não prosseguisse mais o ímpeto, mas um equilíbrio tácito. Tinha sentido na pele o desejo por um filho, o clichê que a protegia, sem esforço, das tentações: pôr Lorenzo no mundo não fora uma repressão nem um desterro, foi e ponto, deixando-a saciada. Ela também estava farta do mal-entendido, mas e agora?

— A vovó NÃO sarou.
— Sarou, Lore. Amanhã ela volta para casa, amanhã!
O garotinho olhou para Margherita.
Ela sorriu.
— Conte-nos o que fez hoje na creche.
— A casa de madeira para pintarroxos com a Roberta Calcaterra.
— Roberta Calcaterra é a garotinha com os cachos?
Lorenzo disse que sim.
— Tem uma cara simpática.
Lorenzo balançou a cabeça.
— Não é simpática?
Disse que não.
— Então, por que você brinca com ela?
O garotinho desceu do sofá e se agachou no tapete.
— Ela diz que eu e ela somos inseparáveis.
— É verdade?
— Sim.
— Você sabe o que quer dizer inseparáveis, ratinho?
— Amigos.
Margherita e Carlo se olharam.
— Lore, volta para o sofá para não pegar frio.
— Não estou com frio.
— Ouve o que a mamãe está dizendo, volta para o sofá.

Obedeceu e encontrou um lugar entre eles.
Margherita abriu espaço.
— A casa de madeira para os pintarroxos ficou bem feita?
— Ela fez tudo e eu fiquei olhando.
— Você é um espertinho, hein. Fala pouco, mas no fundo é muito esperto, não é?
— Roberta Calcaterra diz que me quer, mesmo eu falando pouco.
Cobriram-no com um cobertorzinho.
— Claro que ela te quer, mesmo falando pouco, meu amor.
— É verdade que a vovó vai voltar para casa amanhã?

Ao olhar para sua mãe, levada pelos enfermeiros até a ambulância, viajando com ela do Fatebenefratelli à rua Delle Leghe, segurando sua mão, Margherita disse a si mesma que herdara a impaciência daquela senhora na maca, como que se intimasse a ser diferente dela. Acariciou-lhe os cabelos.
— Como está?
— Estou voltando, tesouro.
Chegaram e, enquanto a levavam para dentro do apartamento, Margherita sentiu, de repente, uma força. Pôs a bolsa atravessada e ajudou com a maca para que tudo fosse o mais delicado possível, Carlo esperava já com a porta escancarada.
— Na sala, por favor — disse Anna.
— Mamãe.
— Não me enfiem na prisão como com o papai.
— Na sala — disse Carlo.
Anna foi colocada entre o sofá e a mesa, foram buscar a cama hospitalar no quarto e a trouxeram para a sala. Depois, levantaram a maca, no momento que iam pegá-la, ela fechou os olhos. Imaginava o que a esperava: cuidados à sua volta e a certeza de que

provocaria desconfortos. Quando era recém-casada, seu marido lhe disse que gostaria de cuidar dela, mas isso só aconteceu quando ela teve uma gripe e ele levava a sopa para ela na cama, não era como puxar a cadeira para ela no restaurante. Queria logo uma cuidadora, italiana, ucraniana, russa, indiana, bastava que fosse invisível e permitisse que sua filha voltasse para casa. Disseram-lhe que estavam à procura. Virou a cabeça para a estante de livros, procurou as histórias em quadrinho do Tex Willer e forçou a bochecha no travesseiro, descobrira que, naquela posição, as lágrimas se continham.

Manteve os olhos fechados enquanto sua filha e Carlo arrumavam a sala, depois seu genro saiu e ela foi acomodada ao lado da parede. Tinha palpitações e era difícil respirar, para se acalmar, olhou para o peixe turquesa no braço: Lorenzo desenhou-o com a boca séria e ela tinha certeza de que era um peixe da guarda. No hospital, tinha sido sua companhia, aos poucos, seu neto acrescentou detalhes, escamas verdes, barbatanas mais afiadas e, quando lhe perguntou que peixe era, ele logo respondeu que era um atum. Mas o atum era a vergonha da sua velhice. Se via algum numa peixaria, se ouvisse alguém dizer *atum*, ela voltava direto para aquela manhã de cinco anos antes, quando tocou o telefone e Margherita contou que estava grávida. Soltaram gritinhos como duas adolescentes, quando a ligação terminou, ela sentiu uma urgência de festejar: entrou no supermercado perto da avenida Buenos Aires para comprar bombons Ferrero Rocher, queria comer imediatamente um, mas, quando passou em frente ao balcão do peixe, notou que havia atum fresco e pediu uma posta para comer à noite. Comprou também a burrata, na geladeira havia um espumante Berlucchi e tornar-se avó era um bom motivo para abri-lo. Depois, ao se encaminhar para o caixa, foi tomada por uma excitação: tinha deixado escorregar a sacola com o peixe em sua bolsa e segurou os bombons e a burrata na mão, percorreu o corredor de higiene pessoal e, com um novo medo, fingiu escolher um condicionador para os cabelos, deixou-o lá e deu outras voltas, ao final se posicionou na fila do caixa número cinco e esperou sua vez de pagar. Pegou uma nota, guardou o troco e se surpreendeu de como conseguia manter a cordialidade com um pavor que era também alegria, enfiou tudo numa sacola de plástico e se dirigiu para a saída quando um homem desconhecido pediu-lhe que o seguisse.

— Como?

— Me acompanhe, por favor. — E lhe indicou a porta da qual saíam os carrinhos com a mercadoria a ser distribuída.

— Desculpe, mas quem é o senhor?

E assim que o homem lhe mostrou o cartão do bolso, ela sentiu as bochechas arderem e não o olhou. Seguiu-o, acabou num espaço na penumbra lotado com paletes de mercadoria, outro homem os esperava e lhe perguntou o que ela havia comprado. Ela abriu a sacola de plástico e esperou que lhe perguntasse da bolsa.

— Pode abri-la, por favor?

— Não se pedem essas coisas para uma senhora. — Mas o fez. — E agora, o que vai acontecer comigo?

Os dois homens se olharam.

— A senhora se esqueceu, pode acontecer. Passe no caixa.

Não se moveu, sentiu o corpo caindo para trás, segurou-se num palete e um dos homens a segurou por um braço.

— Pode acontecer, senhora.

— Minha filha vai ter um filho.

Eles acenaram com a cabeça e ela os cumprimentou, pagou no caixa número quatro e saiu com as bochechas lívidas e um frio nas costas que a seguiu até chegar em casa. Foi uma aventura, disse a si mesma. Como se deixar massagear por um moço de trinta e cinco anos com mãos de pianista e discreto como um monge, aquele Andrea era um garoto com quem era possível se sentir segura.

Assim que a campainha tocou, ela endireitou o travesseiro e arrumou o tufo de cabelos. Andrea apareceu na sala e ela sorriu.

— Cheguei bem em casa, você viu?

Ele a cumprimentou e se aproximou da cama. Margherita disse que estaria no quarto fazendo algumas ligações de trabalho, Andrea continuou olhando ao seu redor e parou na cozinha.

Anna sorriu.

— Você está com vontade de algo pra beliscar, diga a verdade.

Respondeu que não.

— Por que você não abre a porta do armário em cima da geladeira, deve ter uns chocolatinhos com rum.

Ele ficou parado.

— Nossa, como você é encabulado.

Andrea foi até a cozinha e abriu o móvel em cima da geladeira, não encontrou nada.

— Alguém deve ter mudado de lugar. Procure melhor aí por perto.

— Teremos que perguntar para sua filha.

— Perguntar tira o gosto.

— Seria melhor evitar o rum com os remédios — disse, mas continuou procurando nas prateleiras, encontrou a caixa ao lado do fogão e levou até ela.

Ela pegou um.

— Sirva-se.

— Hoje à noite é o aniversário da minha mãe.

— E então?

— Vou comer lá.

— Ah, sim, sua dieta de atleta. — Franziu a testa. — Quantos anos a sua mãe está fazendo?

— Sessenta e oito. — Subiu as mangas da blusa.

— Compre tulipas amarelas e vermelhas para ela. — Pescou outro chocolatinho da caixa. — Você tem certeza de que não quer?

Ele quis e então comeram em silêncio, fecharam as pálpebras e mastigaram até que a delícia se derretesse. Depois, Andrea se curvou sobre ela, começou pelo braço livre, pouco a pouco, aprendeu a conhecê-la pelas articulações dos ombros, sentiu-as mais soltas e entendeu que voltar para casa havia desfeito os nós. Demorou-se sobre a escápula, às vezes perscrutava seus olhos minúsculos, estavam inchados pelos medicamentos, ou talvez fosse a melancolia. Passou do braço para o pescoço e dali para as costas, então a fez se virar e colocou-a sentada na borda da cama para que suas pernas pendessem, ao redor havia o mesmo cheiro de esmalte de quando Margherita o convidara anos atrás. Dissera-lhe que sua mãe estava com parentes em Como, ele havia gostado daquela atitude de menininha que aproveitava a oportunidade. Aceitou se perguntando o que iria acontecer, porém, ficaram conversando e só no final se beijaram, um beijo de pé quase por engano. Depois prepararam o café e, enquanto a moka emitia seus sons, ele disse Eu gosto de homens. Ela se contraiu e ele também se contraiu, o trânsito da rua Delle Leghe entrava pela janela, ela falou Eu também gosto de homem. Riram com as costas apoiadas no balcão, ela estendeu um braço e o segurou, se abraçaram e ele acrescentou Não há nada que eu possa fazer. Não há nada que eu possa fazer, como gostaria de proferir aquelas palavras ao Giorgio para explicar os cães e o hangar e a luta que faria naquela noite.

— Vamos testar a perna.
— Tenho medo. — Anna sorriu.
— Pronta?

Andrea se abaixou e deixou que ela segurasse seu pescoço, amparou-a pela cintura e se preparou para acompanhá-la no movimento mais arriscado. Antes de fazê-la descer da cama, certificou-se de que a camisola a cobrisse, uma vez a camisola subiu e ela murmurou Olhe para cima, por favor. Deram um passo e mais outro e, ao chegarem ao meio da sala, no tapete persa, ele sentia que estava dançando com ela, era estranho como havia se acostumado a esse corpo dócil e como se acostumaria ao corpo contraventor daquela noite e ao corpo reativo dos seus alunos no dia seguinte e ao corpo acolhedor de Giorgio, o único ao qual não se acostumava era o corpo dos pais. Depois iria para a casa deles, comeria o bolo e então trocaria a lâmpada do corredor subindo as escadas, iria se acomodar no sofá, pondo o som da televisão num volume razoável, conversaria sobre a banca de jornal e os treinos, depois, sairia e iria direto ao hangar, mas antes apertaria os ombros do pai num tipo de despedida, era tão difícil tocar o pai.

Quando Sofia pegou seu pai pelo braço, sentiu também a mãe: quando era pequena, os três foram assistir juntos ao desenho animado *Toy Story* no cinema Astoria e ela se lembrava só da pipoca e nada mais. Alinhou seu passo com o dele e juntos atravessaram a praça Cavour, havia nevado um pouco e Rimini, sob a iluminação pública, parecia um retrato em sépia. Pegaram a avenida, viram que havia uma pequena aglomeração em frente ao cinema Fulgor. O pai desacelerou e disse:

— Talvez já não haja mais lugares.

— Venha. — Ela o pegou melhor pelo braço.

Puseram-se na fila sem conversar, depois Sofia quis pipoca e ele, alcaçuz, ele comia aquelas balinhas apesar de fazerem sua pressão subir. Vestia o cardigã de lã fina e a gravata cor de vinho de lã grossa, já estava com a carteira na mão quando chegou a hora de pagar. Entraram na sala, que tinha decorações douradas e poltronas escarlate, era de fato um cinema dos anos de 1930 de Fellini, relembraram a história sobre o diretor que, numa noite de dezembro, passara de Mercedes pelo bairro de Ina Casa, alguém o vira e jurara que dentro do carro também estava o Mastroianni. Por um instante, ficou triste por não estar lá com Tommaso, talvez soubesse o que fazer com um amor confiável, tirou o celular do casaco, por outro lado talvez nunca fosse o suficiente, escreveu uma mensagem *Espero que os livros tenham chegado, nesses anos reli também Fenoglio. Sofia (Casadei)*, e enviou, depois se entregou ao assento, agora estava escuro e podia ser uma filha.

A mensagem chegou para Carlo enquanto todos estavam na rua Delle Leghe. Ele e Margherita tinham se enfiado no quarto pequeno enquanto Lorenzo dormia com a avó na sala. Estavam prestes a escolher um filme no computador, ela propunha *O reencontro*, embora já o tivessem visto e revisto, ele preferia *Um dia muito especial,* mas abandonara o debate para pegar o telefone que vibrava. Leu a mensagem de Sofia, Margherita se aproximou do cartaz de Andrea Giani e pressionou o canto que havia se descolado da parede, disse-lhe que *O reencontro* era um dos filmes que ela incluiria numa hipotética lista dos dez melhores filmes, ele concordava?

Ele olhou para ela e não respondeu.
— Carlo?
— Fala.
— Você concorda?
— Sim.
— Quem te escreveu?
— Quem?
— O telefone.
— Minha irmã.
— O que a Simo disse?
— A entrevista de emprego. — Ficou em silêncio. — Queria saber se há novidades.
— Mas se hoje mesmo eu e ela falamos sobre isso por meia hora.

Ele ergueu os olhos.
— Está perguntando como está sua mãe.
— E o filho dela?

— Disse que... — Ainda estava com o celular nas mãos. — Amanhã eu ligo para saber.

— Disse quê?

— Ontem me disse que iam mudá-lo de turma.

— Eu mudaria de escola. Gritam "Nico preto" até nos corredores.

— Nico preto.

— É um bom nome para cantor de rap, pensando bem.

— Me contou que colaram um bilhete na mochila dele. — Voltou a guardar o telefone.

— Não vai responder?

— Vamos ver o filme. — E a convidou para subir na cama.

Margherita fez um gesto para que ele esperasse, saiu do quarto e foi até a sala enquanto ele relia a mensagem: encarou as palavras e verificou se a data de recebimento era três minutos atrás e não numa época em que vivia em tumulto. Agora, sentia-se estranho, e a excitação o atingiu só de leve, guardou o celular. Então, ela voltou.

— Estão dormindo pesado, Lore está cômodo no sofá, é melhor não acordá-lo.

— E a sua mãe?

— Acabada com a fisioterapia.

Carlo se esticou na cama, convidou Margherita e arrumou os travesseiros por trás das costas. Acomodou-se ao lado do corpo dela, deu play em *Um dia muito especial*.

— O déspota escolheu. — E fingiu jogá-lo para fora do colchão.

— Quero ver a Loren. — Esperou o letreiro de apresentação e o assobio do trem e Hitler aparecendo no vagão, a voz em off anunciando a marcha triunfal em direção a Roma, a suástica pendurada pela porteira na sacada do condomínio, então disse:

— Não era minha irmã no telefone, antes.

Ela arrumou a cabeça no peito dele.

— Claro.

Margherita via o filme ou o fundo do quarto, a escrivaninha onde estudara e as fitas enfileiradas num canto da prateleira.

A câmera se detém sobre o condomínio: é o alvorecer e as janelas se acendem uma depois da outra.

— Aquele livro dói — disse em seguida sua mulher.

— Qual livro?

— *Sylvia*.

Ele continuou junto a ela, encarou Andrea Giani e o seu canto da parede.

— Não falava com ela há anos.

— Os livros que você lê e as fotos dos mesmos livros no Instagram são, o que são?

— Uma iniciativa dela.

— Carlo.

— É ela que os envia.

— Os envia?

— Eu te disse, é uma iniciativa dela.

— Carlo.

O corpo da sua mulher era leve e o torpor descia pela lateral, Loren terminou de passar uma camisa sobre a mesa da cozinha e preparou o café, ele pôs a mão no bolso e pegou o celular.

— Quero que você leia para ver que não é nada.

Ela deteve a mão dele por baixo do cobertor.

— Não me interessa.

— Leia.

— Não me interessa. — E afastou o braço dele com ternura.

Ele apoiou o telefone no lençol, ela havia deixado a mão em cima da barriga dele, deixou-a descer e tocou-o devagar, abriu o cinto e o botão da calça jeans, tentou arriar as calças até as coxas, ele não a ajudou, ela puxou até fazê-las descer, e Loren e o vestido amassado e o rosto acabado andando pela casa, com todos aqueles filhos, com a mais velha surpreendida ao passar batom, Carlo mantinha os olhos na tela, assim como Margherita, depois, ela o acariciou, o acariciava, aproximou a boca e o engoliu, com Loren sozinha em casa, Margherita chupando e o fazendo crescer enquanto Mastroianni se senta à escrivaninha, a blusa vermelha, um pedaço da camisa fora do blusão, Margherita insistindo e ele encarando a boca da mulher, imaginou que fosse a outra, há tanto ele não a imaginava assim, a infantilidade do macho, voltou à sua mulher e se preparou, gemendo para ela, ficando pronto e gozando para ela, esvaziando-se nela, confuso pela excitação e por uma sensação de estranheza.

O sabor do marido não tinha mudado em todos aqueles anos, Margherita apoiou a bochecha no púbis e fechou os olhos, por um momento, voltou o temor: de que aquele sabor também tivesse sido experimentado pela outra. Levantou-se da cama, ficou atenta ao computador, Loren apareceu na porta de Mastroianni, pediu licença e entrou, Margherita deixou Carlo e saiu do quarto e se viu no corredor, a sala estava na penumbra, foi até sua mãe e seu filho que dormiam, a perna de Lorenzo saía por baixo do cobertor, desde pequeno ele procurava o ar fresco com o pé esquerdo. Aproximou-se da porta-balcão, sempre invocava o pai nesses momentos, queria voltar até o marido e lhe contar sobre Andrea. Quando virou, Carlo estava no limiar da sala. Ela foi até ele e lhe deu um beijo, arrastou-o para o corredor e para o quarto da mãe, a máquina de costura estava ao lado do armário.

— Você não trepou com ela naquele banheiro.
— Você sabe.
— Eu acredito que você não trepou com ela.
— Qual é o problema, então?
— Talvez que você não tenha trepado com ela.
— Chega.
— Se você tivesse trepado, já a teria deixado de lado. Ou teria me deixado de lado. Ou eu teria te deixado de lado. Mas não

haveria mensagens que te fazem estremecer enquanto está com sua mulher na cama dela de solteira assistindo ao filme *Um dia muito especial*.

— Estremecer.

— Estremecer. Prefere sobressaltar? — Ergueu a voz. Ele fez um gesto para baixá-la.

— O problema é seu.

—Ah, claro. Uma mulher que vê seu marido enrubescer por uma mensagem recebida depois de dez anos por uma ninfeta morta e enterrada: o problema é dela, claro.

— É uma mensagem insignificante.

— Se fosse insignificante, você poderia ter ficado calado.

— Eu contei justamente porque é insignificante.

— Como anos atrás, imagino.

— Não achei que chegasse a esse ponto.

— Nem eu. — Ela respirou fundo. — Aquela garotinha é pior do que um empréstimo imobiliário de novecentos euros por mês, é pior do que, sei lá, que o diabo.

— Do que um marido desempregado.

— Não faça isso.

— O quê?

— Não puxe a brasa para o seu assado.

— Você vai ver, vou ter uma boa entrevista de emprego e conseguir a vaga de marketing de cerveja e você irá me reconhecer como macho que marca o território.

— Não faça isso, por favor. — Ela soltou os braços ao lado dos quadris.

Ele os segurou.

— Você precisa ficar tranquila.

— Desde quando você não falava com ela?

— Desde aquela época.

Desvencilhou os braços dos dele.

— Por favor, Carlo.
— Desde aquela época.
— Os livros que ela lhe manda são, digamos, uma troca cultural.
— Uma iniciativa dela.
— Carlo, quero que você a tire da cabeça.
— Já tirei.
Ela respirou fundo.
— Estou cansada — disse de forma imperceptível. — Tire-a da cabeça, por favor.
— Você que precisa tirá-la da cabeça.
— Carlo.
Ele ficou no centro do quarto, na penumbra quase não se via. Aproximou-se, ela colocou uma mão sobre seu peito.
— Estou cansada. — E se deixou abraçar, ficava pequena se ele a abraçasse bem.

— Fique aqui mais um pouco — repetiu a mãe.
Andrea a abraçou, depois enrijeceu e teve de se afastar.
— Preciso ir, parabéns, mãe. — As tulipas amarelas e vermelhas estavam dispostas no vaso de vidro. Despediu-se do pai de longe e saiu, ir até eles antes do hangar lhe tirava as forças.
Caminhou até o carro, entrou e olhou o telefone, ligou o motor. Não tinha vontade de ouvir música e caiu na estrada com a cabeça pensativa. Empurrou o assento para trás e o inclinou levemente, as costelas eram só um incômodo, as manobras com Anna pioravam a lombar, ainda sentia em si o perfume de rosas. Estava com o estômago leve, conteve-se com o bolo, o importante eram as velinhas e o desejo que expressou enquanto a mãe as apagava, Que ela fosse feliz, ele sempre fazia aquele pedido.
Depois, liberou a mente, a estrada estava coberta por uma leve geada e a noite de Milão o tranquilizou, esperava que o combate fos-

se com o egípcio, aquele padeiro colossal que tinha um filho recém-nascido, batia nas orelhas e havia nocauteado dois lutadores. Demorou trinta e cinco minutos para chegar até a estrada para Novedrate, em frente ao Carrefour havia três nigerianas, depois, seguiu e pegou a descida para Carimate, estacionou no acostamento da rodovia e soltou o cinto de segurança. Foi até o porta-malas, um carro perdido na noite a poucos metros, faróis acesos. Cobriu os olhos para enxergar melhor, desistiu e escancarou o porta-malas, pegou a bolsa e ouviu o carro se aproximar devagar. Emparelhou, então reconheceu Giorgio. Estava com uma janela aberta e o encarava, não disse nada, seguiu e estacionou um pouco adiante. Andrea foi até ele.

— Vai para casa.

— É lá dentro que você está indo? Quem está lá? — Giorgio apontou para o hangar. Os cachos cobriam sua testa, tirou-os do rosto e se mostrou. — Com quem você trepa?

— Vai embora, por favor.

— Fiquei na frente da casa dos teus pais durante todo o jantar. — Abaixou o olhar sobre o volante. — Quando te vi sair pelo portão, pensei: então ele não trepa com outra pessoa. Então ele não diz que vai à casa dos pais e à academia e no final vai procurar alguém que chupe seu pau em algum lugar.

— Vai embora, eu disse.

— E em vez disso.

— Vai!

Todo aquele gelo que iluminava a noite, o barulho do motor, e Andrea, que só queria o egípcio. Depois, o carro se afastou, deu a volta, acelerou e ele viu seu homem por trás da janela, por um instante antes de ele ir embora.

Acordaram na cama da adolescência de Margherita, sua mulher dormia encolhida e apoiada às costas dele. Carlo se levantou devagar, lá fora ainda estava escuro. Saiu do quarto com dor no pescoço e foi até o banheiro, sentou-se na borda da banheira e ficou lá de olhos fechados. As bordas das banheiras. No dia em que Lorenzo saiu do hospital, uma coisinha de dois quilos e meio que se desesperava, ninou-o pelo apartamento de Concordia, fechou-se no banheiro, porque era o cômodo mais quente, apoiou-se na borda da banheira esmaltada e lhe contou uma história improvisada: seu menino adormeceu.

Vestiu-se com calma, calçou os sapatos oxford, decidiu que os usaria também na entrevista de emprego dois dias depois, eram confortáveis e bem estruturados. Do outro lado da parede, o vizinho cantarolava e lhe parecia que estava escovando os dentes também, Anna lhe contara que dormia em um quarto separado da mulher. Pensou na noite anterior, em Margherita que, depois da discussão lhe disse: dorme comigo. Abotoou a camisa e pegou o telefone, releu a mensagem de Sofia e agora considerou que os livros enviados de Rimini tinham uma motivação específica — era ela quem de fato gostaria de revê-lo —, considerou sua mulher, que o descobrira — quero que você a tire da cabeça —, sentiu-se em falta por não tê-la descoberto na época: na manhã em que se levantou e preparou o café, enquanto ela ainda não havia se levantado, deu uma olhada no BlackBerry dela, que ela esquecera na mesa. Sentou-se e, diferentemente do que sempre fazia, o pegou. Não sabia explicar por que justo naquela manhã. Deu uma olhada nas mensagens e encontrou *Andrea fisioter*, nove mensagens no total, quatro respostas e cinco enviadas, a última enviada era *Se quiser uma tarde, gostaria de vê-lo*, nenhuma resposta por parte dele. *Se quiser*, que tom elegante, por muito tempo ressoou em sua mente.

Adultério contra adultério: eu cometi, mas você também, provavelmente, cometeu. Deixou a suspeita arrefecer, desculpando-se um pouco de suas próprias trapaças, sentindo um incômodo, ciúmes, se segurando. Seu casamento havia resistido à investida das dúvidas. Tinham se protegido, de alguma forma, e ele usara a fragilidade deles para sentir de novo fome pelo corpo de sua mulher após um hipotético Andrea: estudando sua buceta (ainda era a mesma, compacta ou mais acolhedora ou menos acolhedora, diferente?), beijando os mamilos (ele também os teria beijado e quem teria beijado melhor?), sentindo-a gozar (havia gozado assim com ele?).

Havia parado de lhe perguntar, enquanto trepavam, se ela desejava outro, ter a certeza já ampliava a luxúria: Margherita tinha desejado outro, talvez ainda desejasse, mas só ele podia, de fato, vivê-la. Havia levantado a guarda: estava casado com uma mulher desejada por alguém e que ele podia desejá-la melhor. Não pensava mais nela apenas como sua esposa. Então as pernas maravilhosas de Margherita se tornaram as pernas maravilhosas que pertenciam somente a ela, e seu cérebro surpreendente tornou-se o cérebro surpreendente que pertencia somente a ela, e seus olhos e seus lábios pertenciam somente a ela, e sua força também, e ela as alcançava inclusive por uma sedução que ia além dele. Foi uma tomada de consciência dolorosa que fez com que ele a redescobrisse. Uma mulher e não o seu hábito. Depois, uma noite, à mesa, ela lhe disse:

— Você se lembra do meu fisioterapeuta?

— Aquele mordido pelo cão?

— É gay.

— Eu nunca poderia imaginar.

— Nem eu.

E então, ele vislumbrou, ou acreditou ter vislumbrado, uma mulher com uma ferida.

Saiu do banheiro e foi até a sala, Lorenzo dormia, Anna estava acordada e olhava a brecha de amanhecer pela janela.

— A enfermeira já está chegando, Carlo?

— Daqui a uma hora.
— Uma hora é tempo demais.
Ele se aproximou.
— Está sentindo dor?
Ela segurou nas mãos dele.
— Será que você poderia chamar a Margherita?
Ele percebeu que seus dedos tremiam. Voltou para o quarto, sua mulher estava em pé e abria a persiana. Viu-o entrar e disse:
— Gostei de dormir com você nessa cama.
— Eu também. — Carlo acenou com um braço, ela se aproximou. — Sua mãe está te chamando.
Margherita encontrou Anna torcendo uma ponta do lençol.
— Tesouro, você consegue pedir para a enfermeira vir mais cedo?
— Está se sentindo mal? Posso fazer algo para comer e pegar os analgésicos.
— Não estou com dor. — Abaixou os olhos em direção ao lençol. O fedor vinha de lá.
Margherita fez um gesto para dizer que entendia.
— Deixa comigo.
— Chama a enfermeira, por favor?
— Deixa comigo.
— Tesouro, não, por favor.
— Eu estou aqui, mamãe. — Ela se virou em direção ao corredor, sabia que seu marido estava lá e não precisava lhe explicar que estava assustada. Fez um sinal para que ele cuidasse rapidamente do Lorenzo, depois foi se vestir. A mãe aguardava na mesma posição, agarrava com força o lençol, olhando para o neto, Carlo lhe vestia as calças e a blusa.
— Volta logo para ver a vovó, amor.
— Você ronca — disse o garotinho.
— Você também ronca — respondeu ela.

— Eu também ronco. — Carlo abotoou o jaleco do garotinho.
— Verdade — disse Margherita.
— Se comporte bem na creche, jovenzinho.

Margherita acompanhou Lorenzo e Carlo até a porta. Quando voltou, abriu por inteiro a persiana e percebeu que Anna observava a poltrona do marido.

— Eu limpei seu pai tantas vezes. E sabe o que eu pensava, enquanto passava a esponja? — Limpou a voz. — Eu pensava: Que fim você levou, Franchin.

Margherita foi até a estante de discos.

— Quem vamos ouvir?

A mãe ficou em silêncio.

Margherita escolheu um vinil.

— De Gregori?

— É muito limpo.

— Rino Gaetano, vamos colocar Rino Gaetano. — Pegou o disco.

— Não quero nada.

— Sério?

— Não coloque nada.

Margherita guardou o vinil na prateleira, foi ao banheiro. Pegou a caixa, extraiu uma fralda, pegou a bacia e encheu-a de água morna, pegou esponjas, toalhas e o jarro, encheu-o com água quente, pegou a lona e o sabão neutro, o balde. Pôs tudo em cima de uma mesinha com rodinhas que já haviam usado com o pai, levou até a sala. Aproximou-se da cama e girou o botão para levantar o colchão.

— Está confortável?

A mãe disse que sim.

Acariciou seu braço. Deu-lhe um beijo no rosto, depois segurou-a de um lado e tentou incliná-la, a mãe gemeu de dor. A sonda limitava seus movimentos, verificou a bolsa e percebeu que estava pela metade. Margherita escorou sua mãe pelas costas e colocou-a do lado direito do colchão, estendeu a lona sobre o lençol e cobriu-a com as toalhas.

— Eu estou aqui.

Anna estava com a cabeça de lado e mantinha os olhos fechados.

— Estou aqui, mamãe. — Margherita derramou um pouco de água quente na bacia, tirou as esponjas do plástico e as deixou encharcar, tirou a tampa do sabonete líquido.

— Ontem à noite, vocês bateram boca, não é, tesouro? — Anna levantou o pescoço para entender o que a filha estava fazendo.

— Batemos boca? — Levantou a camisola na parte de baixo, foi inundada pelo fedor. — Vimos um filme no computador, como assim, batemos boca?

— Que filme?

— A Loren e o Mastroianni. — Respirava pela boca.

— E o que fez a Loren levantar a voz?

Margherita ficou em silêncio e não terminou de abrir a primeira aba da fralda.

— Mastroianni se chafurda no passado.

— Que tipo de passado?

— A *dolce vita* que lhe escapou das mãos.

— Era um ator em ascensão, querida, agora, ele quase não trabalha. Aliás, quando é a entrevista de emprego?

A camiseta de baixo limitava a mãe, ela a puxou até o sutiã.

— Depois de amanhã.

— Tem tudo para dar certo.

— Tem quarenta e quatro anos.

— Temos mais experiência aos quarenta e quatro anos.

— Hoje, aos quarenta e quatro, estamos é quase mortos. Enfim, o problema não é só o trabalho.

Anna segurou o braço engessado no peito.

— É que eu acho que ouvi as palavras empréstimo imobiliário.

— Abre um pouco as pernas, por favor. — Margherita segurou uma ânsia de vômito e apertou o nariz na blusa, voltou a olhar para ela e tirou a segunda aba da fralda. — Vocês da geração pós-guerra só se preocupam com o dinheiro.

— Porque nos adaptávamos aos casamentos.

Margherita a encarou.

Sua mãe estava séria.

— Adaptar-se era uma liberdade, tesouro.

— Eu não consigo me adaptar.

— Você nunca gostou das liberdades difíceis.

Margherita pegou a parte dianteira da fralda, puxou enquanto olhava para a mãe, sorriu-lhe, abaixou a cabeça. A merda tinha sujado as toalhas e seus dedos.

— Que fim eu levei.

— Você é bonita. — Tirou a fralda e a enrolou, deixou-a de lado e pegou logo a bacia. Tinham lhe ensinado a lavá-la do umbigo para baixo para evitar infecções. — A água quente está boa?

— Deixa o Mastroianni apanhar o touro pelos chifres. — Depois concordou. — A água quente está ótima. O touro pelos chifres sempre funciona.

Margherita fez uma primeira limpeza, apertou o nariz com o antebraço se dobrando para não ser vista, passava a esponja e se concentrava de um lado para o outro. Depois cansou de ter receio e olhou como era sua mãe. Teria jurado que era uma garota. Limpou-a devagar, de cima para baixo, enxaguando a esponja, de cima para baixo, enxaguou de novo, de cima para baixo, enxaguava, teve cuidado com a sonda, jogou a esponja no balde e pegou uma nova.

— Você nunca duvidou de fato do papai, mamãe?

— Devagar, tesouro, por favor. — Anna soltou um suspiro. — Claro que duvidei de verdade do seu pai. E duvidei de verdade de mim mesma também. Mas eu não vivia na sua época.

— Se não?

— Se não acho que apanharia o touro pelo chifre. — Sorriu. A respiração era curta e ela tossiu, Margherita parou até sua mãe se acalmar. Depois, deu um beijo em sua testa.

— Você é bonita, entendeu? — Tinha sujado a faixa da perna, limpou a aba da gaze e a mãe gritou.

— Dói tanto assim?

— Um pouco.

— Está inchada, mas acho que é normal. — Continuou delicadamente. — Vamos falar com a enfermeira.

— No final, eu torço pela Loren, tesouro. Você sabe.

Margherita assentiu e pegou as toalhas limpas e começou a secar sua pele, apertava e sentia o cheiro limpo de sua mãe. Tinha molhado um pouco o lençol com a esponja, foi até o banheiro e pegou o secador de cabelo no móvel embaixo da pia, secou o lençol e, antes de desligá-lo, virou o ar quente para sua mãe.

Anna sorriu.

Margherita colocou tudo de volta no carrinho e levou para o banheiro, fechou-se lá dentro. Apoiou-se na parede e cobriu os olhos. As mãos estavam doloridas, abriu e fechou-as, limpar sua mãe, limpá-la era o que faria, limpá-la direitinho, limpá-la sem receio. Pressionou as costas nos azulejos, esperou se acalmar, levantou-se. Fez um gesto para ir até a pia, mas ficou imóvel. Pegou o telefone e chamou seu marido, esperou três toques e quando ele atendeu, disse:

— Só queria ouvir sua voz.

Ele reconheceu a voz rouca e pediu que ela lhe contasse o quê.

— Era só isso.

Ficaram em silêncio, depois ele disse Eu te amo, entendeu? Quando desligaram, Carlo sentiu a ternura de quando, depois de ter estado com as outras mulheres, voltava para casa e observava Margherita e se sentia imediatamente tomado por uma tristeza pelo que havia feito, um desagrado doce e abissal: porque agora ele sabia que ela tinha razão, ele tinha que tirar Sofia da cabeça, revê-la.

Deixou Lorenzo na creche e observou-o se aproximando das outras crianças, o jaleco era grande e o fazia parecer pequenino. Afastou-se e caminhou até o metrô de Porta Genova e não pensou mais no filho, o inverno queimava seu rosto, subiu no vagão e desceu na estação de Cadorna, comprou um bilhete de três euros e esperou o trem regional para Asso. O trem chegou pontual e ele se acomodou ao lado da janela, no trajeto, não tirou o casaco e olhou os barracões à venda, o campo árido e as estações de província, os aposentados e uma penca de imigrantes que tremiam de frio à espera do trem. Chegou a Cabiate e desceu. Uma vez, ele e Daniele Bucchi calcularam que, do centro de Milão até a lavanderia, bastavam quarenta e cinco minutos: menos do que uma hora para se reencontrarem, mas aconteceu só uma vez.

Saiu da estação, entrou pela rua da frente que levava a um minúsculo centro histórico, não tinha certeza se era aquela rua, depois, viu a placa branca onde estava escrito *Lavanderia Aurora*. Do outro lado da vitrina, Daniele, ele parou. Havia uma cliente no balcão e ele concordava enquanto tirava uma calça do cabide, a lavadora era uma colmeia de luzes e Daniele apoiou a calça no papel de seda, embrulhou sem desviar o olhar da cliente. Cortou o durex e fechou o embrulho, abaixou a cabeça para receber o dinheiro e devolver o troco. A cliente saiu e a porta tocou, lembrava o som da campainha de certos restaurantes de antigamente. Carlo deu um passo à frente, pediu licença. O amigo estava no fundo e falava com a senhora que passava roupas.

— Sou eu, Lele.

Daniele estava com um grampeador nas mãos, apoiou-o.

— É você. — Foi até ele. — Que fim você levou? — Apertaram as mãos.

Percebia a ferrugem da amizade. Ficou quieto e Daniele o convidou para passar para o lado de lá do balcão, tirou o casaco dele.

— Como você está, Pente?
— Como antes da prova com a Bagli.
— Latim ou italiano.
— Latim.
— Ai.
— Mas aqui você tem o melhor passador de cola da escola Parini.
— Bons tempos. — Daniele abaixou o puxador da máquina de lavar roupas e indicou o vidro. — Acabamos de trocar, consome a metade e custa como uma econômica. Mas foi um erro.
— A outra ainda funcionava.
— Com boa vontade, sim. — Daniele fez um sinal para que o seguisse até a vitrina, apontou um letreiro azul no meio das casas. — Está vendo?
— Isso não havia.
— Apareceu da noite para o dia, três semanas após a nossa nova máquina ser instalada. Chineses. Sabe quanto eles cobram para lavar e passar uma calça? Dois euros. E eu? Me pergunte.
— E você?
— Dois euros e setenta, e quase não dou conta. Você aonde iria?
— Na sua loja.
— Falso como Judas. — Fingiu que lhe dava um golpe no estômago e Carlo se afastou mesmo assim. — Você está em boa forma mesmo depois de um filho, Pente.
— Estou treinado para aguentar os golpes.
— De quem?
— Os meus.
— Desde que você não caia no tatame por uma besteira, certo?
— Vou tentar.

Depois, ficaram em silêncio, no colégio também ficavam em silêncio, depois de que um dos dois dizia alguma verdade. Na carteira, cotovelo a cotovelo, no campo de futebol, um zagueiro e o outro lateral, certos domingos pela manhã na casa de Carlo e na semana seguinte na de Daniele, acompanhando o futebol minuto a minuto no rádio enquanto traduziam do latim, ou sentados nos bancos da praça Aspromonte, fumando escondidos e bebendo cerveja, ou na cozinha dos Bucchi, com o pai de regata e suas investidas por um sanduíche de presunto que preparava para eles.

— E como é que se chama essa besteira? — Daniele levantou o canto esquerdo da boca, ainda tinha as costeletas compridas e os olhos fundos de cansaço, mas reluzentes.

— A besteira tem vários nomes.

— Quando você era professor?

— Também.

— As coisas ficam mais complicadas com os filhos e com as lavanderias chinesas e a velhice, a gente pode acabar reagindo assim, você sabe, né?

Carlo assentiu.

— Você também sabe que, se você resiste às besteiras, aquilo que você protegeu depois fica mais forte.

— E se não forem besteiras?

— Então, faça-as. — Andou pela lavanderia, ficara com as pernas tortas de jogador de futebol, arrastava os tênis. — Eu sou dos que fazem apostas altas.

— Você tem uma mulher e três filhos.

— Por isso.

Entrou um homem, vestia um chapéu enfiado até os olhos, Daniele o recebeu em silêncio e seus gestos agora eram elegantes, as mãos e as pernas leves, uma libélula, moveu-se com cuidado e pegou uma camisa do cabideiro elétrico, embrulhou-a e desapareceu nos fundos. Voltou com um blusão, que dobrou com uma manobra de polegar e indicador, pousou-o sobre o papel de seda, protegeu-o com dois pedaços de durex.

— São seis e vinte, obrigado, senhor Rosati.

O homem entregou o dinheiro.

— Eu não o traio, senhor Bucchi. — E indicou a vitrina. — Não deixo os pretos lavarem as minhas coisas.

— São chineses.

— Sempre pretos. — Pegou o troco e as roupas, bateu na aba do chapéu e saiu.

Carlo imitou a voz rouca:

— Eu não o traio, senhor Bucchi.

Daniele assentiu com a cabeça.

— E você também não se traia.

— Nem você.

— Só um pouquinho. — Daniele anotou algo numa folhinha de mesa. — Mas sabe, abrir mão, pela Agnese e pelas crianças, é algo natural para mim.

A máquina de lavar roupas emitia um som regular.

— Você torce para a Inter. Você fez dez anos de massagem shiatsu. Comia pizza congelada. Talvez seja um masoquismo natural.

— Há algum tempo, sofro de claustrofobia, Pente. Fiquei preso num elevador por quarenta minutos, estava em Milão para negociar novamente o seguro da lavanderia. Quando me tiraram de lá, eu fingi que não era nada. Desde então, tenho palpitações e falta de ar, às vezes até no carro, se fico parado no trânsito. No ano passado, fomos para Lanzarote de avião e foi feio, se o metrô desacelera, eu fico ansioso. — Passou a palma da mão no balcão para limpar um fio de lã. — Fiz terapia durante um ano e o psicólogo me disse que, para proteger a minha família, eu acabei descuidando das minhas coisas.

Carlo sorriu.

— De que porra você está rindo?

— Imagina se eu que tivesse ido à terapia.

— O psicólogo teria mudado de profissão.
— Eu comecei a ir, depois que me colocaram para fora da universidade.
— Deveria ter continuado.
— Um professor fracassado, um marido discutível, um filhinho de papai que tenta disfarçar: é muita coisa.

Eles se olharam, depois Carlo percebeu uma fotografia numa prateleira, foi lá e a levantou. Era Agnese numa rede com a filha mais nova em cima dela, estava com uma perna pendurada e tinha uma tornozeleira.

— Trepar é tão bom, Lele.
— Ah, nem precisa me dizer.
— Não sempre com a mesma, quis dizer.
— Imagino. — Olhou para os fundos, depois fez um sinal para abaixar a voz. — Mas quando penso em voltar para casa depois de ter feito o que tenho vontade de fazer e preparar a sopinha para a Isabella, jogar Playstation com o Manuele, e correr atrás do Giulio no corredor, assistir a *The X Factor* com a nuca da minha mulher apoiada nas pernas, não dou conta, não consigo, Pente, como é possível?
— E se sua mulher o traísse?
— Você desconfia da Margherita?
— Só não quero ser machista.
— Mas como você consegue voltar para casa com sua mulher depois de ter estado com outra de vinte anos. É uma coisa feia.
— Pode ser.
— E não me diga que essa coisa feia não atinge o coração.
— Amo Margherita.
— Você tem medo.
— Do quê?
— De estar lá, de se realizar com seu casamento e sua família, de ir até o fim como se faz com um livro. — Virou e apertou

dois botões da máquina de lavar roupas. — Para concluir um livro, precisa ter colhão, não é? Foi você quem me disse isso uma vez.

— Ou inconsequência.

Duas mulheres entraram com um vira-latinha na coleira, Daniele verificou uma lista ao lado do caixa, Carlo se aproximou do radiador, apoiou as costas para se esquentar. Releu a mensagem dela. Depois, olhou para o neon da lavanderia chinesa, furava o inverno e ele pareceu notar um alvorecer primaveril: do outro lado da vitrina, Sofia vislumbrou o largo Bardoni livre do gelo, disse para si mesma que Pentecoste nunca responderia, talvez os livros não tivessem chegado, talvez a intromissão o tivesse incomodado.

Subiu na escada e abriu uma gaveta, os pregos de parede eram suficientes e podia esperar dois dias para fazer o pedido junto com a cola mastique e os parafusos de ferro. Vista do alto, a loja tinha certa graça, e ela se perguntou como pôde achar que ele responderia. Não enviaria mais nada.

Fechou a gaveta e voltou para a cadeira, deixou as mãos no colo e o olhar num ponto qualquer do balcão. Não conseguia se mexer, acontecia sempre que sentia muita saudade da mãe. Esperou passar, lembrou-se de quando, perto do verão, iam ao campo atrás da escola primária em Vergiano. Eram uns dez minutos de carro, ao chegarem lá, a mãe puxava um recipiente com as bolinhas de papel e pedia que retirasse uma.

— Pega direito, Sofi, pega direito.

Numa das últimas vezes, ela ficou indecisa, pegou uma bolinha, abriu:

— Amarelo.

— Quem perder, cuida do balcão por um mês!

Fecharam as portas do carro e fugiram campo afora, a regra era que valiam tonalidades até o laranja — nunca as margaridas, fáceis demais —, o buquê tinha que ser do tamanho certo para o vaso da cozinha.

Sofia se lançou nos dentes-de-leão, arrancava e recolhia sem respirar, recuperou o fôlego procurando a mãe do outro lado do campo, era pequena e, com frequência dava pulos de gato, às vezes espirrava. Depois, não a viu mais. Olhou melhor, ela tinha desaparecido. Levantou.

— Mãe. — Voltou para o lado onde a tinha visto colhendo flores. — Mamãe. — Era tudo um caule sem flor de lá até o fundo. Depois, a encontrou: no campo de trigo lá perto.

— Não vale! — gritou.

Sua mãe levantou a cabeça, os cabelos cor de carvão e os olhos reluzentes.

— É amarelo! — Ria, com as espigas entre os dedos.

O trigo e os dentes-de-leão ficaram guardados na cozinha como lembrança, num nicho da despensa. Depois do acidente, o pai os jogou fora.

Pensou que lhe bastaria uma espiga, que manteria na loja de ferragens, talvez num vaso comprido e fino sobre o balcão. Encarou o cabideiro e se aproximou do guarda-pó azul. Imaginou sua mãe indo comprá-lo depois de ver a Vanoni no show da praça Cavour, voltando à loja com a música em voz baixa, mais feliz, imaginou-a no campo atrás da escola de Vergiano, perto do verão.

Tirou o guarda-pó do cabideiro, vestiu-o, primeiro uma manga, depois a outra, ajeitou-o no peito e ficou com medo de que ficasse apertado no quadril. Abotoou e se deu conta de que servia. Inclinou o nariz perto do ombro, tinha um cheiro de pó, perguntou-se onde sua mãe estava. Rimini antecipou a primavera.

ANDREA OUVIU BATEREM NA janela, acordou e viu Giorgio o encarando com as mãos apoiadas no vidro. Levantou a nuca, tinha estacionado mal, em frente à banca de jornal, era a primeira hora da manhã, tocou o lábio rasgado: fora o egípcio. Tinha perdido a luta em dois assaltos, não iriam lhe permitir lutar por muito tempo. Abriu o carro, Giorgio escancarou a porta.

— Santo Deus. — Fechou e deu a volta, entrou do lado do passageiro. — Eu liguei para todo mundo essa noite.

— Os meus pais?

— Eles, não. Voltei para o hangar, mas já não tinha mais ninguém lá.

— Precisamos abrir a banca. — Chegou para frente e entreviu o garçom do bar Rock, que os observava.

— Ele me avisou que você estava aqui.

— Os jornais.

— Ele os recebeu e me avisou. Eu estava a ponto de ligar para a polícia.

— Estou bem.

Giorgio tocou o pescoço dele, ele se afastou, o egípcio também tinha batido no tórax, apertou as costelas e entendeu que não era nada sério. Abaixou o retrovisor, fechou a boca, um dos incisivos estava trincado.

— Tenho analgésicos na bolsa lá atrás, pega para mim, por favor.

Mas Giorgio não se moveu.

— A bolsa, por favor. — Levantou o espaldar.

Giorgio pegou os remédios e entregou a ele, Andrea os dissolveu em meia garrafa d'água, bebeu e o sangue se misturou ao hortelã medicamentoso. O outro tirou as chaves da mão dele e levantou a porta de correr, entrou no bar e começou a carregar os fardos de jornal. Fecharam-se dentro da banca, abriu o banquinho e lhe disse para se sentar.

Ficaram em silêncio, fazia frio. Andrea se sentou.

— Eu preciso.

Giorgio moveu a pilha de jornais.

— Peço meio dia de férias e arrumo tudo. Você vai para casa.

— Estou bem.

— Vai para casa.

— Com uma luta, eu me viro por meses.

— Se vira como?

— Eu preciso. — Andrea segurou as costelas, inclinou a cabeça, os olhos estavam molhados e ele encheu e esvaziou os pulmões, soava como um recém-nascido.

Giorgio tirou a tira dos jornais, jogou o estilete no balcão. Foi até o lado dele, pegou suas têmporas entre as palmas das mãos, puxou a cabeça dele até a sua e disse *Jag älskar dig*. Secou seus olhos.

— Pelo menos você ganha algum dinheiro?

— Pouco.

— Até o clube da luta é dos pobres.

Andrea estancou os lábios tumefatos.

O outro o encarou.

— Qual é o problema comigo? — Eu fazia isso mesmo antes de te conhecer.

Giorgio ficou imóvel. Depois, empilhou os jornais no balcão, verificando na lista se a quantidade estava certa e marcando com uma canetinha. Encarou Andrea. Buscou a mão dele e apoiou-a na pilha da *Gazzetta dello Sport*, pegou a canetinha com que marcavam as devoluções no final do dia, tirou a tampinha e traçou uma linha do indicador ao pulso. E uma linha do dedo médio ao pulso. E uma linha do anular ao pulso. E uma linha do mindinho ao pulso. E uma linha do polegar ao pulso.

Andrea observava a mão pintada.

— As suas raízes, a sua confusão, eu aceito. — De repente, desenhou uma linha do mindinho até o polegar que quebrava as outras cinco. — Mas isso, não. — Apoiou a canetinha. — A vergonha que você sente de si mesmo me dá nojo.

Andrea olhava para sua mão e lhe parecia a de outra pessoa, Giorgio a soltou. Aproximou-a e acariciou suas cinco linhas. Mesmo mais tarde, quando chegou em casa, no banho, antes de expô-

-las à água, acariciou-as, depois, esfregou com uma esponja macia. Interrompeu: queria guardar a lembrança.

Terminou de se lavar, medicou as feridas e aplicou gelo nos hematomas. Ligou para os alunos e avisou que precisava remarcar os treinos. Foi até o quarto, havia um nicho onde puseram uma mesinha, as canetas Stabilo do Giorgio estavam dispersas ao acaso entre os tocos de lápis, abriu a pasta e pegou a folha de cima. Era um esboço de um brogue de camurça para a coleção de outono, o estudo sobre o salto ocupava a parte baixa, há três dias trabalhava nela. Pegou um lápis e escreveu num canto do esboço, *Jag älskar dig*.

Tomou outro analgésico e se deitou, dormiu por horas ou muito pouco, não se deu conta de quanto tempo, até que seu telefone tocou. Estava zonzo de sono, esperou terminar a ligação, dormiu novamente e acordou com uma segunda ligação, estava escuro lá fora. Foi até a cozinha e viu que era Margherita. Respondeu e ela lhe disse que a mãe estava com uma cor estranha e sentia dor.

— Como assim, cor estranha?

— Como depois de uma batida. A enfermeira disse que tinha certeza de que não era nada.

Ele disse para confiar na enfermeira, perguntou se ela apresentava outros sintomas, febre, frio, dificuldade de respirar, ouviu Margherita perguntando a Anna, não, nenhum outro sintoma.

— Passo por aí amanhã à tarde.

Ventava, as nuvens estavam ficando mais densas. Calçou os sapatos e se agasalhou bem, não esperou o elevador e desceu pelas escadas, sentia o quadríceps esquerdo queimar. Avisou Giorgio que estava indo para a casa da senhora do fêmur fraturado porque havia algo de errado. Depois disse: obrigado por hoje. Você realmente vai lá na senhora do fêmur desse jeito? Andrea o confortou e falou outra vez: obrigado por hoje.

Demorou quarenta minutos para chegar, desceu do carro, o vento estava morno. Margherita abriu como se já o esperasse.

— Meu Deus — disse ao ver o lábio e a maçã do rosto.
— Ele tinha uma boa direita.
— Você é louco. — Continuaram no corredor. — E você veio.
— Só uma olhadinha. — Entrou na sala e pediu licença. — Sou eu.

Anna não respondeu, então, ele foi até a frente dela: o colchão estava baixo e ela mantinha a cabeça virada para a estante de livros.
— O que você está fazendo aqui? — perguntou sem se mexer.
— Eu estava por essas bandas.
— Como Onassis que pegava um avião só para tomar café com a Jacqueline.
— Margherita me contou sobre a sua perna.

Anna se virou.
— Santo Deus, o que é que aconteceu?
— Boxe.
— Quanta idiotice.
— Posso ver?
— Me dá o número de alguém de confiança que ligo imediatamente. — Puxou o lençol para se cobrir.

Margherita acendeu as luzes da sala, ele abaixou a cabeça, havia cheiro de limpeza. A pele em torno das faixas apresentava uma cor esverdeada.
— A enfermeira afrouxou o elástico?
— Me parece mais apertado.

Andrea tirou o casaco no ar e estendeu as mãos nas laterais, pegou-o antes que caísse no chão, apoiou-o na poltrona.
— Mas o seu amor já viu você tirar o casaco assim?
— Por quê? — E começou a abrir os cliques da ligadura.
— Irresistível.
— Não exagere.
— Você parece Humphrey Bogart. — Anna cerrou os dentes. — Como se chama o seu amor?

Ele seguiu desatando o segundo clipe.
— Consegue levantar a coxa só um pouquinho?
— Perdão, sou uma enxerida.
Ele se deteve.
— Se chama Giorgio.
— Então você precisa dizer a Giorgio para te esperar no sofá todas as noites e você o veste todas as noites, ai, ai, devagar, por favor.
— Desculpa.
— Fique em frente ao Giorgio e faça esse movimento do casaco.
— Pronto. — Ele desfez a ligadura.
Ela suspirou.
— Que alívio.

Andrea tocou a perna, Anna respondia com pequenos sobressaltos, ele subiu até a fralda e, com o canto do olho, observava Margherita no canto da sala. Sentiu dor nas costas e se endireitou, olhava suas mãos e via ainda as linhas de Giorgio, suas ramagens subiam sobre a senhora Anna, depois chamou Margherita para perto.

— Você tem que repetir esse movimento a cada duas horas, mas sem tocar o lado interno. — Pegou os dedos dela e apoiou-os sobre a mãe e ele também continuou ali. Guiou Margherita contra o músculo retesado. — Assim, entendeu? — E massagearam juntos, ele tinha as juntas dos dedos ásperas e ela as envolveu com sua mão, ainda eram as juntas de um garoto.

Continuaram, Andrea fechou as mãos e Margherita sentiu a maca da FisioLab, aquelas mãos das coxas até a virilha, o maiô colocado de lado e a pressão que reverberava, o desejo, a absoluta necessidade que ele mudasse de lugar o mindinho, como ela esperou pela impertinência do mindinho. Tinha traído Carlo com um homem que amava homens. Era estranho? Não, era aviltante, ceder a um corpo que havia cedido por indecisão, ou por caridade, ou por distração, com o tempo, considerou aquilo acidente de percurso. Depois, reavaliou como uma raridade: tinha corrompido uma alma incorruptível. Ganhou com isso um orgasmo e uma doçura que perdurava. Uma amizade. Um homem que cuidava da mãe dela.

— Essa noite, deixo a perna sem a ligadura. Mas amanhã, peça para a enfermeira. Se a pele escurecer, liguem para o médico. Você está tomando os remédios para o sangue?

Margherita assentiu.

— Disseram que ia nevar. — Anna falou sem levantar as pálpebras, a cabeça virada para a estante de livros.

— Tem um vento estranho lá fora. — Andrea puxou-a delicadamente para o meio da cama.

— A neve em março traz novidades. — Anna insistia em não olhá-los, tinha em mente suas quatro mãos sobre sua perna e voltava a pôr em xeque suas convicções, talvez a filha tenha tido uma distração com ele, ela ficaria espantada. De repente, ficou cansada de pensar nos outros: era uma boa costureira que se borrava. Mas ainda tinha seus dedos, podia admirá-los sob o lençol, aproximá-los do rosto: as extremidades acostumadas a enfiar o fio na agulha, a recalcar o movimento, a cortar uma barra sem rebarba alinhando-a com o indicador, a sentir o adamascado com as pontas dos dedos. Imaginou-se agarrada ao banquinho da cozinha, com Franco lendo na poltrona, o caldo adocicado no fogo, a conversa de Margherita no telefone no seu quarto. O que foi, ainda é.

Perguntou para Margherita sobre Lorenzo, a filha disse que ele estava voltando da piscina. Tinha pressa quando se tratava do neto, ele veio ao mundo tarde e agora ela precisava aproveitar. Se pudesse, nunca teria tirado o gesso para lhe permitir acrescentar detalhes ao seu atum da sorte. Tocou a barbatana, e a cauda, recalcou a silhueta enquanto ouvia Margherita e Andrea conversando na entrada. Cochilou, quando acordou, encontrou Lorenzo ali.

— Oi, pequenino — disse com a voz de sono. — Você nadou bem?

Ele confirmou e deu uma volta ao redor da cama, pegou as almofadas do sofá e as empilhou numa cadeira, acomodou-se no trono.

— Massino Niccolini chegou em primeiro lugar.

— Quem é Massimo Niccolini?

— Meu amigo.

— E você em que lugar chegou?

— Sétimo.

— E quantos vocês são na piscina?

— Oito.

— Você gosta de algum outro esporte, tesouro?

— Gosto de ser espadachim.

O garotinho fez duelo com a mochila, pegou um papel com um pedaço de focaccia, deu uma mordida e mastigou.

— Mas a mamãe não quer espadas.

— Mas você é um mosqueteiro até sem espadas. Eu e você somos os dois mosqueteiros da rua Delle?

— Leghe.

— Muito bem, meu tesouro.

O garotinho ofereceu um pedaço de focaccia, ela aceitou e comeu enquanto seguia observando seu neto, os olhos cerúleos e o tufo de cabelos que ele tirava do rosto como Margherita. Ela via Franco. Quando estava quase rindo e se segurava, antes de escancarar a boca e se abandonar, o ar descontraído que não combinava com as linhas duras do maxilar. Pediu-lhe mais um pouco de focaccia mesmo não querendo, o garotinho serviu em sua boca e ficou observando a avó mastigando e de repente não mastigando mais.

Anna cuspiu e tentou respirar, apertou o esterno, esticou a mão livre em direção ao garotinho e ele logo se deixou pegar.

— Vovó, vovó.

Ela tossiu e respirou, percebeu que estava grudada no neto, lhe fez um carinho.

— Amor, desculpa.

O garotinho a encarava.

— Não foi nada, tesouro.

— Você comeu rápido.

— É verdade. — Tossiu de novo e se cuspiu. — A merenda entrou pelo lado errado. — Pegou o cuspe entre os dedos. Sentiu taquicardia e o coração pulsar em sua perna, tocou a pele dura onde Andrea tinha massageado.

— Agora a vovó está bem.

— Papai! — O garotinho foi descendo da cadeira.

Anna o segurou.

— Por que você não faz um desenho no gesso?

Lorenzo ficou imóvel.

Carlo chegou do quarto.

— O que foi? — Margherita estava atrás dele.

— Vocês precisam de algo? — perguntou Anna.

— Nós?

O garotinho se virou para a avó, ela deu uma piscadela e ele desceu da cadeira para abrir a mochila, pegou os lápis de cor.

— Queríamos. — Anna tossiu. — Queríamos desejar boa sorte para amanhã, que horas é a entrevista de emprego?

Carlo se aproximou e tirou as migalhas do lençol.

— Às nove horas. — Olhou para os dois, continuava a olhá-los. — Não canse sua avó.

— Ele não me cansa, eu acabei de lhe pedir um desenho e estava pedindo que ele me empurrasse para o quarto com sua força de mosqueteiro.

— Quer voltar para o quarto, mamãe?

Anna assentiu.

Margherita se inclinou e tirou os freios das rodas da cama como se esperasse aquele pedido há muito tempo. Pegou uma ponta e começou a manobrá-la delicadamente.

Desde que tinha conhecido Carlo, havia algo na filha a que Anna tentava dar um nome. Uma aptidão aos cuidados, talvez algo melhor que isso: Margherita sustentava os conflitos dos outros. O amor conjugal fez dela uma mulher capaz de aceitar as incoerências, quase protegendo-as, como, por exemplo, permitir a uma mãe que ficasse na sala com um dossel desajeitado e satisfazer sem remover o pedido repentino dela de voltar para o quarto, acompanhar um pai que quer morrer antes do esperado, deixar-se atravessar por uma presumível traição.

Margherita empurrou-a para o centro do quarto, virou-a cuidadosamente para que ficasse ao lado da máquina de costura, fechou um pouco as persianas e começou a transportar o resto das coisas da sala para lá. Depois, escancarou as portas do armário e sua mãe pôde ver as roupas penduradas.

— Obrigada. — Anna encarou a capa que vestia no dia do casamento. O plástico deixava transparecer a claridade do tecido.

— Eu a vesti ao contrário — sussurrou.

— Sim, eu sei. Um gesto subversivo nos anos de mil novecentos e cinquenta. Mas eu acho que você só errou e pronto.

Anna sorriu, acomodou-se melhor no travesseiro e sentiu o cansaço chegando. Quando acordou, estava escuro e a única luz vinha do corredor, a enfermeira tinha trocado a poltrona de lugar e a observava lendo uma revista com uma luzinha portátil. Quis tossir, mas segurou, sentia falta de ar, moveu-se para reencontrar força nos pulmões, a pele da perna estava fria e ela não se assustava, porque de debaixo do lençol vinha um cheiro de limpo. Olhou para fora da janela e notou que, sob a iluminação do poste, o ar estava envolto numa poeira, olhou com mais atenção e viu que era a neve de março.

— Chegou — sussurrou.
— Me diga, Anna — pediu a enfermeira.
— É neve?
— Neve fina, começou há uma hora.

Então, desejou que a neve fina engrossasse e quando, um pouco mais tarde, percebeu que aquilo estava acontecendo, teve vontade de se levantar e ir lá para fora: era a garotinha da rua Padova que ganhava os torneios de bonecos de neve, para fazer o nariz usava uma abobrinha e, para os olhos, jornal pintado de preto. Estava nevando! Andrea queria dizê-lo a Giorgio, mas se deteve. Foi até a janela e esperou que o branco aderisse ao asfalto e ao montinho de terra embaixo da nogueira, depois teve medo de que César sentisse frio, seu rabinho em forma de vírgula, os olhos encharcados, todo aquele gelo na ferida, na lateral, nas patas, no focinho. Agarrou-se no ferrolho da janela e sentiu as costas enlaçadas por trás, Giorgio o abraçou e apertou uma bochecha em seu pescoço, Milão nunca está pronta para a neve. Para Margherita, aquilo pareceu um bom auspício para a entrevista de emprego do marido, ficou animada e atravessou a sala do apartamento em Concordia e bateu com um dedo no vidro, Carlo se levantou do sofá e desligou a televisão, foi até ela e ele também pensou que pudesse ser um sinal para a entrevista e para outra coisa. Abraçou sua mulher, emanava o mesmo perfume de quando se conheceram, tinha o desejo que fossem só os dois e teve a certeza de que nunca seriam só eles, Minha Margherita, sussurrou no silêncio de Concordia, e sua mulher agarrou um braço e segurou com força, depois, lhe disse que a esperasse na cama. A neve era fina e girava em vórtices, do lado de fora vinha um clarão que se estendia pela sala. Percorreu o corredor até o quarto de Lorenzo, dormia com um pé do lado de fora do cobertor, decidiu não cobri-lo e foi até a mesinha da entrada. Era um móvel do começo do século vinte restaurado pelo pai, fora um presente da mãe quando se mudaram:

ela também usava a última gavetinha no alto. Abriu e procurou, encontrou um frasco de anti-histamínico, seu marido tinha parado de carregá-lo consigo e ela não lhe lembrava mais. Deu um passo em direção ao cabideiro, colocou a mão no bolso interno do casaco do Carlo e deixou o frasco lá, enfiou o nariz no colarinho.

No PORTA-OBJETOS DO GUARDA-PÓ de sua mãe, Sofia encontrou uma antiga nota fiscal da cabeleireira Lídia do largo Bordoni. Levou-a para casa e agora a observava sob o abajur: corte e escova, tinham custado vinte e oito euros e a data era de quinze anos antes, dia treze de setembro.

Deixou-a na mesa de cabeceira e se enfiou na cama, Tommaso a cobriu. O colchão era pequeno e, quando estavam juntos, ela sentia vergonha porque tinha a necessidade de se virar, todos aqueles cachos, a respiração ruidosa que lhe tirava o sono. Pegou a mão dele por baixo do cobertor, entrelaçou-a à dela e lhe pareceu estranho, com seu pai, que talvez não estivesse dormindo, a dois quartos de lá.

Lá fora, o vento batia nos caixilhos das janelas, desligou o abajur e ficaram observando o clarão que se infiltrava no quarto, cochilaram. Tommaso a acordou acariciando sua cabeça, gostava de como ficava com os cabelos curtos, depois, lhe disse que precisava ir e ela não o deteve. Observou-o enquanto ele se vestia, o corpo maciço, mas atento aos movimentos. Acompanhou-o até à porta, voltou para o quarto e foi até a janela para fechar completamente a persiana, viu a neve fina, Oh, disse, e foi tomada por uma alegria.

EM MILÃO, SE DIZ que na manhã de Sant'Ambrogio, lá pelas dez da manhã, três chaves são penduradas num pinheiro em frente à arena de parque Sempione. O pinheiro é o que fica no lado mais externo do começo da avenida Malta. A lenda diz que as três chaves conduzem a um apartamento que fica além do Arco da Paz, na rua Eupili, número 6A: é um prediozinho com a fachada decorada com gesso, e a primeira chave abre o portão, a segunda é do portão de madeira, a terceira, da unidade do último andar. É um apartamento bem cuidado, uma salinha com uma mesa e um sofá de veludo, uma estante de livros bem equipada. Um banheiro com banheira e sais de banho, uma pequena cozinha com boa comida. Há também um quarto com colchão confortável, lençóis novos e três cobertores macios. Qualquer um que pegar a chave no pinheiro pode ficar no apartamento até a manhã seguinte, respeitando três regras: permanecer pelo tempo estabelecido, não perguntar quem é o proprietário e a hospedagem é só para uma pessoa.

Quando Carlo pediu a Franco para indagar sobre a lenda de Sant'Ambrogio em 2005, eles estavam esperando na fila da doceria Cova para retirar um bolo de ganache de chocolate e framboesa. Franco fingiu não ouvir, ficou na fila e Carlo lhe disse que eram dez e cinco, ainda dava tempo.

— É tarde.
— Franco, vamos lá.

O pai de Margherita não se moveu.

— Ah, Franco.
— Eh.
— Você que me contou essa história.
— É uma história.
— Quem lhe contou?
— Em Milão, as coisas circulam.
— Você já foi até o pinheiro?

O outro sacudiu a cabeça e enfiou a carteira no casaco, era um homem majestoso e o tinha observado encrespar a sobrancelha tipo um schnauzer.

— As mulheres estão nos esperando com o bolo.

— Quanto você acha que vamos demorar? Vamos procurar o pinheiro e voltamos aqui.

Franco beliscou o nariz entre dois dedos, fazia isso sempre que estava concentrado. Olhou o relógio, voltou a colocar o chapéu:

— '*Ndem* — vamos.

Foram com o Toyota Corolla e demoraram uns vinte minutos para chegar ao parque Sempione, não encontraram uma vaga e Franco disse:

— Vai você.

— Um genro nunca deixa o sogro.

— Você ainda não se casou com a Margherita.

— Mas vou me casar com ela.

— *I giürament d'amur düren un dí* — dizia que as juras de amor duram um dia.

— Vou me casar, mais cedo ou mais tarde vou me casar.

Carlo desceu e Franco ligou o pisca-alerta, enfiaram-se no parque desenhando um semicírculo no cascalho da avenida Malta, o pinheiro era o primeiro e se via bem do caminho. As bocas soltavam fumaça pelo frio, chegaram em frente à árvore, pararam ali.

Franco tirou o chapéu.

Carlo se aproximou do tronco: estavam penduradas num prego plantado na base do ramo mais alto. Três chaves, para chegar até elas era preciso que um levantasse o outro.

Franco também se aproximou.

Carlo o observava.

— Vamos pegá-las, me ajude.

— Não diga nada às mulheres. — Esfregou as mãos como se tivesse frio.

— Vamos pegá-las.

Franco abaixou a cabeça.

— *Mí sun cuntèent inscí* — disse que estava contente assim.

— Eu quero ir à rua Eupili.
— *Mí sun cuntèent inscí.* — Beliscou o nariz e recuou.

Carlo beliscou o nariz quando o chamaram para a entrevista de emprego. Tinha se tornado seu gesto de sorte — Margherita não sabia disso, nem Anna —, todas as vezes que o repetia, tinha consigo Franco, surpreso sob o pinheiro.

Pediram que aguardasse numa sala com uma mesa de madeira, das janelas amplas se via o cruzamento nevado da praça Della Repubblica. Nas paredes, reconheceu um cartaz de Depero com um homem usando um chapéu borsalino e levantando uma caneca para brindar. Carlo tirou o casaco e apoiou a mochila no chão, sentou-se, quando entraram, ele se levantou e apertou as mãos. Fizeram alguma brincadeira sobre a previsão do tempo, depois informaram que ele passaria por uma bateria de perguntas, a segunda parte da entrevista de emprego seria em inglês, podiam começar?

Carlo concordou.

— Senhor Pentecoste, o senhor tem consciência de que seu currículo parece ter sido feito, como podemos dizer, *aos solavancos*?

— No sentido de ser variado?

— Formado em línguas modernas, um trabalho como redator, planejador estratégico, professor de meio período em um mestrado em técnicas narrativas, editor numa editora de turismo.

— É um encaixe por afinidades.

— Um encaixe por afinidades. Definiria isso como indecisão?

— Definiria como flexibilidade.

— Candidatar-se a uma posição de marketing no setor de bebidas é um salto considerável.

— O marketing reúne muitos dos meus interesses.

— Por exemplo?

— Pensar numa narrativa, ter a capacidade de contá-la.

— Poderia definir isso como manipulação?
Pensou.
— Sedução.
— Mesmo se tratando de cerveja?
— O que importa é o efeito.
— O que quer dizer com efeito?
— A paixão que se consegue provocar.
— O senhor quer dizer que dar aula ou escrever um catálogo turístico sobre as Maldivas ou comunicar sobre uma cerveja de malte duplo, para o senhor, significa beber da mesma fonte de paixão?
— O resultado deve ser, de qualquer forma, um impacto emocional.
— O senhor sabe que, desde 2010, os consumidores foram perdendo aos poucos o instinto daquilo que chamamos de "satisfação de compra"? Hoje, eles têm um terço da vontade de se impactar emocionalmente com um produto. Como agiria diante dessa mudança?
— Convencendo-os a tomar uma cerveja?
Sorriram.
— Então o senhor se define como uma pessoa com a capacidade de convencer?
— Capacidade de transmitir.
— Se refere a quando lecionava?
— Também.
— Vejo que sua atividade de ensino se interrompeu.
— Pagavam pouco.
— Então, para o senhor, a motivação econômica é mais importante que a emocional?
— Ambas são importantes. E também a excitação.
— Excitação?
— Viver.
— Como assim?

— Explorar a si mesmo.
— Bem, então, eu lhe proponho alguns contextos e o senhor precisa me responder, numa escala de zero a dez, com base no seu impacto emocional ou, se preferir, com base na sua "excitação". Impacto emocional ou excitação inexistente é zero. Envolvimento pleno e excitação plena é dez.
— Por favor.
— Dar uma aula sobre Shakespeare para quinze alunos?
— Não sou um grande conhecedor de Shakespeare.
— Avalie, por favor.
— Sete.
— Redigir um manual de instruções para o último modelo de iPhone.
— Um.
— O mesmo manual com conselhos sobre como o iPhone pode facilitar o cotidiano.
— Cinco.
— Ser guia de uma exposição de arte?
— Qual exposição?
— Avalie.
— Me diga uma exposição.
— Picasso.
— Cinco.
— Uma exposição sobre o design das garrafas de Coca-Cola?
— Oito.
— Falar em público sobre a nova patente de um aspirador de pó?
— Quatro.
— Fazer um discurso sobre a conveniência psicológica de viajar de primeira classe, apesar do custo?
— Oito.
— Sobre um herbicida atóxico?
— Sete.

— Sete?
— É sempre uma novidade.
— Sobre um herbicida clássico?
— Zero.
— Sobre uma bebida com gosto de morango e efeito emagrecedor?
— Seis.
— Dê-me um exemplo de dez para o senhor.
— Dez?
— Isso.
— Levantar-me todos os dias para ir trabalhar com pessoas de quem gosto, trabalhar oito horas por dia com algo que não me contamine, receber um salário médio e justo dentro da relação esforço-satisfação, ter tempo para estar com a minha família.
— O que quer dizer com esforço-satisfação?
— Não ser explorado.
— O senhor sabe que está concorrendo a uma posição sênior?
— Claro.
— Portanto, sabe que terá pelo menos dois supervisores e outras duas pessoas acima?
— Claro.
— Mesmo eles sendo mais jovens?
— Problema algum.
— E também solteiras?
— O que isso significa?
— Que não avaliam o tempo como o senhor. Alguns trabalham até nos sábados.
— Problema algum.
Lorenzo.
— O senhor sabe que, nos períodos de campanhas publicitárias, nossa sede permanece aberta além do horário comercial?
— Fui informado.

— Vi que seu nível de inglês é A2.
— Sim.
— Francês é B1.
— Tive mais prática.
— Agora vou apresentar algumas atividades de tempo livre e o senhor continue avaliando. Ler?
— Oito.
— Jardinagem?
— Não sei. Quatro?
— Viajar?
— Dez.
— Jantar com os amigos?
— Sete.
— Degustação de queijos?
— Sete.
— Frequentar um curso de sommelier?
— Dois.
— Usar redes sociais?
— Seis.
— Notamos que o senhor não é um assíduo frequentador.
— Melhor não.
— Melhor não?
— Poderia pegar gosto.
— Pegar gosto, e isso não seria uma excitação?
— Depende.
— Entendo.
— Entende?
— Mais cinco perguntas antes de passar para a conversa em inglês. Quão flexível o senhor se define com relação a mudanças positivas?

Saiu após setenta minutos, deu alguns passos pela avenida da estação e o perfume da neve beliscou seu nariz, respirou devagar e se enfiou num bar, pediu um café macchiato. Abriu os botões do casaco e pegou o telefone, ligou para Margherita e disse Foi boa.

— Como são as pessoas? Quero dizer, o ambiente?
— Bom, pessoas humanas, gostei.
— O que lhe perguntaram?
— Anna?
— Tudo normal.
— Foi uma conversa prazerosa.
— Amor, estou feliz.
— Sim.
— Vai dar tudo certo, você vai ver.

Ele apertou o telefone.

— Essa manhã, Lore me disse O papai vai conseguir.
— O papai vai conseguir — repetiu Margherita.

Quando saiu do bar, estava com as pernas cansadas e a cabeça alerta, cobriu os olhos e os liberou aos poucos. Foi para a estação central, comprou uma passagem para o trem *Frecciabianca* das dez horas e trinta e cinco minutos e sentiu que não estava a fim e que estava a a fim e que precisava daquilo: subir num trem às escondidas e se sentar por três horas do lado de uma janela olhando para os campos da Lombardia e da Emilia Romagna. Abriu a mochila e pegou o caderno, como se o risco que estava correndo pudesse insuflar inspiração para escrever, lhe bastaria uma frase bem escrita para sentir assombro, uma só frase para acreditar que conseguiria o trabalho no setor de marketing de cerveja, que colocaria no mundo um livro, que não se demoraria mais pensando num tempo em que se consumia por uma garota de vinte e dois anos. O trem saiu e ele olhou para o lado de fora, pouco depois, viu o campo ao redor da cidade de Piacenza e lhe pareceu agradável. A neve tirava as arestas da terra com os pomares surpreendidos pelo gelo, as chaminés emitiam um ar sujo, estivera em Rimini quando era adolescente, com Bucchi e outros companheiros, para dançar no Baia Imperiale, dormiram numa pensão em Rivabella e não se lembrava nada dela, exceto do letreiro ocre e os sofás com cinzeiros incorporados. O que diria a Margherita, ligou para sua mãe e pediu que ela cuidasse de Lorenzo depois da creche, ele iria buscá-lo para o jantar, o que diria a Sofia.

Verificou os trens de volta e calculou que tinha pouco menos de três horas. Guardou o telefone e se acomodou no assento: o quanto ele era imprudente numa escala de zero a dez. Sorriu, mantinha em sua mente o rosto daquele homem que o torturara na entrevista de emprego, o crânio reluzente e os óculos com armação de acetato, a gravatinha sobre o pomo-de-adão pronunciado, imaginou-o passeando no inverno com um cão, talvez um bassê, achara-o simpático pelas caretas que segurava, a perna nervosa embaixo da mesa, o gole d'água no final, quando lhe dissera com desenvoltura Nós lhe daremos notícias, Carlo. Nós lhe daremos notícias, o fêmur de Anna, Lorenzo que nada de peito como no verão passado na ilha de Elba, os pensamentos de um homem de quarenta e quatro anos viajando em direção a qual lugar, a qual lugar? O único pensamento: Sofia no fundo da loja de ferragens e ele em pé por trás terminando aquilo que nunca conseguiu terminar, enquanto ela segura o braço dele do mesmo jeito que o havia segurado quando se despediram na casa em Isola. Olhou pela janela, a neve em Parma era mais frágil e o preto da terra ressurgia, em Bolonha sentiu o ímpeto de descer e pegar outro trem para Milão. Enrolou o cachecol e apoiou-o no vidro para usá-lo como travesseiro, foi acordado pelo cobrador em Cesena. Carlo lhe mostrou a passagem, depois vestiu o casaco e enrolou o cachecol, foi até o espaço entre um vagão e outro, só então percebeu que tinha algo no bolso interno. Apalpou com dois dedos e encontrou o frasco com anti-histamínico, pegou-o e o girou nas mãos enquanto o trem parava, apertou-o, a porta se abriu e ele estava em Rimini.

Fechou o casaco, ainda se lembrava da praça em frente à estação, vinte e cinco anos antes, ele e os amigos desceram ali de um trem regional entre a multidão do verão que vendia entradas para as boates Bandiera Gialla e Lady Godiva, a gritaria e as luzes da beira-mar, agora havia uma leve neblina. Viu-se numa avenida que, em determinado trecho, era só para pedestres, à esquerda avistou o Duomo, a fachada marfim combinava com o gelo e ele se sentiu entorpecer. Costeou uma fileira de lojas, a praça ficava um pouco mais adiante e os moradores da cidade refugiavam-se sob os pórticos, parou com os pés sobre um desenho em forma de estrela incrustado entre os paralelepípedos, verificou o mapa no telefone e viu que se chamava praça Tre Martiri. O Largo Bordoni distava dois quilômetros dali na mesma direção, o mar Adriático ficava do lado oposto, gostaria de vê-lo e agora também sentia fome, respirou fundo, havia a maresia e o ar de tempestade passada.

— Agora vai — disse a si mesmo e seguiu uma música que vinha de pequenos alto-falantes pendurados numa rua, ficou perto de uma bicicleta que seguia devagar por causa dos transeuntes, um homem de bigode pedalava.

— Sauro! — De uma banca de jornal, cumprimentaram o homem da bicicleta, Sauro correspondeu e Carlo tentou segui-lo. A bicicleta parou em frente a uma vinoteca com o letreiro *Morri*, o centro de Rimini estava atrás e ele soube o que estava fazendo: o banheiro da universidade, a bacia dela pressionada contra ele, o cheiro de amônia, os lábios e a língua porosa, ela sussurrando Não podemos, "Como andam as coisas", o desejo, tudo isso vinha dessas ruas e árvores e pessoas, tinha certeza de ter vivido tudo e certeza de não ter vivido nada, como a memória se sedimenta. Ao longo de uma via engarrafada, o início de uma periferia, bem mais tranquila em relação à de Milão, as casas cuidadas e as bicicletas deixadas ao lado das portas. Seguiu por um caminho arborizado, rua Dario Campana, verificou no mapa, dizia doze minutos a pé, chegou a uma rotatória de grama com um casebre cor de rubi, o largo Bordini ficava a duzentos metros.

Estava com o pressentimento de quando entrou no quarto sessenta e sete, ou subiu numa cama diferente, um senso de incumbência. As moradias populares mais adiante com sua elegância soturna e geométrica, olhou o relógio: eram duas e vinte, as lojas deviam reabrir em breve ou talvez a loja de ferragens já estivesse aberta. Passou rente aos portões das moradias, havia um supermercado Despar e uma peixaria, alguém atravessava a rua com sacolas cheias, cumprimentava, detinha-se para conversar e seguia, ele soltou o cachecol. No conto, Sofia tinha escrito que morava num desses prédios, lembrava-se de um primeiro ou segundo andar, no dia do acidente, o Fiat Punto estava estacionado ali na frente e ela e sua mãe entraram e ligaram o rádio.

Depois chegou: o Largo Bordoni era uma clareira. Na área de pedestres, havia um pórtico com uma leiteria, um café, uma banca de jornal, uma lavanderia, e em cima das lojas tinha um terraço grande que dava de frente para diversos apartamentos. Caminhou diante das lojas, do outro lado da rua uma floricultura estava abrindo, depois do cruzamento, notou um canteiro com dois bancos e algumas cadeiras dispersas, no final a viu: *Loja de ferragens e objetos de casa Casadei*. As luzes estavam apagadas e, do lado de fora, havia um expositor com regadores pendurados. Aproximou-se e percebeu que por uma vitrina chegava um clarão púrpura intermitente, uma luz de Natal ao redor das mercadorias expostas. Aproximou-se, o frio embaçava, dentro estava escuro e ele distinguiu a bancada e o recipiente de tampas de plástico coloridas, os mosquetões e os anéis de metal para os maços de chave, a parede no fundo era um gaveteiro com letreiros que ele não conseguia ler. Apertou uma mão no vidro e traçou uma linha na condensação, um transeunte passou ao seu lado e ele se virou rápido, depois notou um movimento no fundo da loja. Uma sombra que se movia de uma prateleira a outra: era um homem e lhe fez um gesto para que aguardasse, virou a chave e abriu a porta.

— Caso o senhor precise, estamos aqui.

— Estava só dando uma olhada.

— Estamos reorganizando tudo, se deixo aberto, me interrompem, abriremos já, já.

Era magro, sussurrava e as pálpebras se afinavam enquanto falava.

— Tem certeza de que não precisa?

— Não, obrigado. Peço desculpas se o interrompi.

— Não por isso, tenha um bom dia.

Poderia ser o pai. Arrependeu-se de não ter apertado sua mão, o homem do conto de Sofia que não tomava decisões e sabia cuidar, emudecido demais, cortês demais, decidido só para os clientes. Carlo o observou uma última vez e recuou, virou-se de repente, como por intuição: e a viu. Sofia estava do outro lado do Largo Bardoni. Não a enxergava muito bem, mas sabia que era ela, esperou para ter certeza, afastou-se da vitrina e foi para trás da esquina da loja.

O homem se apressou para abrir, disse algo, Sofia tirou o casaco e a bolsa, pendurou-os no cabideiro e vestiu calmamente o guarda-pó azul, espreguiçou-se estendendo os braços. Ela era bela. Era ela. Com o rosto mais magro, aqueles cabelos curtos, o pescoço que parecia longo e flexível. Ocupou-se ao lado da bancada, as luzes da loja de ferragens se acenderam e ela tocou o lóbulo de uma orelha. O tempo tinha retirado das suas bochechas uma aparência de garotinha, ele reconheceu as covinhas de quando tentava se concentrar na sala de aula, era uma saudade e soube que a saudade carregava em si ternura. Como ele queria ter sentido antes a ternura, ele só um professor e ela só uma aluna, como ele gostaria de não ter se misturado com outras mulheres, ter deixado escapar os outros corpos e enumerá-los entre as renúncias dolorosas. Sentiu frio, mas deixou o cachecol aberto, arrumou a mochila e encostou um ombro na parede, espiava dentro da vitrina sem ser visto. Viu Sofia arregaçar as mangas do blusão, agora usava pulseiras e agora ele sentiu aflição e alívio pela excitação que não conseguia despertar novamente: não estava adormecida, estava domesticada. A garota entre as prateleiras de uma loja de ferragens, cujos traços e os gestos e a possível indecência ele reconhecia, tinha incorporado uma forma específica e um recorte precioso, gerível e atenuado, compunha a beleza de um tempo perdido. Sentiu vontade de cumprimentá-la, encarou-a enquanto conversava com o homem e mexia numa gavetinha atrás dela.

Sofia subiu dois degraus da escada, as pernas fortes apareciam por baixo do guarda-pó, depois desceu e disse para o pai:

— Come alguma coisa.

— A' no fèma — respondeu que não estava com fome.

Ela lhe entregou mesmo assim o recipiente de plástico, tinha preparado um cuscuz com verduras.

— Coma duas colheradas.

O pai mostrou uma das duas vitrinas.

— O Natal já passou há mais de dois meses. — Foi até lá, abrindo espaço entre a mercadoria exposta, pegou a serpente de luzes púrpuras e começou a puxar devagar, retirou-a e enrolou entre o braço e o ombro.

— Tira da tomada, Sofia.

Mas ela caiu na risada por ver seu pai de árvore de Natal, um homem magro vestido de luzinhas.

— Espera. — Pegou o celular do bolso e tirou uma foto.

— Tenho uma filha besta.

— Vai, faz uma pose.

— Mas, por favor!

— Vai, pai!

Ele desenrolou a serpente púrpura e foi desligar o interruptor.

— Não me coloque na internet.
— Posso?
— Não.
— Deixa, você está bonito, venha ver.

O pai deixou as lâmpadas de lado e procurou o caderno onde estavam registrados os pedidos, Sofia lhe mostrou o telefone: como ele havia envelhecido, pelo menos aquelas luzes lhe davam alguma alegria.

— *Fa' cum ut pèr* — disse para ela fazer como quiser.

— Então vou postar. — Trabalhou nas sombras, mas de um jeito que o rosto do pai ficasse um pouco escondido, na legenda escreveu *Papai Noel insiste, chegará a primavera?*, acrescentou sete hashtags e a localização, compartilhou no Instagram.

Margherita viu a postagem quarenta e dois minutos mais tarde, enquanto esperava a resposta sobre um apartamento de alto padrão de três cômodos na área de Moscova. A foto era amorosa e engraçada, o rosto do pai um pouco divertido, achou que deviam ser boas pessoas. Teve vontade de ligar para o marido, se segurou, contentou-se com a voz animada de Carlo após a entrevista, sabia que deveria esperar passar esse dia. Acomodou-se na cadeira, da sua mesa via a avenida Garibaldi e o passeio, adorava quando um casal jovem parava para ler os anúncios na vitrina e depois entrava, queria sempre ser ela a recebê-los, aprendera a ser franca: avisar, de forma velada, se havia riscos, instalações a serem refeitas, vizinhos barulhentos, reajuste de gastos de condomínio. Isso derivava da lei do contrapasso do apartamento da Concordia, mas também de uma sabedoria adquirida: seu trabalho lhe parecia quase um incômodo, um pouco, não muito, mas estar naquela sala com outros sete colegas empolgados, faturar para uma empresa norte-americana, ter uma escrivaninha com um kit de papelaria predefinido, bem, no fim das contas, queria dar um sentido a tudo aquilo. Contorcia as mãos todas as vezes que transitava pelo bairro da sua antiga imobiliária: ultimamente, passava por lá de propósito, agora era um café, mas o parquê era o mesmo e o acabamento da parede também, entrava e tomava alguma coisa e encarava o parquê e o acabamento, dizendo a si mesma que aquilo um dia voltaria.

Levantou-se sem esperar a mensagem confirmando o apartamento de alto padrão de três cômodos em Moscova. Explicou a uma colega que precisava correr até sua mãe, nada de grave, mas acompanharia as tratativas por telefone, saiu e seguiu a pé até Monte Napoleone, entrou na doceria Cova e pediu uma bandejinha com doces em miniatura, fez questão de pedir os diplomatas e imaginou sua mãe no balcão, entre as senhoras vestidas com casacos de pele, a costureira da rua Delle Leghe que vai até a pequena fortaleza das suas clientes, tão pequena, as mães tímidas nas docerias dos ricos, os pais gentis com as luzes de Natal enroladas.

Quando chegou em casa, encontrou-a tirando uma soneca. Olha o que eu trouxe, disse e observou-a abrindo os olhos como uma recém-nascida. Dispôs a bandejinha de doces sobre a cama. Os diplomatas? Margherita assentiu e os mostrou. Vamos comê-los hoje à noite com os meninos, tesouro, eles também adoram.

Depois, o pai de Sofia empilhou duas caixas grandes nos braços e carregou-as até o Renault Scénic na frente da loja de ferragens, Carlo recuou alguns passos da vitrina, mais um pouco, com a última imagem dela em cima da escada, sua bailarina na ponta dos pés, as pernas torneadas e leves e elegantes. Tchau, Sofia, sussurrou, voltando pelo pórtico do Largo Bordoni. Caminhava com as mãos nos bolsos do casaco, sem desacelerar, conservava a imagem do homem enrolado nas luzes e de sua filha, quando chegou ao casebre cor de rubi, sentiu que poderia abandonar sua última juventude.

Agora queria ver o mar e, durante todo o tempo que levou para chegar até lá, teve a impressão de que Rimini sabia, era um adeus, todas aquelas pessoas e as bicicletas e as ruas que se arrastavam para que ele passasse apontaram-lhe a direção, da primeira periferia à ponte de Tibério e, lá perto, o bairro dos pescadores. Percorreu o centro histórico e se enfiou na passagem subterrânea da estação de trem, chegou a uma fonte com quatro cavalos de pedra que jorravam água pelas narinas, em cima, havia o Grand Hotel, deparou de novo com a neblina que começava a baixar, atravessou a orla do mar e pegou a passarela até chegar a uma instalação balneária, a tinta estava desbotada e tinha o número quatro na fachada, ultrapassou-o e ultrapassou uma duna baixa. O Adriático estava calmo e as pequenas ondas lavavam a linha costeira, sua boca exalou vapor e ele procurou um barco, mas não viu, a neblina o cobriu.

UMA NOITE, TOCOU o telefone na rua Delle Leghe, Anna estava jantando com seu marido e Margherita. Levaram um susto, pois ninguém ligava àquela hora. Anna correu até o telefone, respondeu, prendendo a respiração, e ouviu a voz de uma mulher se apresentar em nome do ateliê com quem ela colaborava de vez em quando, queria conversar com a pessoa que consertava as roupas. Anna disse que era ela, perguntou se poderia repetir com quem estava falando e depois ouviu o pedido com atenção, respondeu dizendo que faria o possível. Desligou e voltou à mesa, contando à família que umas pessoas estavam lá por causa de um trabalho urgente.

— Agora? — disse Franco enquanto tirava a mesa.

Anna disse que sim e Margherita deu de comer à boneca Marisa um pedaço de pão que havia sobrado, depois, desceu da cadeira e se encolheu no sofá.

As pessoas chegaram meia hora depois, duas mulheres encasacadas e um homem que ficou no corredor. As duas mulheres entraram com um cabide e Anna as recebeu na sala, Franco e Margherita se trancaram no quarto.

Juntas, abriram uma capa protetora da qual retiraram um vestido: Yves Saint Laurent. Anna já havia trabalhado com a alta costura e conhecia os cortes de Saint Laurent, os truques e o caimento perfeito. Acomodou um corte de algodão sobre a mesa e apoiou o vestido, olhou-o como se olha uma obra de arte: a saia escura, os materiais preciosos, todas aquelas estampas no tecido.

— É inspirado em Matisse — disse uma das mulheres, que usava brincos preciosos e embaixo do paletó trazia outro vestido de gala. — Estou com um outro vestido, caso você não consiga.

— Esse também é maravilhoso.

— Mas me mandaram esse. E me parecia, enfim...

Anna concordou.

— Quando é a festa, senhora?

— Daqui a uma hora e meia, no máximo.

Havia um laço azul bebê no ventre, a parte alta era uma blusa preta levemente decotada e de mangas longas, tinha notado alguns bordados na renda. O rasgo estava num lado e estragava também um pedaço da saia.

— Vou fazer o possível, a senhora terá que experimentar para me ajudar.

— É tão gentil. No ateliê, me disseram que era a única aqui em Milão.

— A única a essa hora, talvez.

Sorriram, Anna ofereceu um café, elas recusaram com gentileza e se sentaram à mesa. Começou a trabalhar e não olhou mais para elas, o rasgo tinha que ser escondido atrás de uma dupla prega simétrica, precisou de quarenta e cinco minutos e perdeu a concentração quando a porta do quarto abriu e Margherita saiu, ouviu-a ir ao banheiro e sentiu vergonha pelo barulho da descarga e pela voz de Franco que, em dialeto, dizia para se apressar.

— Quantos anos tem a sua filha? — perguntou a mulher.
— Quatro.
— Eu tenho um menino e uma menina.

Anna aproximou os olhos do vestido, os desenhos em forma de folha de Matisse eram vermelhos e verdes e ocre e ela os tocou com dois dedos, se emocionava sempre, porque via o pulso do estilista enquanto traçava o esboço, a armação dos óculos e os cabelos de um lado, eram quase coetâneos e nele encontrava sua mesma discrição. Tomou também alguns minutos para olhar novamente o trabalho, a tinta no vestido, se levantou e pediu que a mulher o experimentasse.

Ela precisou de ajuda para se despir, ficou quase nua na sala e Anna pôde ver o quanto era bonita, as fotos nas rotogravuras a diminuíam. Em seguida, Anna pegou o espelho que guardava num espaço ao lado da estante de livros, os poucos volumes ocupavam uma prateleira, o resto eram bugigangas e objetos de decoração.

— Está melhor do que nunca — disse a mulher.

Anna perpassou o tecido costurado.

— Tome cuidado com a torção do busto.
— Hoje prendeu num cabide.
— Acontece. — Terminou de arrumá-lo, compôs o laço sobre o ventre, era tão magra, arrumou o colar e levantou o decote. — Pronto.

A mulher deu uma última olhada, virou para Anna, esticou uma das mãos e lhe acariciou um ombro.

— Você é uma estilista.
— Sou uma costureira, senhora.

A mulher fez um gesto para que a outra entregasse o pagamento, estava num envelope de papel de arroz.

Anna segurou o envelope em frente à barriga e agradeceu, com a mão livre ajudou as hóspedes a vestirem seus casacos e as acompanhou até a saída.

— Até logo.

A mulher se deteve no andar.

— Meu marido está no carro.

— Oh — disse Anna, e afastou os olhos.

— Vou lhe dizer que agora temos uma costureira em Milão. — Sorriu e seguiu, do paletó saía um pedaço de folha vermelha, Yves descendo as escadas de rua Delle Leghe.

A folha vermelha do Saint Laurent e a barriga magra da mulher, pensava nisso quando Margherita, Carlo e Lorenzo entraram no quarto para lhe oferecer de novo os docinhos.

— Quer um diplomata?

Anna quase não olhou para eles, esforçava-se para se lembrar da expressão do Franchin após ter lhe entregado o envelope de papel de arroz para que o abrisse e ele o fez e ficou pasmo, com todas aquelas notas.

— Mas nem um diplomata?

— Me traz o bilhete de Turim, por favor?

— O bilhete de Turim. — Margherita franziu a testa. — O bilhete de Turim, sim. — E deu o prato com os docinhos para Carlo, Lorenzo encarava a avó e comia seu marzipã.

Anna se virou para ele.

— Agora, a vovó vai lhe mostrar um segredo.

Margherita voltou e lhe passou o bilhete marfim, Anna o segurou nos dedos que saíam do gesso, a caligrafia era nítida, mas ela já não conseguia ler.

Carlo pegou o bilhete e leu baixinho: *Pela sua gentileza e pela sua arte, obrigada. Também em nome de Saint Laurent. M. A.*

Lorenzo mordeu o marzipã, Anna sorriu.

— O golpe de sorte da sua avó.

— Sabe que eu não me lembro de nada daquela noite? — Margherita abaixou o encosto da cama.

— Você era pequena, tesouro.

— Papai disse que, depois daquele dia, vocês tiveram que desligar o telefone.

— Depois daquele dia, chegaram muitos clientes, mas nunca desligamos o telefone.

— Franco dizia que o advogado tinha passado para buscar um terno. — Carlo apoiou o queixo sobre a cabeça do filho.

— Franco tinha uma bela imaginação. — Sentiu-se tomada por uma saudade desde que começou a fingir que a perna estava melhorando. No entanto, estava atravessada por uma dor lancinante que subia para a cabeça, as têmporas pulsavam e ela sentia uma pedra sobre o peito. Detestava reclamar, mentiu para a enfermeira da noite e para a enfermeira do dia, mentiu também para Andrea naquela tarde. Olhou do lado de fora da janela, procurava os tetos com a neve, mas agora já havia derretido. Depois teve vontade de dormir, de vez em quando, antes de cair no sono, falava com Nossa Senhora, demorava um tempinho para encontrar o tom de intimidade, eram conversas de mulher. Pedia-lhe alguns favores para os outros, para si mesma pedia para não sofrer. Era o seu tormento, sentir os membros doloridos e não poder fazer nada a respeito, estar imobilizada e pesar para sua família, como desejava passear à noite pela rua Monte Napoleone, admirar com calma as vitrinas iluminadas. Fez um gesto para Carlo, com ele, bastava um gesto, viu que colocava Lorenzo no chão e lhe dizia para ir ajudar a mãe na cozinha, quando ficaram a sós, pegou no pulso dele.

— Se precisar, faça como com o Franco.

— Anna.

— Por favor.

— Não precisa.

— Não permita que eu...

Ele acariciou os dedos.

— O que você tem?

— Eu... — Apertou suas mãos. — Tenho medo.
Carlo ficou com Anna até ela pegar no sono. Depois, apagou a luz principal, deixou o abajur ao lado da máquina de costura, recolheu o bilhete de Turim e o apoiou na mesa de cabeceira. Foi até a sala, Margherita lavava os pratos enquanto cantarolava uma canção, apertou-se sobre suas costas e ela parou de mover as mãos embaixo d'água, ele disse Continua. Margherita passou a esponja, Carlo ficou com o queixo sobre seu ombro, disse que tinham que dormir lá aquela noite. Ela pegou outro prato e o enxaguou, perguntou-lhe se era um pedido da mãe e ele repetiu Vamos dormir aqui. Ela concordou, ele pegou uma de suas mãos, pingava no chão, ela se virou e ficou de frente para ele, percebeu que, do lado de fora da porta-balcão, recomeçara a nevar. Hoje, tive medo de que você não voltasse.

Andrea tirou o capuz de moletom da cabeça e se deixou picar pelo gelo, fechou o carro e atravessou a rua, chegou até o prédio e, antes de entrar, procurou de novo Milão no inverno de março.
Limpou os sapatos no capacho da entrada, estava com vontade de voltar e percebeu isso nas escadas, subia os degraus de dois em dois. Desde que passou a não viver mais sozinho, com frequência subia os degraus de dois em dois, de vez em quando descansava no andar e sentia um tipo de alívio. Virou a chave na fechadura e sentiu vontade de pedir licença, a casa estava na penumbra, não acendeu a luz e se deteve entre dentro e fora, deu um passo adiante e estava certo de que não havia ninguém. Depois, viu Giorgio no sofá da sala, dormia, sua silhueta era longa e sinuosa e azul.
Fechou a porta devagar, para não acordá-lo, para deixá-lo descansar, parou e quase sorriu, na rua, uma voz parecia chegar da neve.

Franchin, eu sou o peixe turquesa, Franchin, eu sou

A voz ecoou do lado de fora e Carlo demorou um instante para entender que era Anna. Levantou-se da poltrona e foi até o quarto, a reverberação dos tetos nevados clareava a noite e ele conseguiu vê-la dormindo. Esperou na porta até ouvir sua respiração, era um sibilo, depois passou adiante no quarto fechado com Margherita e Lorenzo, voltou para a sala. Deslocou-se em direção à vitrola desligada, Lucio Dalla estava lá, abaixou a luz da lâmpada e deu um passo em direção à estante de livros para tocar as lombadas dos volumes, estavam alinhados e alguns eram encapados com plástico, em cada folha de rosto Anna marcava o mês e o ano de leitura. Afastou-se da estante, estava calmo, sentou-se na poltrona do homem que tinha lhe mostrado essa vida, o pinheiro e as três chaves, *Mí son cuntèent inscí*, mas estou contente aqui. Uma espécie de fidelidade.

Estendeu as pernas na mesa, afundou no estofo e fez ressoar o couro do revestimento. Cochilou, a luz da luminária em pé ultrapassava as pálpebras, não a apagou, quando criança, sempre dormiu com uma luzinha no fundo do quarto. Depois, a voz de Anna ressoou, e dessa vez foi clara, chegou até o quarto. Ela estava na mesma posição, a cabeça levemente inclinada sobre o ombro direito, um gotejo de saliva descia pelo queixo. Aproximou-se, Anna estava com os olhos abertos, olhando para o armário, não respirava.

O peixe turquesa zelava em vigia.

Saíram da loja de ferragens e Sofia viu os prédios de Ina Casa com os jasmins nas sacadas, o pai dirigia atento e, ao chegarem no casebre cor rubi, ela lhe perguntou se poderia pegar o volante. Ele ligou a seta para parar e, apesar de faltar pouco até o armazém do atacado, trocaram de lugar e apertaram os cintos de segurança, viajaram em silêncio até a rua Bastioni Settentrionali. Depois, Sofia ligou o rádio e costeou o centro histórico, saiu onde atracavam os barcos pequenos, o atacado ficava antes da marina militar, esterçou para o lado oposto. O pai a orientou a retornar, ela continuou dirigindo em direção a Rivabella, estavam a poucos quilômetros, ele lhe perguntou aonde ela estava indo, ela disse Ver a mamãe.

Então, o pai ficou em silêncio, não acomodou mais as costas no assento até as curvas do cemitério, pegaram a estradinha e passaram ao redor dos muros. Estacionaram na grama, ela saiu primeiro do carro, o pai foi mais lento e, assim que saiu, acendeu um cigarro, tinha rugas na testa e o sorriso incerto, ela entendeu que iria sozinha e se encaminhou.

Passou pelo banco de flores e chegou à entrada, vislumbrou o sepulcro em forma de proa do *Rex*, era o túmulo de Fellini e da

Masina e do filho deles, o bronze refletia o sol. Virou à esquerda e precisou de alguns passos para lembrar a direção certa. As luzinhas dos mortos a acompanhavam até sua mãe.

O túmulo era o terceiro à direita, as rosas do seu pai ainda estavam frescas e ela tirou as mãos dos bolsos para ajustar os talos. Depois, olhou-a, os cabelos ondulados sobre os ombros, os olhos tímidos, sentia vergonha nas fotos, mas no fundo gostava. Estou aqui, mamãe, Margherita entrou no quarto, ainda estava lá a cama hospitalar e a máquina de costura, estou aqui. Abriu as portas do armário, primeiro uma e depois a outra, aqueles vestidos, todos aqueles vestidos, tocou a camisa estampada que sua mãe usava nos primeiros dias quentes e que para eles marcava a chegada da boa estação.

Quanto demoraria para esvaziar o armário, arrumar com cuidado os tailleurs e as calças e os sapatos, e onde colocá-los, guardaria alguma coisa para si? Queria lhe contar que Carlo conseguira passar no período de experiência do emprego e que Lorenzo tinha certeza de que a vovó Anna nadava no mar, queria lhe contar que, assim que entrava em casa, via-a no banquinho, na vitrola, com os pés sobre a mesa, às vezes falava com ela: Oi, sussurrava, e parava entre a sala e o corredor, observava o banheiro e as gazes e o que era necessário para lavá-la, olhava para as suas mãos, que a haviam limpado, devia ter feito melhor, com mais delicadeza, devia ter sido desenvolta, não tossir pela ânsia de vômito, fazer-lhe companhia quando ela menos esperava, nunca a levara para viajar, jamais até a sua São Petersburgo.

Tirou a camisa estampada do cabide e deixou-a sobre a cama, fez a mesma coisa com o restante das roupas, empilhou-as devagar, chegou ao sobretudo de casamento embalado. Pegou-o, removeu o celofane, foi até a janela e notou que o tecido estava bem conservado, virou-o do outro lado e apoiou-o sobre os ombros, uma esposa livre dos anos 1950, estou aqui.

ESTE LIVRO, COMPOSTO NA FONTE FAIRFIELD
FOI IMPRESSO EM POLÉN SOFT 80G/M² NA EDIGRÁFICA.
RIO DE JANEIRO, BRASIL, EM OUTUBRO DE 2021.